我的原野盛宴

张炜 著

My Feast on
the Plain

人民文学出版社

图书在版编目（CIP）数据

我的原野盛宴/张炜著．—北京：人民文学出版社，2020(2022.3重印)
ISBN 978-7-02-015394-7

Ⅰ.①我… Ⅱ.①张… Ⅲ.①纪实文学—中国—当代 Ⅳ.①I25

中国版本图书馆CIP数据核字（2019）第156189号

策划编辑　**胡玉萍**
责任编辑　**李　宇**
装帧设计　**李思安**
责任校对　**罗翠华**
责任印制　**苏文强**

出版发行　人民文学出版社
社　　址　北京市朝内大街166号
邮政编码　100705

印　　刷　三河市博文印刷有限公司
经　　销　全国新华书店等

字　　数　192千字
开　　本　880毫米×1230毫米　1/32
印　　张　9.75　插页14
版　　次　2020年1月北京第1版
印　　次　2022年3月第3次印刷

书　　号　978-7-02-015394-7
定　　价　46.00元

如有印装质量问题，请与本社图书销售中心调换。电话：010-65233595

目　录

1

第五章

第

一

章

野　宴

　　我们家在海边野林子里。它是一座由几行密密的榆树围起的小院，院门是木栅栏做成的。屋子不大，石基泥墙，屋顶铺了厚厚的苫草和海草。

　　茅屋四周是无边的林子。往南走十几里才会看到一些房屋，那是离我们最近的村子。

　　到我们这儿来的人很少。生人常常觉得一座茅屋孤零零地藏在林子里，有些怪；屋里只有我和外祖母两个人，也有些怪。

　　其实这里一直就是这样，在我出生前就是这样了。妈妈在一个大果园里做临时工，爸爸在很远的山里，所以平时只有我和外祖母了。妈妈隔一个星期回来一次，爸爸半年回来一次。我常常爬到高高的树上望着山影，想看到父亲。

　　来小院的人很少知道我们家的事，甚至不知道小院北边不远的林子里还藏有一座小泥屋，那是我们原来的家。它更小，泥顶泥墙，只有两间，已经半塌了。

　　外祖母说那座小泥屋是很早以前的了，而现在的茅屋是我出生前才盖的，就为了迎接一个新人的到来。

"'新人'是谁？"我问。

外祖母笑了："当然是你！"

我没事就去那个半塌的小泥屋里玩，因为它是以前的家，里面装了许多秘密，看也看不够。其实屋里空空的，东间是光光的土炕，西间是一小堆烂木头。小小的窗子早就破了，屋里积起了半尺厚的沙土，大概再过几年，它就会将整个屋子填满。西间屋顶已经露天了，那儿常常有一只探头探脑的鸟儿。

外祖母不让我去那座破泥屋，担心有一天会突然塌下来。可我一点都不害怕，我知道，它其实很牢固。

偶尔来我们家的有三种人：采药人、猎人和打鱼人。他们进出林子时就到我们家歇歇脚，喝一碗水，抽一会儿烟。这些人有时会送我们一点东西：一条鱼或一只野兔。

采药人有一条大口袋，打猎人有一支长枪，打鱼人有一杆鱼叉。他们都会抽烟，会讲有趣的故事，我最乐于和他们待在一起。

有个采药人叫老广，五十多岁，来的次数是最多的。他坐在桌前，除了喝外祖母端来的一碗水，还不时从口袋里摸出几颗炒豆子吃。他给我几粒，又硬又香。不过我最爱听他讲故事。他有一次看看我，又扬脸对外祖母说：

"大婶子啊，我今天遇见一桩好事……"

外祖母并没有停下手里的活儿，因为她听到的各种故事太多了，对什么都不再惊奇。可是我听得眼都不眨一下。

老广以前讲林子里的奇遇，无非是碰到一只什么怪鸟、一只从未见过的四蹄动物，还有打扮奇特的人，再不就是吃到了什么野果、喝到了什么甘泉。这次他开口就是一声长叹，摸了一下肚子说："我被撑坏了！ 直到这会儿 …… 还有些醉呢！"

我这才注意到老广的脸有点红，而且真的散发出一股酒气。不过他没有醉，说出的话清清楚楚。以前我见过一个打鱼的人醉了，走路摇摇晃晃，一开口前言不搭后语。

老广这会儿讲出的事情可真有点让人不敢相信！ 原来是这样的：他在林子里采了一天药材，正走得困乏，转过一片茂密的紫穗槐棵子，看到了几棵大白杨树。他想在树下好好歇一会儿，因为这儿的白沙干干净净，四周都是花儿草儿，真让人喜欢。可是他还没有走到大树跟前，就闻到了一股浓浓的酒菜味儿。

"大婶子，不瞒你说，我这鼻子忒尖，一仰脸就知道，要有一件怪事发生 ……"老广抽着鼻子。

外祖母头也没抬，继续忙着手里的活儿。

"瞧瞧！ 几棵大白杨树下有一个老大的树墩，上面铺了白杨叶儿，叶儿上搁了一个个大螺壳儿、木片、柳条小篮、树皮，全盛上了最好的吃物，什么花红果儿、煮花生、栗子核桃、炸鱼和烧肉、冒白气的大馒头，还有一壶老酒 ……"

屋里静下来。我一直盯着他，见他停下来，就不住声地问：

"啊，快说说是怎么回事？树下发生了什么？"老广鼓着嘴唇，故意待了一会儿才回答：

"原来是林子里的精灵要请客啊！什么精灵我不知道，不过我敢肯定是它们！这么深的林子，一二十里没有一户人家，谁会摆下这么大的酒宴？这分明是野物干的，它们或许是欠下了什么人情，这会儿要还，就这么着，摆上了一场大宴……"

外祖母抬头看他一眼："你就入席了？"

老广搓搓鼻子："这可莽撞不得，大婶子！你知道我是个沉得住气的人，这要耐住性子等一等再说。我知道主人肯定是出去邀客了，它回来如果见我偷吃了，还不知气成什么哩，不会饶过我！我等啊等啊，离开一点儿，躲在栗树下看着，肚子咕咕响，馋得流口水。就这么过去大半天，一点动静都没有！本来盼着看一场大热闹，比如狐狸、野猪、猞猁，它们老老小小搀扶着过来赴宴，谁知咱白等了半天，一点影儿都没有……"

我长长地吐了一口气，咽下了口水。

老广掏出烟锅抽起来，实在让人着急。他抽了几口烟，笑眯眯地说："后来我才明白过来，这场大宴就是为我准备的！"

外祖母抬起头，严肃地看着他。

老广磕打烟锅："我记起来了，有一年一只老兔子折了一条后腿，我可怜它，就嚼了一些接骨草为它敷了，又用马兰替它包扎得严严实实……这是真的！我琢磨这只老兔子如今成了精，这是要报答我啊。那就别客气了，饭菜也快凉了。我坐在大树墩跟前，先向四周抱抱拳，然后就享用起来。哎呀，这酒太好了，第一回喝到这么好的酒。我喝了整整一壶……"

故事到这儿算是讲完了，老广要走了。他出门时将脚背在门槛上蹭了蹭，又重复一遍："我喝了整整一壶。"

我怔着，还没等醒过神来，采药人已经走远了。外祖母说："老广这个人啊，哪里都好，就是太能吹了！"

我没有反驳。我一直在想刚才的故事，觉得老广说的全是真的。他身上的酒气，还有他讲出的一个个场景，那都是编不出来的。再说他为什么要瞎说一些没影的事？就为了馋我和外祖母？这不太可能。

就从那一天开始，我到林子里玩耍的时候会不知不觉地留意：大树下的大木头墩子，上面有没有吃的东西。前前后后看到了好几个大木头墩子，可惜上面光光的，什么都没有。

林子里的野物太多了，它们每天忙忙碌碌，究竟在干什么，我们怎么也想不明白。它们大概除了找吃的东西，再就是打打闹闹，做一些游戏。它们在林子里做了哪些怪事，人是不知道的。不过它们肯定要一家人待在一起吧，一旦长时间离开爸爸，也会想念的。不同的是，一只鸟儿不需要爬到高高的树上遥望，因为它有翅膀，很快就会飞到爸爸身边。

外祖母不让我去林子深处，说一个孩子不能走得太远，那里太危险了。她讲了几个吓人的故事，它们都发生在林子里。什么迷路、野物伤人、毒蜂、摘野果从高树上跌落……按她说的，我只能在茅屋旁不大的范围里活动，往北不得越过那幢废弃的泥屋十步。她指了指泥屋北面那几棵黑苍苍的大橡树，那就是我活动的边界。

不过，我如果做出一点让外祖母高兴的事情，就可以跑得稍远一些。比如在林子里采到蘑菇、拔到野葱野蒜，回家就会得到她的表扬，她也不问这些东西是从哪里搞到的。这样我就能越走越远，一直往北，把那几棵大橡树远远地抛在身后。

大橡树北面是一些柳树，我看到一只大鸟沉沉地压在枝丫上，好像一直在看着我，并不害怕，直到离它十几步远时，它才懒洋洋地飞走。不远处有什么在走动，蹄子踏动落叶的声音非常清晰：一会儿停下，一会儿又走，最后唰唰奔跑起来，跑远了。一群鸟儿在半空打旋，从我的头顶掠过。一只花喜鹊站在高高的响叶杨上对我喊："咔咔咳呀，咔咔沙沙！"喊过之后，七八只喜鹊一齐飞到了这棵树上，盯住我。

我想那只站在高处的花喜鹊一定在说："快看快看，看他是谁！"我迎着它们好奇的目光说："不认识吗？我就是南边茅屋里的！"

它们一声不吭，这样安静了一小会儿，就放声大笑起来。它们的粗嗓门可真难听："咔咔哈哈，咔咔哈哈！"它们笑我的愚笨：逗你呢，谁会不认识你呢？

我不太高兴，不再搭理它们，折向另一个方向。一只黄鼬从泡花树棵里跳出来，直直站着看我，提着前爪，一双大眼睛水汪汪的。我和它对视，看呆了，惊得说不出话。这是我第一次这么近地看着黄鼬。这会儿正好有一团阳光落在它的身上，一张小脸金灿灿的，啊，它那么俊。

一只野兔被惊扰了，跑起来仿佛一支利箭，翘起的尾巴像一朵大花，摇动几下就不见了。老野鸡在远处发出"克克啦、克克啦"的呼叫，可能正在炫耀什么宝物。

随着往北，林子越来越密，高大的树木中间是矮小的荆丛，还间杂着一些酸枣棵。彤红的枣子闪着瓷亮，在绿叶中特别显眼，好像对我说："还不快摘一颗？"我摘了许多，又酸又甜。

直走得身上汗津津的，我才坐在一排枫树下。这里是洁净的白沙，除了一蓬荻草什么都没有。七星瓢虫在草秆上爬着，一直爬到梢头，然后犹豫着再干点什么。面前的白沙上有几个小酒杯似的沙窝，我知道这是一种叫"蚁狮"的沙虫，沙窝就是它的家。我用小拇指甲一下下挑着沙子，嘴里咕哝："天亮了，起床了，撅屁股，晒阳阳。"

蚁狮被我惹烦了，最后很不情愿地出来了。它真胖。轻轻按一下它圆鼓鼓的肚子，肉囊囊的，感觉好极了。它举起两只大螯，那是用来捕蚂蚁的。

旁边响起"沙啦啦"的声音。我放下蚁狮。几只小鸟在枝头蹿跳，小头颅光溜溜的，机灵地摆来摆去，是柳莺。它们嘴里发出细碎的响声，就像有人不停地弹动指甲。不远处有一只四蹄动物走过，踩响了树叶，它可能看到了我，立刻停下不动。

我循着响声去看。啊，一只刺猬，有碗口那么大。它亮晶晶的眼睛瞟着我，一动不动。我走近它看着：好大的刺猬，周身洁净，每一根毛刺都闪闪发亮，紫黑色的鼻头湿漉漉的。我试着用一根树条将它驱赶到白沙上，可它绝不移动，很快变成了一个大刺球。我推拥刺球让它滚动，滚到白沙上。太阳晒着它，几分钟后它终于一点点展放身体，昂头看着。我想和它说点什么，离它更近了，甚至看清它长了一溜金色的眼睫毛。

　　如果不是后来发生了一件事，我会和这只刺猬再玩一会儿。我想找来一点东西喂它，琢磨它会喜欢什么，正想着，一群灰喜鹊呼啦啦从远处飞来，紧接着又有几只野鸽子扑到了身边的枫树上。

　　我转过身，立刻看到一只大鹰出现在半空，像一个小风筝。

　　我迎着它呼喊："坏东西，离远点！不准过来！"我伸出拳头威吓。它一点都不在乎，竟然迎着我缓缓地下降。我继续呼喊。大鹰在离地十几米远时，狠狠地盯了我一眼，升到了空中。它终于向另一个方向飞走了。

　　我那会儿记住了鹰的眼神：又尖又冷，像锥子一样。

　　我身上的汗水流下来。转身看枫树上的鸟儿，它们在枝丫上跳跃，轻松了许多。我很高兴，不过觉得有点饿了，于是又想到了采药人老广的故事：林子里突然出现了一桌酒宴……

　　真可惜，这种神奇的好事今天大概遇不到了。

　　往回走的时候，一路饱尝了野枣和野葡萄，还在合欢树旁发现了野草莓……回到茅屋时天已经黑了，外祖母不想理我。她端着一笸箩干菜。这些干菜会放在泥碗里，掺上小干鱼蒸熟，同时锅里一定会有喷香的玉米饼。我追着外祖母说：

"我在林子里转，你猜遇到了什么？"

"遇到了什么？"

我伸手比画："一桌酒席，真的，就摆在几棵大枫树下。好吃的东西可真多，还有一壶老酒……"

她看着我鼓鼓的肚子，脸上有了笑容。不过她才不会相信，说："这种事不会让你碰到。"

"为什么？"

"因为，"外祖母放下手里的东西，抚摸着我的头发说，"孩子，你为野物做了什么好事？它们为什么要给你摆宴？"

我答不上来，脸有些发烫……是的，我心里明白，这样的酒宴自己还不配享用。

好朋友

妈妈从园艺场回来，带了一包干蘑菇、一叠彩色的纸，还有一个好朋友。蘑菇交给了外祖母，她接到手里时对在鼻子上嗅嗅，说："是上好的松蘑。"彩色的纸和好朋友都交给了我。妈妈拉住这个瘦瘦的男孩说：

“你们常在一起玩吧！成为好朋友！”

他从来到茅屋就一副木生生的样子，看着屋里的一切，并不说话。妈妈话音刚落他就笑了，一只小手搭在我的手上。我离近时，发现他的脸很白，长了一层密密的绒毛，就像桃绒一样。我也笑了。

他叫壮壮，其实一点都不壮。妈妈说他是东边不远处一位看园老人的孙子，爸爸妈妈不在身边，所以你们俩一起玩是最好不过的。

妈妈把彩色的纸铺开，每张只有两个巴掌那么大。

原来这是包苹果用的：那个大果园的苹果不同于别处，成熟后要每只包上一张彩色的纸，然后再放到盒子里。妈妈取来几支蜡笔，教我们涂抹。她先示范，画了一朵花，又画了一只猫。

妈妈离开后，我和壮壮一直在画这两样东西。画不像。我画了一只刺猬，外祖母过来看了看，说：“差不多。”我还想画黄鼬、鹰和兔子，结果一点都不像。我又画了一棵草，有几片叶子，外祖母说这个还不错。

壮壮就在我们家过夜，我太高兴了。晚饭后我们躺在西间的炕上，只说话不睡觉。外祖母过来加了被子，拍拍打打，催我们早睡，说有话留到白天讲也不迟。“睡足了觉才能到林子里玩。”她把被角按了按，离开了。

壮壮很快打鼾，不一会儿又笑了。我说：“你肯定吃了很多桃子，脸上才长出这么多桃绒。"壮壮没有反驳，摸摸脸，眨着眼睛，大概在想其中的道理。

"你爷爷是护园人，他有枪吗？"我想起了一个重要的事情。

"有，很大的一杆枪。"

我呼地一下坐起："他打枪的时候你害怕吧？"

壮壮摇头："爷爷从来没有打过枪。他只是背着它。我堂叔也有枪，他有时来看爷爷，去林子里打猎…… 有一回他打伤了一只狐狸，牵回来。"

我转脸看着壮壮，觉得他讲出了一件大事。

"真的，堂叔把受伤的狐狸拴在爷爷的小院里。我等它的伤养好，就把它放到了林子里。堂叔过了几天回来找狐狸，骂人。我说是它自己夜里咬断绳子跑掉了。他拿我一点办法都没有……"壮壮嘻嘻笑。

我暗暗钦佩起壮壮。他真了不起。我告诉他采药人老广的故事，以此为例，说他帮过狐狸，一定会得到它的报答。"说不定…… 你以后去林子里会遇到好事的，你救了它。"我肯定地说。

"爷爷知道叔叔会把狐狸卖到城里，也知道是我放了它，高兴哩…… 狐狸会怎么报答？我可没想过！"

就说到这儿，我们睡着了。

天亮了我们没有去林子里，而是有更重要的事。我和壮壮要一起去小果园，去看那支很大的枪。与外祖母打过招呼后，我们沿着一条小路往东再往北，是妈妈去大果园要走的路。

这条小路弯弯曲曲，很长很长，要走半天，路过许多有意思的地方。我对这条小路熟极了，以前走了两次，路旁的一切都被我牢牢地记住了。那是妈妈领我一起走的，我要跟她去那个大果园，是我再三央求的结果。

上路不久就看到了两旁的野菊花，粉红的、金色的，在阳光下闪闪发亮。再远一点是地丁草和臭荠，苘麻和木天蓼。不太高的柽柳和小黄杨中间长着粗大的麻栎和银白杨。啄木鸟敲着树干，发出"笃笃"的响声，人一走近它就躲到了大树背后偷偷地瞅。一只长尾巴雄野鸡胖胖的，听到脚步声猛一抬头，然后一阵急跑，一连钻过几个低矮的荆棵，十分费力地飞到了空中。

来到一条哗哗流淌的水渠前，刚踏上两块柳木搭起的小桥，一只青蛙从下面"唰"一声蹿起。一条很长的黑鱼瞪着眼睛从草须里探头，吐出一个大大的水泡。几只大绿蚂蚱从渠岸猛地弹到空中，发出一串"呷呷呷"的声音。

过了小桥就是一片柞木、一片椰榆，它们中间的空地上长满了密密的白毛花，风一吹就像浪涛一样涌来荡去。我以前采了一大把白毛花问妈妈，她说："问你姥姥去，她叫得出所有花草的名字！"妈妈说外祖母算得上半个植物学家，总让我问她。

外祖母说这种白毛花叫"荼花"，还说："有个成语叫'如火如荼'，说的就是它了。"

这个成语就是那一次被我记住的。

白毛花前边是黑色的松林，它们遮天蔽日。人走在松林中的小路最好是大声说话、咳嗽，或者唱歌。因为林子里的一些动物总是在暗中跟着人，它们会猛地窜出来吓人一跳。人的大声会让它们明白：我们一点都不怕你们。

穿过松林再走一会儿，就到妈妈的那个大果园了。可这一次我和壮壮刚过了小木桥就折向南：不远处就是那个小果园，那就是他和老爷爷住的地方。

离那儿还有一段路，就听到了"汪汪"的叫声。一条黄白相间的花斑狗跑出来，身子拧成了花儿过来迎接，先朝我轻轻吠一声，然后在壮壮面前跳起来，伸出两爪一下搂住了他。我一下子就喜欢上了这只狗。

小果园里有一间小屋，院子围了竹篱笆。这个院子比我们家的小多了，院门是发黑的松木做成的。一个矮矮的老爷爷站在门口看着我们，欢天喜地的样子。壮壮和狗一块儿贴紧了老人，然后开始介绍我。

小果园里有各种果子，正是熟透的时候，实在馋人。我见了发红发紫的果子就有点忍不住，心里急抓急挠的。我一直是这样，这大概是一种病。好在老人很快摘下了一些梨和苹果，还有一大捧紫葡萄。老天，这葡萄可真肥。

吃过果子，我开始寻找那杆大枪，心里一直牵挂着它。原来它就挂在屋内的北墙上，黑乎乎的，枪筒比我的胳膊还长。老爷爷见我一直在看枪，就说："这不过是个摆设，里面没装火药。"

由枪说到了那个打猎的侄子，老人立刻不再吱声，脸也拉长了。壮壮的嘴巴噘得很高。老人的大手拍拍孙子的肩膀："我会管住那个臭小子。"

壮壮和花斑狗出门的一会儿，老人对我说："我那侄子进林子打猎，有时还要领来一大帮人。他们胡吃海喝的时候，壮壮偷偷把他的霰弹泡在水里，还往枪筒里撒过尿……"说着，他大笑起来。

我被调皮的壮壮惊呆了。我太喜欢这位新朋友了。

"你俩在一起玩也好，省了我的心。到了明后年你们就能做伴上学了。"老人说。

我讨厌上学。我最挂念的还是那支被撒过尿的枪，问后来怎样了？老人呵呵一笑："后来那家伙扛着枪进了林子，见到一只大白狍子，可就是打不响！那小子脾气暴啊，急得大骂。后来他从枪口上闻到了尿骚气，也就知道了是怎么回事，从林子里出来狠狠打了壮壮。他们俩就这样结下了仇。"

"我也与他结下了仇。"我在心里说。

午饭和晚饭都棒极了！篱笆上垂挂的豆角、园子里的野菜和蘑菇、墙上挂的干鱼和坛子里的蟹酱、金黄的玉米饼、刚出

锅的豆腐 …… 这里的好东西真是太多了。我和壮壮的肚子撑得圆圆的，没法睡觉，就在炕上一边滚动一边没头没尾地讲故事。壮壮的故事里总有各种野物，它们什么事都敢干，比如偷酒喝，半夜用毛爪胳肢看园子的人，还在窗外像人一样地咳嗽。原来这些真真假假的事全是老爷爷讲的，他大概比采药人老广知道的事情还多。

清晨我们起得很早。我和壮壮出了小果园就去林子里玩了。

我领着他，不知怎么就走到了那几棵大白杨树旁。我指着大树下洁净的白沙说："野物会在这儿摆上一桌大席，这场酒宴可丰盛了，有肉有鱼更有各种果子。它们像人一样，也要过节，也要请一些好朋友来喝上一杯。"

壮壮看着大树和白沙，咂着嘴。阳光把他脸上的细绒照得亮灿灿的。

我们整个上午都在林子里走，很想迷一会儿路：听说人迷路了会格外着急，团团转。可是走了很长时间，总也没有迷路。野果真多，它们不是酸得让人使劲皱眉，就是涩得拉不动舌头。有一种花叶树上结出的像毛球似的红果，我们尝了尝，发觉又酸又甜，就一口气吃了许多。

后来，我和壮壮一起返回茅屋。我把衣兜里的几颗红果交给外祖母，她看了看说："这是构树果，也叫楮树，它的果儿可不能吃多。"

壮壮在茅屋里玩了好久，回家了。他刚走我心里就有些空荡荡的。我认为壮壮是自己的朋友，也适合做所有野物的朋友。那只被他救下的狍子，还有那只受伤的狐狸，说不定真的会为他摆上一场酒宴！谁知道呢，这事到底能不能发生，就让我们等等看。

又过了一些天，我见不到朋友，一个人去林子里玩，多少有点烦。林子里的鸟儿尽情享用树籽和果子，野物们毛色油亮，一看就知道它们在秋天里吃饱喝足，十分高兴。不过采药人老广说的白杨树下的大木墩、那种好事，好像不太可能发生。

几天后，我又一次来到了那几棵高大的白杨树下。啊，一点都不错，白沙，一个大树墩！我惊得合不拢嘴：一切都像老广说的一样，只是树墩上空空的。我端量了好一会儿，挪不动步子。

后来我好好忙活了一阵子：采来巴掌大的栗树叶子、枫叶和光滑的树皮，整齐地铺在树墩上，然后又四处采摘果子。野枣、红球果、嫩沙参、野李子，刚开苞的小香蒲、甜茅根……把它们一束束一捧捧摆好，远远地看一眼心里就高兴。

我轻手轻脚退开，然后飞一般跑起来。我一口气跑出林子，跑到了那个小果园，在篱笆旁平静了一会儿，开始大声喊起了好朋友。

壮壮出来了。我说："今天一起床就想起了你，这么好的天气，咱们该到林子里采蘑菇吧，啊啊……"

花斑狗从果园里跑出来，一下抱住了我。

我躲闪着左右亲吻的狗，推推拍拍时，壮壮已经跑开了。一转眼的工夫，他回屋取来一个柳条篮。花斑狗也要跟上，老爷爷阻止了它。

我领着壮壮绕了一段路，仿佛毫不经意地接近了那几棵白杨树。

可惜我们来晚了。在离大树十几步远的地方，我们被眼前的情景惊呆了。我们相互做个手势，伏下身子，掩在一丛荆棵后面呆呆地看……

一大群喜鹊围在那个摆满了各种果子的大树墩上，咔咔叫着大吃大嚼。一只最肥的家伙显然是领头的，它蹲在最中间，伸着翅膀，嘴里发出"咔咔，咔沙咔沙"！我一下就听明白了，那是一副慷慨大方的样子，它让大家使劲吃："咔咔，尽吃尽吃！"

一顿大餐正在进行中，其他鸟儿也飞来了。好像周边的树丛中也渐渐有了响动，那是另一些动物……我手搭壮壮的肩膀，小声说："我们来晚了……"

壮壮亮晶晶的眼睛看着我，满是疑惑。

我盯着那群喜鹊说："肯定是你救下的什么野物为了答谢你，早就在这儿摆好了一大桌酒宴……真可惜，它等你不来，结果让一群鸟儿给发现了。这可是你亲眼见的！我们真的来晚了……"

壮壮惊得合不上嘴，一直看着那群大吃大喝的喜鹊，好像遇到了让自己最高兴的一件事。

我也有些感动。

银狐菲菲

每到深秋，外祖母就要动手做一件大事。这事对我们全家都很重要。她要做一种谁都不知道的吃物，我已经早就盼着这一天了。

从银杏叶变黄的日子，外祖母就开始准备了。她先是将豇豆和玉米、麦子、绿豆晒好，再从小院东边的萱草花下剥出一大捧肉根，又从水湾里拔一些香蒲根。这种蒲根的模样就像生姜，嚼一嚼很香，切成片，晒得焦干。将这些磨成粉，再用鱼汤煮上半天，做成一粒粒比花生米小一点的面疙瘩。它们要在太阳和月亮下又晒又晾，直到变得像一颗颗小石子那样硬。

干硬的面疙瘩放进柳条笸箩，上面蒙一层纱布，端到锅台旁，然后就动手"炒沙"：细细的沙子是从树下挖出来的，它们要在铁锅里炒得滚烫，直到散发出一股奇怪的香味。灶里烧的是松木枝，灶膛里还烤着几条小扁鱼和两只地瓜。锅里的沙子烤得脸上不停地冒汗时，外祖母就把笸箩里的面疙瘩哗一下倒进去，接着飞快地用铲子搅动、撩起、放下，这样不停地重复。

等到面疙瘩全都变得焦黄了，就要赶紧用一把细眼铁笊篱从沙子里捞出，一丝都不能耽搁，飞快倒进一旁的铁筛子。要趁热筛掉所有粘连的沙粒，只留下脆生生香喷喷的东西。

好不容易等它凉下来，赶紧抓一颗填到嘴里。啊，涩涩的，满嘴都是又腥又香的味道。

外祖母叫它"香面豆"。

吃了"香面豆"，全身都是力气。秋天过去就是冬天，天多冷！可它好像就是专门为了对付冬天的，再冷的冬天我们都不怕了。爸爸入冬前总要从南山返回一次，走时一定要装满一小口袋"香面豆"。

从此我出门时衣兜里就有了这些馋人的东西。无论是人还是动物，只要离得近一点就会嗅到它。风会把它的气味散到四周。我发现多嘴多舌的灰喜鹊不再说话，它们一动不动地蹲在树梢，在咽口水。

我到林子里，有一次试着将"香面豆"放在一片树叶上，然后离远一点看着。五分钟不到，至少引来了四五种动物，它们是蟾蜍和蚂蜥、仓鼠和刺猬。就连多疑的麻雀也飞来了，它们在稍远处看着。

最先抢到的是仓鼠。憨厚的刺猬吃到最晚，它的动作太笨拙了。我有些同情，就特意捧在手心里递过去，它们再也不像平时那么害羞，毫无惧怕地伸长嘴巴，彤红的小舌头飞快地卷动起来。

刺猬吃东西的样子和小猪差不多。

这一天我走在林子里，觉得自己成了一个最受欢迎的人。我知道旁边十几步或更远一点，正有一些或明或暗的追随者。鸟和野猫在明处，暗中是不愿露面的什么野物，比如獾和狐狸。

这片林子太大了，简直无边无际，我走了许久，也不过是在边缘打转。如果迎着老野鸡"克克沙"的召唤一直往前走，就会越走越深，最后再也转不出来。

我听过老广他们讲了许多林子深处的凶险故事，哪怕这其中只有十分之一是真的，也可怕到了极点。这些故事全装在心里，一般不会讲出来的。

我知道自己明年或后年就要上学了。上学后，说不定我会对那些陌生人讲几个老林子里的故事。对不起，我要讲几个这样的故事吓吓他们，看到他们瞪大一双惊嘘嘘的眼睛，总是有趣的。

我不知不觉走了很远，有些累，就坐在一棵大野椿树下。这种树总是散出一股野生气，有些呛人。一只身上生了黑黄花纹的大蜘蛛从叶梗上滑下来，猛地垂在脸前，我吓得跳起来。也就在这时，我看到树旁的草丛中探出了一张灰白的小脸。

我和它脸对着脸看，一下怔住了。

它像小狗那么大，黑鼻头，粉红的小嘴，一对水汪汪的大眼睛。它的鼻子在用力嗅着，一只前爪往前抬起一点，又害怕地收回。这是一只小银狐。我轻轻叫了一声，它立刻把头缩回，不见了。

我将十几粒"香面豆"放在一片野椿叶上，往前推了推，然后躲到一边等它出来。

十几分钟过去了，小银狐在草丛中发出"费费"声，却不露面。那是焦急的声音。我学它的叫声，却喊出了一个好听的名字：菲菲。它在我的呼唤里发出一串哼唧声，肯定在犹豫、焦急。

又待了一会儿，草丛间再次闪出那张灰白色的小脸。这次它小心地往前走几步，按住野椿叶子，飞快地吃掉了上面的东西，一下下抿着鼻头，抬头寻找那个摆放食物的人。

我从灌木后面出来，但不敢凑得太近，只把手伸向它，掌心里全是它渴望的美味。它看看我的脸，又低头看看我的手，再次发出哼唧声，两爪踏动几下，但这次没有往前。

这样僵持了许久，终于让我失望了。我把吃的东西放在树叶上，走开了。我有些伤心。

我头也不回地走着，步子很慢，有点舍不得离开。这样一直走了很远，走到一片稀疏的钻天杨林子中，我的步子更慢了。一会儿，我听到了身后有非常微小的声音：没错，那是熟悉的四蹄动物胆怯的走动声。因为它踏在树叶上，所以我听得清清楚楚。

我缓缓地转脸。啊，是小银狐菲菲，它原来一直跟着我，这时在十几米远的地方，和我同时停下来。

我发现阳光给小银狐镶了一道金边，一张小脸闪着金色。

我这会儿完全看清了，它比野猫大一点，尾巴粗沉，毛色新亮，通体没有一丝灰气。它那么好奇地看着我，偶尔歪一下头，神色专注。我不由自主地伸手到衣兜里去掏：很可惜，只有十几粒了。我仍然尝试接近它，将美味放在掌心里。它咂咂嘴，往前走了几步，最后还是停住了。

我只好将东西放到树叶上，走开了。

我一连许多天都去林子里，希望再次看到那只叫菲菲的银狐。没有它的影子。我当然不止一次找到了那棵大野椿树，那里一切如旧，只是没有那张可爱的小脸了。

我对外祖母说起了那天的经历，她仔细听了，叹口气："它们啊！"然后就不再说什么。她大概想起了以前的猫：我们家原来有一只漂亮的猫，后来在林子里和野物打架，受伤后就再也没有回来。"猫太好强了，也是自尊的动物，到了最后的日子，就会离开人。"外祖母擦着眼睛。就因为难过，她再也没有养过猫。

在外祖母眼里，小动物们全是孩子。

夜里我偎到外祖母身边，恳求说："我们养一只猫吧。一条狗也行。我要搂着它们睡觉。"

"狗是不能睡在炕上的。猫还差不多。"她的手搭过来，抚摸我的头发。她不再说话，也没有答应我的请求。

早晨我醒得很晚，梦里全是一些小动物的身影。醒前看到了窗户上有一张灰白的小脸，我揉揉眼睛坐起，窗上什么都没有，只有耀眼的霞光。

整整一个上午都不愉快。下午我想起了好朋友壮壮，想起了那片小果园和老人，最后一直想着那条花斑狗。我告诉外祖母一声，她刚刚点头我就跑出了屋子。

在小院里，我看到榆树枝丫间有什么闪了一下。只一瞥，我的心就怦怦跳起来：好像有一张似曾相识的小脸。我屏住呼吸仔细寻找，什么都没有发现。可是肯定有点异样。我出了栅栏门，绕着榆树转了一圈，最后还是失望。可就在我准备离开的那个瞬间，浓密的树叶间竟伸出一个闪亮的鼻头，接着是一张小小的脸庞。"菲菲！"我喊了一声。

真的！真是银狐菲菲！它走出来，那双大眼睛一直望着我。我心上一阵热烫，迎着它伸出两只手。

这次它竟然没有躲开，走过来，在离我两三步远的地方停住。啊，它微微张开了嘴巴，露出了洁白的牙齿，薄薄的小舌头在齿间游动。我从衣兜里取了一把"香面豆"，它迎着气味，不再犹豫地来到跟前。我的手心终于碰到了它的小嘴。但我一丝都没敢触碰它滑滑的绒毛，不敢摸它的身体。它很快吃光了。我一阵冲动，用力把它抱在怀里，然后不管它怎样挣扎，一直抱到屋内，飞快关门。

外祖母看见了，脸上是吃惊的神色。

菲菲挣出身子，跳上炕头，又蹿到窗户上。我无论怎么呼唤都没用，它发出一连串的哼唧声，接着是"嗤嗤"的威吓声，从我的头顶一跃而过。

外祖母在紧急时刻打开门。菲菲飞一样逃离。它跑出院门还是没有放慢脚步，直到消失。我怔怔地站在门口。这样过去了十几分钟，茅屋旁的大李子树下好像有什么在动，盯住一看，原来是它：紧贴树干站着，正注视我。我们对视了一小会儿，它低下头，一颠一颠地跑进了林子里。

这个夜晚我有些难过。外祖母安慰我说："狐狸有狐狸的事情。"停了一会儿又说，"再就是……它不相信我们。"

"它会的！"

外祖母摇头："不会的。我们当中有猎人。"

"大家都不是猎人……"

"不，只一个就够了。"

从那天到以后，一直到天冷，北风呼号，树叶哗哗卷进小院里，我再也没有见到银狐菲菲。我有一天梦见它隔着窗户望向屋里，鼻孔喷出两道白气，早晨起来一看，下雪了。

打开栅栏门，第一眼看到的是门前雪地上有几行清晰的蹄印。我叫起来：这是银狐菲菲……

泥屋的秘密

我常去那间半塌的小泥屋。外祖母知道了就板着脸："别再

真的！真是银狐菲菲！它走出来，那双大眼睛一直望着
我。

　　外祖母看见了，脸上是吃惊的神色。

　　菲菲挣出身子，跳上炕头，又蹿到窗户上。我无论怎么
呼唤都没用，它发出一连串"哼唧"声，接着是"嗞嗞"的
威吓声，从我的头顶一跃而过。

去了，突然塌了怎么办？离远点。"我说："不会塌，它多结实啊！"我说得没错，它很久以后都会好好地待在那儿。

不过它看上去真的有些不妙：至少三分之一的屋顶没了，两扇破门板总是虚掩着，小窗也朽掉一半。我不明白的是，这幢小屋要么好好的，要么拆掉算了。好像我们家故意不再管它，就让它自己在那儿接受风吹雨打。不过我觉得小泥屋自己过得很快乐，它并不难过。

夜里刮大风，下大雨，雷声隆隆，我会惊醒起来。这时我就想到北面的小泥屋：它会冻得浑身发抖，会孤单，会抱怨主人把它扔在一边。天气好时，或者风清月明的晚上，它一定是高兴的。

我不知道它是否喜欢被人打扰。我每次去小泥屋都悄没声的，生怕惹它不高兴。我心里明白，这个地方看上去安静极了，实际上大多数时候都是热热闹闹的，藏下了许多别人不知道的秘密。外祖母一天到晚太忙了，她对小泥屋一点都不关心。

在我看来，小屋塌下三分之一屋顶也是好事，因为那儿露着天，晚上能看到星星，下雨的时候能落进雨水，白天还能射进阳光。所以小屋里靠近这一边的地上长了茂盛的植物，有紫色的蓼花，有小蓟和打破碗花，有蒲公英、蕨菜、茜草、大马齿苋、咸蓬、地肤、虎耳草、酸模和紫苏，简直数也数不完。我采了它们让外祖母一一辨认，她全都叫得上名字。这儿还生出了好多蘑菇，大多是不能吃的草菇。屋角的一堆烂木头那儿是探险的好地方，里面的各种小虫一天到晚忙忙碌碌，它们当中有长了一对长须的大个头黑水牛、生了一串长腿的蜈蚣，还有发出"咔吧咔吧"响声的磕头虫、通体闪光的金龟子，更多的是谁也叫不出名字的种种怪虫。烂木头旁的角落里有一个大蜘蛛网，上面总是悬了一些小飞虫，沿着网丝往一边找，一定有个阴沉沉的大块头蜘蛛蹲在一旁，一会儿就会爬过来享用它的大餐。

如果挖开屋角和木头旁的松散土屑，小虫子们马上四处逃窜，有的钻进小洞里，有的沿墙角跑得无踪无影。又大又肥的土元跑不快，要逮住它们很容易。土元卵像小红豇豆似的，有的已经孵出了一些小土元。个别土元长了长长的翅膀，但从未见它们飞起来。拣一些最肥最大的土元放到一起，看它们缓缓地往前爬，就像小画书上看到的坦克车差不多。这片潮湿的土中似乎应有尽有，只要细心地翻找，什么奇迹都会出现。

我最想找到比拇指还要大的紫红色的大蛹。那真是可爱的东西，在我看来属于真正的宝贝级，简直完美无缺。它安静的时候就像一颗野生的大枣，尖尖的头颅动起来时，才会让人想到这是一种活生生的动物。如果在光线明亮的地方观察，它硬壳上的每一道环纹，都闪着深紫色的荧光。最有趣的是和它玩，这时才能知道，它竟然还懂一点点事。

如果用三根手指轻轻撮住它的屁股，然后大声说"东、西、南、北"，随着喊出的号令，它的尖头就会向着四个方向逐一转动。

红蛹真是可爱的肥家伙。我不会把它叫成虫子，因为它没有腿，也不能爬动。小屋的土中可以找到大中小三种红蛹：越大越宝贵；稍小一点的颜色很重，也很可爱；奇妙到让人不敢相信的，是一种身上长了"钢笔卡子"那样的大红蛹，只不过这卡子无法别到衣兜上。我把大红蛹放到光亮处仔细看，又贴到脸上感受特别的滑润。它洁净得没有一丝灰气。

外祖母看了我带回的几只红蛹，说它们到时候都会变成"凤蝶"：最肥的那只变成蝴蝶后，有碗口那么大，淡绿色，漂亮极了。这种蝴蝶飞的时候不紧不慢，飘飘悠悠，最爱去的地方是春天的果园，所以人们都叫它"苹果蝶"。稍小一点的会变成黑色的蝴蝶，像小孩的拳头那么大，常在刚刚开花的花椒树那儿慢慢地飞，所以人们都叫它"花椒蝶"。

我最好奇的是那只长了"钢笔卡子"的大红蛹，问外祖母，她也没有见过，只说："这得找专门的昆虫学家了，他们会知道。"我从那时起才知道有一种了不起的人，他们是专门研究虫子的。可惜当时他们还不可能到我们的小泥屋里来。

在外祖母的催促下，我把几只红蛹放回了原来的地方。一开始我想用软软的棉花将它们包起，装在枕头边的小盒子里，夜里可以随时伸手摸一下。外祖母说你如果对动物好，真好，就要依着它们的本性。"什么是'本性'？"我问。"就是和我们不一样的活法。"她说。

我想了想，好像是对的。不过有些野物坏极了，那就是坏的"本性"了。

　　小泥屋的大炕还没有塌，这真不错。我抱了一些干草铺在上面，又用蒲草扎成了一个松软的大枕头，大白天躺在上面想心事。在这儿睡觉也不错，不过总也睡不着，因为只要安静一会儿，就一定会有什么东西出现在小窗上，它们往屋内瞥着。有的竟然长时间不走，这让我慌慌地心跳。

　　白头翁、长尾灰喜鹊、红嘴山鸦、老斑鸠，都在窗外晃着脑袋往里瞅过，如果我没有在意，它们就会"笃笃"地啄响窗棂。有一天我正在躺着出神，一只比野猫还大的什么动物伸出前爪使劲推拥窗子，像是生气了，要一口气把窗框扳下来。这家伙的眼睛像獾一样尖亮，牢牢地盯了我几眼，最后很不情愿地走开了。

　　不过无论如何，大白天的小泥屋还算安全的，我想，这里到了夜晚就会发生各种事情，如果聪明最好还是躲开。我在屋内细细勘察，看着松土屑上的一些痕迹：有兔子和狗的蹄印，还有许多我不能辨认的大大小小的蹄爪；最可怕的是这其中还夹杂了几只小孩脚掌那么大的蹄印，踏得很深，一看就知道是一个大块头留下的。

　　天哪，有一些古怪或凶险的野物来到了小泥屋，是趁着伸手不见五指的黑夜来的。不过它们要来这个空空的屋子里干什么？这实在让我好奇。

有一天晚上，天完全黑下来，我忍不住往北走去，想轻手轻脚地靠近小泥屋。离它还有十多米远时，就听到里面传来"叽叽喳喳""扑扑啦啦"的声音。我站下，屏住呼吸。正这会儿，屋里突然发出了一声尖叫，接着是"哈哈"一声大笑。我吓得转身就跑，跑开几步又蹲下了。这样静静地待着，直到再也听不到一丝声音了，我才站起来。进还是退？犹豫了一会儿，我还是壮壮胆子向前。屋里仍然无声无息，不过更让人害怕了。

我终于走到了屋前，伏在了小窗上。里面黑黑的什么都看不见。似乎有活物在屋内走动，发出细小的"嚓嚓"声。它们大概察觉了窗外有人，但显然并不太害怕。可能它们已经在这儿度过了无数个夜晚，早将这座小屋当成了自己的家，又仗着一群一伙，胆子变得很大。

我的嗓子痒得难受，后来实在忍不住，就咳了一声。屋里立刻大乱，有鸟儿扑啦啦展翅，唰唰奔跑，还有什么发出"咕咕"的叫声。一个嗓门粗哑的家伙连连发出了咳嗽，好像在故意学我。我有些生气，也就不再害怕，响亮地吹了一声口哨。

屋里再次安静了。

只是一会儿，拍动翅膀声和蹿跑声又响起来。一种尖细的、像初生小猫那样的叫声，一阵比一阵急促，听得人脑瓜上渗出了汗珠。就在这时，以前听过的那种"哈哈"大笑又出现了。这次因为离得近，我听出是一种大鸟，它好像在幸灾乐祸地笑，一边笑一边扑动翅膀，好像从露天的屋顶飞走了。

我在窗前伏了一会儿，最后还是撤离了。我那时仿佛听到了外祖母在焦急地喊人，担心自己一阵冲动就闯进小屋，那就糟透了，那会出事的。出什么事不知道，但肯定会出事。我不清楚小泥屋里到底有哪些动物，不过想象中可能很多：它们在乌黑的夜晚赶来聚会，一定高高兴兴的，虽然也要打闹，不过相互之间并不伤害。它们也许有个奇怪的约定，要在这里相会。想想看，如果这时候来了一个生人，再冒冒失失地闯进去，它们会多生气，一定要怒气冲冲地一起对付他，那就有了大麻烦。

　　我及时离开是聪明的，外祖母就常夸我是聪明孩子。不过再聪明的孩子被好奇心缠住，也会做出不聪明的事。从那个夜晚之后，我动不动就想摸黑闯一次小泥屋。为了这个计划，我认真做着准备。其实也没有多少好准备的，只要带上外祖母割韭菜的小镰刀，就算有了一件厉害的武器。后来我又想到了野物的狂窜乱飞，就找了一顶帽子，用来抵挡蹄爪，害怕被它们抓掉头发。

　　最重要的还是下一个决心。好不容易挨过了三天，第四天突然想到了好朋友壮壮。是啊，干这种事就该和朋友一起。

　　我找到了壮壮。几天不见，他好像更瘦了，脸也更白了。他听了我的冒险计划，眼睛一下亮了："啊，"他抿着嘴唇，"真有意思，咱们快去吧！"

　　这天晚上没有月亮，没有风，只有满天的星星。我们家来了壮壮，外祖母很高兴，晚饭特意做了蘑菇汤。饭后我俩一起出门，外祖母也就不担心了。我腰上别了一把小镰刀，壮壮拿了一根木棍。

今夜的小泥屋比上次安静，离得很近了还没有听到吵闹声。我有点失望，小声对壮壮说："它们很会装样子，故意不吱声。"壮壮没有吭气，夜色里看不清他的神色，但觉得他此刻十分严肃。

我们在小窗前趴下了，看着屋内浓浓的夜色。太黑了。里面好像有什么在极小心地活动，我们是凭感觉知道的。它们大概早就发现了来人，正在提防着、想着办法。野物的眼睛与人不同，它们能看穿最黑的黑夜；如果没有这个本事，也就不会赶在大黑天到小泥屋里来了。

四周没有一点声音，安静得让人受不了。我们正焦急，屋里突然发出了"扑棱"一声。壮壮忍不住朝窗内呵了一口气，回头看我。我看不清他的眼色，不过明白他这会儿已经下了决心。我们一齐猫腰移到门旁，侧身蹭着墙壁，大气儿不喘，一丝丝地往前挪动，就这样一点点进了屋子。

这是最安静的时刻，地上掉一根针都能听见。那些待在暗处的野物肯定盯住了我们，它们的目光刺得脸上一阵发疼。我故意大着胆子咳了一声。还是没有一点动静。我扯一下壮壮，继续往东间屋里走，一伸手摸到了炕沿，就爬到了炕上。这儿有蒲草做成的枕头，还铺了一层软软的茅草。可是这时候谁也没有心情躺下，那只枕头被我摸到了，我把它紧紧地抱在了怀里。

这样过了一会儿，眼睛终于适应了一点黑夜。我可以模模糊糊看到屋顶，看到露天处闪烁的星星。如果有月亮就好了，那时我就能看清屋内的一切。好像有大大小小的黑影贴在屋顶、墙壁和屋角，似乎到处都有。它们大概准备干点什么，这会儿正在等待一个时机。

我对着壮壮的耳边说："它们一定在盘算。咱们要小心些。"他的脖子缩进衣领，眼睛却在机警地望向四周。像蜻蜓那么大的一只小鸟，小极了，无声地飞起来，从东往西，又从西往东，最后落在了屋梁上。这可能是个开端，因为紧接着，有一只啄木鸟咔咔敲响了椽子，震得灰尘像雪面一样落下。那会儿我正仰脸看着，双眼马上被迷住了。"哎呀，真难受……"我揉眼，一手攥紧镰刀，一手抓起炕角的一些土块，后背抵紧墙壁，做好了反击的准备。

壮壮不知什么时候已经挪到了炕的另一头，做好了打斗的架势。一场战斗马上就要到来，我的心跳得厉害。果然，随着"啪啪咔咔"一阵敲击声响起，有一个没有翅膀的家伙，大半是一只豹猫吧，从一个角落嗖的一声跃到半空，然后又从屋顶的一端飞到另一端。整个小屋都被腾空飞舞的豹猫搅乱了，"嘎嘎呱呱"的叫声响成一片，有什么上下左右飞窜，闪着让人心惊肉跳的眼睛。我觉得不止一个凶险的家伙在逼近，就挥舞镰刀，同时抛出手里的土块。

混乱中我的帽子被什么揪掉了，接着被狠狠地拽下几绺头发。我护住头顶，却有几摊稀稀的粪便撒下来。壮壮在炕的那一端挥动棍子，发出令人心颤的吆喝。炕下不远处有什么在"呼呼"喘息，像外祖母做饭时拉响的风箱。喘息声越来越弱，后来突然就没了。

小泥屋又像刚来时一样安静了。

我和壮壮背靠背挨在一起，手里握紧武器，盯着浑浑的夜色。过了十几分钟，屋角那儿好像挺起一个大大的黑影，它还在长高，越来越高，像一个巨人似的。看不清这是什么，不过能够感到它的轮廓：像老熊一样大、一样笨重，正不紧不慢地挺直身子。它沉着地在屋里走了一个来回……我的额头和手心里全是汗水，马上想到了白天在小屋里看到的那些又深又大的蹄印。

最后，我和壮壮不知怎么从小窗那儿出来了，是连滚带爬逃出的。

我们不顾一切地跑，一直跑到茅屋跟前。为了不惊动外祖母，我们像小偷一样溜进了屋里，然后关门，喘息了许久才点上灯。

老天，我们的样子可怜极了。头发脏乱，衣服沾满灰土和野物粪便，脸上的一道道抓痕渗出了血。显而易见，这个夜晚我们是失败者。

由于脸上的伤痕，夜里的事情无法向外祖母隐瞒。她从外面找来一些小蓟叶子，用它的绿汁给我和壮壮抹了伤处，生气地说：

"你们不该去招惹它们。"

我不服气，看看壮壮："那是我们的泥屋！"

外祖母摇头："泥屋早就归它们了，这座茅屋才是我们的。"

千鸟会

我曾经问外祖母：林子里一共有多少野物？它们是什么？我渴望一个准确可信的答案。因为外祖母熟知林子里的一切，如果连她都不知道，那么爸爸妈妈也不会知道，谁都不会知道。外祖母说："这就很难说了。"

我很失望。我一直挂记的是小泥屋里的那些野物，特别是那个在黑影里不慌不忙走动的大家伙。"我们这里有大熊吗？"我问。外祖母眼望着窗户："有一只从东北老林子里来的大熊，不过早就没了。""就它自己？""它是寻孩子来的。有人把它的一只小熊崽儿带到这里，它就一路找啊找啊，找来了。"原来我们这儿发生过这样的大事儿！我问下去："它找到了孩子？""没有，它在这里一直转了两年，找不到，就到别的地方去了。"我想着那个小泥屋的夜晚，说："也许它又转了回来，也许……它的孩子已经长大了。"

外祖母说这片林子里有各种野物，不过它们当中只有极少数才会害人，她一边说一边扳着手指："狼、獾、豹猫、猞猁、蛇、狐狸……"我目不转睛地看着外祖母，"不过狼越来越少了，都被猎人打光了，剩下的几只藏在林子深处不敢出来，要不说小孩子家不能走得太远。没有枪的人是不能进老林子的。"

我琢磨着外祖母的话。她说的这几种可怕的动物，除了蛇和豹猫，獾和狐狸我也见过，它们是不可能害人的。我提出了自己的看法，并以去年见过的小银狐做例子。外祖母摇摇头："狐狸的心眼太多了，有的好，有的真会骗人。獾就另说了，它们其实并不坏，只不过有个毛病，太喜欢小孩儿了。"最后一条把我迷住了："那多好啊！它和我玩，我才高兴哩！"

外祖母伸手胳肢了我一下，我笑了起来。她上前一步，还是胳肢，见我笑着躲开，这才板起脸说："獾见了小孩儿就这样胳肢、胳肢，因为它太爱听小孩儿的笑声了，一直让他笑、笑。小孩儿笑得喘不上气来，就被憋坏了。"

我不再吱声，看着外祖母。

"小孩儿笑起来像小溪淌水一样，脆生生的，越是上年纪的老獾越是喜欢听这声音。所以在哗哗流水的小溪旁就经常坐了老獾，它们不是渴成这样，它们是跑来听水声的。"

我多么想看到这样的老獾啊，虽然心里有些害怕。想着伸过来的獾爪，我不由得抱住了胸部。外祖母又说："咱们林子里最多的还是鸟儿，各种鸟儿，数也数不清。它们只和小孩儿玩，从不伤害他们。不过有一种大鹰，比最大的斗笠还大，它们能捕到兔子，急了也会冲下来捕小孩儿，在它们眼里小孩儿和兔子差不多，抓起来就飞到天上了。"

我不信："它会把我抓到天上？"

外祖母抚着我的头发："大半不会了。你快上学了，已经是这么大的孩子了。"

"我再小，它也不敢！"

"不，十几年前，就是林子南边的村子里，有个两岁的胖孩儿离开妈妈到草垛边玩，飞来一只大鹰，一头冲下来就把他叼走了。全村人就看着那只鹰费劲地叼着孩儿往高处飞，晃晃悠悠飞远了。那孩儿太胖了。全村人喊啊跺脚啊，还是没用。"

外祖母不像在编故事。我想着那个被大鹰叼走的孩子，觉得他真可怜。我开始想那些鸟：蓝点颏、百灵、大山雀、沙锥、水鸡、海雀、田鹨，一群群的麻雀。我觉得林子里最多的就是麻雀，有一次我和壮壮去东边的水渠捉鱼，渠边的柳棵上蹲满了麻雀。它们吵吵嚷嚷，我和壮壮说话都要扯着嗓子。当时我们很生气，因为渠中的鱼都被它们吵得躲开了。

"鸟儿为什么要聚在一块儿？它们在半空打一个旋儿，还要落到柳棵上，像结了一树果子……"我说。

"它们也不愿孤单，要凑到一起谈谈天，讲讲故事。有时候它们还要到一块儿开会，你们那天遇到的，就是鸟儿开会。"

我听得聚精会神，相信一定是的。无数的鸟儿，不停地说啊说啊，有讲不完的话。不过谁也听不懂鸟语，如果谁有这样的本事就太了不起了。"它们为什么要开会？"我问。

"那就得猜猜看了。像人一样，它们也要过日子，平时遇到的难事也不少。像那群麻雀，一到了秋末就会凑到一起，商量一些作难的事。"

"什么事？"

外祖母擦擦鼻子："天快冷了，冬天眼看就来了，它们要商量过冬的办法。住的地方，吃的东西，都得打算好。冬天是鸟儿们的一关，又冻又饿，没有比它们再可怜的了。先说住的地方，麻雀做窝的本事不小，在屋檐下面找个地方，在里面铺些白茅花就成了。再不就寻些啄木鸟空下的树洞、渠边上的草窝。可惜它们人口太多了，一大家子总是住不下，大冬天里只好蹲在草窠和树杈上过夜。这是最凶险的时候，因为豹猫和野狸子冬天也闲不着，鸟儿一瞌睡就变成了它们的盘中餐……"

"鸟儿是最可怜的。它们冬天冻得发抖，到处找吃的。"我想起了那些在茅屋前蹦蹦跳跳的小鸟，想起我一次次往雪地上抛撒零食。我难过地叹气。

"它们晴天好过一些，那些草籽儿也算可口。大雪封地了，一连几十天没吃的，这样的日子，小鸟躺在雪地上再也起不来。有一天我一连捡了二十多只冻死、饿死的小鸟，把它们埋在一棵合欢树下……春天末尾这棵树开满了花，有二十多只小鸟落在上面。"外祖母的声音低低的。

我想那些小鸟没有死。也许外祖母有一种魔法，让它们在春天里复活了。我明白，鸟儿们尽管一次又一次开会，讨论怎样对付饥饿、仇敌和其他种种可怕的事情，但还是没法完全躲过。我又想起了那些时常落满树丫的花喜鹊：它们的嗓门又粗又高，总是叫个不停，那肯定也是在开会。

外祖母说花喜鹊算是幸运的鸟儿，它们不仅精明，而且力气也大，能够把屋子搭在高高的树顶，还能跟半夜偷袭的豹猫打斗，一般情形下总是能够脱身。"它们的屋子是用一根根粗细枝条穿插起来的，看上去乱糟糟的，其实哪根挨着哪根、怎么相互勾连，都是十分巧妙的。大风吹不垮它们的屋子，连偷拆房屋的灰喜鹊都犯愁 …… 灰喜鹊品行不好，常常到花喜鹊家里偷拆木料。"说着，外祖母垂下了眼睛。

"它们是怎么躲过豹猫的？"

"花喜鹊的房子是有机关的，它故意在墙缝里伸出许多细小的枝条，只要这些枝条被轻轻碰到，睡在屋里的花喜鹊就知道有敌人来了，然后就能麻利地飞走。想逮住花喜鹊可不容易。"

"它们在一起开会时说些什么？"

"当然是商量事。怎么对付老鹰、哪里的果子熟了、林子里又来了什么客人 …… 也少不了拉个家长里短，吵吵嘴。"

"你能听懂鸟儿说话？"

外祖母摇头："我可听不懂。我只是一边听一边想，瞎琢磨。"

“一句也听不懂？”

外祖母抱歉地点点头。我有些失望。不过我想总有人能听懂一点吧？再三追问，外祖母果然说："听说很久以前有位孤老太太，就像我这么大年纪，在林子里住了一辈子，日子久了，也就听懂了一点点鸟语。这一下太好了，她有时不出门也能知道许多事情，过日子就方便了。不少人都听说过她的故事，大概这是真的。"

我高兴得跳起来："真有这样的人呀！啊，多么了不起的老太太啊……"我缠着外祖母多讲一些，她长得什么样子、怎样和鸟儿打交道、现在住哪儿……外祖母没有见过她，因为那是很早以前的人和事了。不过她们都是住在林子里的老人，她对那个老太太佩服极了，说："我可比不上那个老太太！"

外祖母说到最后，最让我失望的是那位老太太早就不在人世了。我想老人在林子里一定有一座小房子，现在她的小房子还在吧？外祖母说谁也找不到它，或者早就塌了，或者还在林子深处，因为都是几十年前的事了。我好伤心。我想自己再长大一点，一定会背上一杆猎枪，到老林子里寻找那幢小房子！想想看，那儿住过一位能够听懂鸟语的老人，那幢小房子多么了不起！

“老太太孤单，没事就听树上的鸟儿拉呱儿。鸟儿和人一样，会生气，会高兴得唱歌，会愁闷得不吃不喝，然后你一句我一句相互劝导。秋天鸟儿商量采摘的事，哪里苹果快熟了、李子变紫了，都要议论。老太太一到秋天就要采野果做一坛坛果酱，自从听懂了鸟儿的话，再也不用费心到处找了，按鸟儿的话去做就好，很快就能采回一篮好果子。不过她只采这一篮，从不贪心，知道更多的果子要留给鸟儿。她还从两只过路的长腿鹭那里听到了鱼的消息，在一条渠汊里捉来足够吃一冬的鱼蟹。一群小鹌鹑在老太太院里啄食，议论一件可怕的事，说的是从东北老林子来了一只脾气暴躁的老熊……老太太在冬天关严屋门，还让采药人小心。后来她听说这只老熊是千里迢迢来找儿子的，很不幸，就叮嘱那些猎人，谁也不要伤害它……"

"啊，不幸的老熊！"我叹气，心里想：如果那个能听懂鸟语的老太太在世，一定会知道老熊现在的消息。

正在我想这些的时候，外祖母问了一句："最能唱歌的是什么鸟儿？"

我当然知道，是云雀，常常飞在天上，不停地唱啊唱啊……以前外祖母就指着天上的云雀讲过：无论飞得多么高，它都能看见下边的小窝，那儿有一只小草篮似的窝，它的孩子就在里边，妈妈从高处看着地上的孩子，为孩子唱歌。

"那位老太太最高兴的就是好天气时在院门口坐上半天，听云雀唱歌。地上小窝里的鸟蛋还没有破壳，云雀妈妈就唱给孩子，说宝宝快出来吧，天多么蓝，花儿多么香；鸟儿破壳钻出来，粉嫩的小身子摇摇晃晃，云雀妈妈就讲故事，编一些林子里的童话给小宝贝听。有时候云雀妈妈会一口气唱上半天，不喝一口水。它太爱自己的孩子了，忘记了一切。世上只有妈妈的歌是最甜的，小云雀就在妈妈的歌声中长大……"

我羡慕云雀。我想念妈妈。我出生后大半都跟外祖母在一起，她给我讲了无数的故事，这也等于唱歌了。

就从这一天开始，我特别留意树上的鸟儿。我有时会专注地听上很久，琢磨它们在说什么。鸟儿吵架我听得懂，不过我不知道它们在吵什么。我学外祖母那样闭着眼睛，用心去想。

一只云雀在空中唱个不停，已经唱了半个小时。它在唱给地上的孩子听。我用心捕捉歌声，闭上眼睛。好像听懂了一点，真的，那是一首多么欢快的歌：

"乐乐乐乐，啊呀我真快乐！宝宝睡吧睡吧，从太阳出来，睡到太阳降落！乐乐乐乐，妈妈真快乐！宝宝别怕，软软的小窝，白茅花被子暖和和！乐乐乐乐，妈妈真快乐……"

我跑回屋里，把听到的歌唱了一遍。外祖母高兴极了，亲亲我的脑壳说："一点不错，就是这样唱的，你用心听，就听懂了！"

"可你以前说自己听不懂鸟儿的话……"

外祖母笑了："也许会的，像你这样用心，总有一天会听懂一点的。"

我到林子里，遇到了一群花喜鹊，它们正在吵闹，见了我就不吱声了。这样停了一会儿，它们当中的一只响起一句粗粗的吆喝，于是就再次说起来。我坐在一棵白蜡树下，旁边有一蓬马兰草。我闭上眼睛听啊听啊，想听个明白。我似乎猜出了第一句、第二句，还猜出了其中的一两句：

"看看看看，是这小子来了！"

"认得认得，茅屋里的孩子！"

"他蔫不拉唧的，不太精神哪！""那是那是，好果子吃不着，吃不着！""咱知道有好果子熟了，咱不告诉他！""不告诉，不告诉，咳咳，东渠的桑葚紫又紫，咱不告诉他！""不告诉，就不告诉！"

我睁大眼睛看着这群花喜鹊。它们一个个又肥又亮，羽毛滑滑的。这当然是因为一天到晚不干活儿，专吃好东西的缘故。一帮嘴馋的懒家伙。不过我今天可听到了它们的一点秘密。

我看了看太阳，正是半上午时分，一切还来得及。我想快些赶到东边水渠那儿，饱饱地吃一顿甜甜的大桑葚，然后再捎一些给外祖母。这样想着，我站起来就往东走。我发现树上的一群花喜鹊彼此看了看，好像一点都不着急。我继续往前，走了一会儿，才听到它们在身后再次嚷叫起来。它们大概开始议论别的事情，不再理我。

很快找到了那条暗绿色的水渠。在小木桥的旁边果然有几棵桑树，但树上没有果实。我沿着水渠往北走了一段路，终于发现了几株枝叶茂密的大桑树。啊，果实累累！只可惜走近了才知道，它们全是青涩的，离变紫的日子还远着哩……我被骗了！

往回走时，我仔细想着听到的那些花喜鹊的叫声："哜哜，咔咔，嚓嚓嚓嚓，咔啊咔啊……"就是这样。嗯，也许它们压根儿就没有说到果子的事，而是议论接下来的冬天怎样盖一座新房子？它们说啊说啊，有讲不完的话。老天，要真正听懂鸟儿说话，这可太难了，大概是天底下最难最难的了。外祖母多聪明，可她一辈子都没有听懂。

但我会有耐心的。我一定要给外祖母一个惊喜。

外祖母的美味

我要爬到高高的钻天杨上。这棵树不够壮，所以刚爬到半腰它就摇晃起来。没有风，是它自己在摇。从这儿往南遥望，能看到远处的树和村子，看到那道蓝色的山影。只要是天晴的日子，那道山影就会出现。我想念爸爸。

妈妈每个月至少要回家两次，可爸爸一年里只回来两次。上次见到爸爸是一个深秋，那天下午我听到栅栏门响，一个翻身爬起：一个瘦瘦高高的男人正走进小院，他短短的头发，黑红的脸庞……"爸爸……"我一边喊一边跑到院里，不知怎么低了一下头，一眼就看到了他没穿袜子的双脚，脚背上全是又细又密的皱褶。

外祖母说爸爸在山里干活儿，他们有一大群人呢，没白没黑地用一把大锤对付铁硬的石头。他吃得不好，所以才这么瘦。果然，爸爸每次回家都要带走很多好吃的东西。外祖母准备了许多"香面豆"，还把红薯面掺上玉米糁和绿豆，做成比巴掌还小的薄饼，烙得像石头那样硬。爸爸将这些东西带到山里，半夜饿了就吃。

妈妈每次从果园回来也要饱餐一顿，那是她最高兴的一天。外祖母扳着手指数着妈妈离开的日子，说她就要回家了，接着动手做一顿好饭。果然，妈妈回来了。我本来就想妈妈，再加上我的嘴巴很馋，所以特别盼着她能回来。

有一种胖胖的蘑菇叫"柳黄"，只生在柳树半腰，好吃到无法形容。外祖母是找"柳黄"的好手，她只要背着手到老柳树林里转悠一会儿，回家时就能变戏法一样从袖口里抖出一个小孩胳膊那么粗的"柳黄"。"柳黄"加上豆芽、野葱和小干鱼、捣碎的花生，然后装进一只大泥碗中，上面再用一张大白菜叶儿小心地蒙起来。玉米饼和泥碗一块儿放进锅里蒸，灶下烧着芝麻秸。

锅里只要有特别的美味，外祖母就会乐滋滋地在灶里点上芝麻秸。这些芝麻秸平时要扎成一束一束，整齐地摞在一个角落里，只为了在这样的时候派上用场。她说用芝麻秸烧熟的饭菜会有另一种滋味。我发现只要过年过节、吉庆的日子，灶里烧的都是它。

外祖母平时把松塔、苹果枝和一些杂木分开放好，各有各的用处。做玉米饼和地瓜时要点燃松塔，做鱼就烧苹果枝，炖地瓜时使用杂木。如果是苹果枝在灶里啪啪响起来，那么锅里准会有一条大鱼，而且一定是妈妈回家了。妈妈说："只有咱家做鱼放韭菜。"我说："鱼汤里还有小蓟叶儿、姜和葱，还有紫色小野果。"妈妈说："主要是韭菜。"

我们茅屋后边有个深凹到地下的窖子，窖顶披了厚厚的苦草，没有窗户，沿着台阶下去要擎着灯。这里春夏秋冬都凉凉的，放了无数宝贝。外祖母会亲手造出许多宝贝，然后悄没声地藏到这里。经常路过我们家的采药人、猎人和渔人，他们进屋喝水抽烟、拉家常，可就是不知道我们屋后有这样一个藏宝贝的地方。

窖子里有大大小小的坛子，墙上挂了东西、拴了瓶子。有的瓷罐埋进土里多半截，上面有沉重的柞木盖子，打开盖子，还有一个塞得紧紧的大木塞。罐里是腌了一年的鱼酱，揭了盖子会有一股刺鼻的腥香气猛扑出来；如果舀出一勺蒸熟，馋人的香味会一直飘到茅屋外面。那些大口瓶里分别装了野莓酱、杏子酱、桑葚酱、西红柿酱。走到窖子最里边，能看到两个黑乎乎的瓷坛子，它们全压上了厚厚的柞木盖子，坛口还用木塞堵紧。那就是了不起的酒坛。

"啊，这酒啊，喝一口就再也忘不了！"这是爸爸常说的话。他最爱喝外祖母亲手酿的蒲根酒。这是一种烈性酒，淡黄色，我曾经偷尝了一口，差点被辣哭。我可知道它是怎么变成的。

每到了秋天，外祖母就要去东边的渠边水汊，从蒲苇中寻找一种香蒲。她把香蒲叶的嫩心采下，留下做蒲菜汤；主要是掘出蒲根。蒲根在淤泥底下，模样像生姜，她要采足一大筐箩。

所有的蒲根都要晒干。这之前先取几块鲜蒲根放在灶里，烤熟了掰开，一股香甜的白气直接涌进鼻子。"慢慢吃，别烫着。"外祖母吹着冒气的熟蒲根，拍拍打打塞过来。有些硬，嚼一嚼真香。像芋头，不过比芋头结实，更比芋头香。

晒干的蒲根除去须毛，用棍子敲打一会儿，再放到石臼里，捣啊捣啊，捣成小拇指甲那么大的颗粒。它们从这一天开始就被外祖母小心地照料着，先是蒸上半天，然后按在一个稍大的缸里，上面蒙一层布，再垫一层干草，搭上一些鲜荆叶。她每隔一两天就要伸手到干草下摸一摸，就像我受凉时动不动要被摸脑壳一样。摸了一些日子，大概她觉得差不多了，就用小木铲去掏。一股奇怪的香气冒出来。

外祖母继续施着魔法。茅屋一角的瓷罐和盆子、一些模样古怪的器具，这会儿全用上了。冒气的香蒲根在一层层的瓷罐和盆子下边高高摞起，藏得严严实实。最底下有一个灶膛，里面烧了黑木炭。这些黑木炭是外祖母用柳木和合欢根制成的，整整一冬都埋在土里，专等这个重要的日子使用。

这是怎样的日子啊，外祖母一连许多天不再理人，板着脸藏着笑，头发上总有几片白色的炭屑。她扎了一条紫色围裙，上面画了一朵朵黑心菊。我知道这条围裙扎多少天，魔法就要施多少天。记不清她忙了多久，反正是一会儿低头看通红的炭火，一会儿对我做个吓人的鬼脸。她在等待，在用这种方法拖延时间，而不是生气，这个我明白。

一般都要等到刮大风的日子，魔法才要结束。天说冷就冷了，外祖母好像专等这一天似的。她在冷风里往手上吹一口气，然后就动手拆那些古怪的坛坛罐罐，再小心地铲去留下的灰烬。折腾了这么久，收获的不过是一些水，是最宝贵的、不太多的一些水，要小心地装进深色的大坛子里。她舀了一点咂几下，然后一仰脖儿喝下去。她眯着眼，张大嘴巴，笑了。

酒的事情就是这样。做起来多么麻烦多么有趣，可是尝一尝却不太美妙。只有爸爸会迷上它。妈妈和外祖母也陪爸爸喝一小口。爸爸喝它的时候一定要吃小干鱼、蟹酱或其他东西，盘腿坐在热乎乎的炕上，两只从破袜子里露出的脚趾愉快地活动着。这是他最高兴的时刻。爸爸欢喜，妈妈和外祖母，还有我，就都欢喜了。

"爸爸什么时候不再去大山啊？"我问外祖母。她沉下眼睛，半晌才答："不知道……""为什么一定要去大山里？""因为他……'不让人待见'。"我瞪大了眼睛："他为什么是这样的人？"外祖母抬头看着我，很为难地挠挠头，说："他是耿直的人。"

我再问，她不愿说下去了。我一直弄不明白的是，为什么就不能直接叫他"耿直的人"？

"耿直的人"在大山里，而我和外祖母在茅屋里，有时真的孤单。如果太孤单了，我们就忙碌起来，然后就有一阵欢乐。爸爸不回来，妈妈总能回来，这就是吃好东西的日子啊。只要是秋天，妈妈就能在回家的路上顺便采来许多野果。不过即便到了冬天，妈妈也能从路边林子里找到悬在枝头的桃子和枣子，它们又凉又甜。

外祖母做槐花饼、南瓜饼、芋头饼和地瓜饼，这没什么稀奇。最让人想不到的是她能用一种白白的小沙蘑菇做饼，用桂花和枣花做饼，用紫李子汁和面做出大花馒头。有一次我和妈妈吃到了蓬松的大蒸馍，咬一口满嘴香甜，问这是什么？外祖母说里面掺了一只金色的脆瓜，脆瓜就长在我们屋旁。

我最盼望过路的打鱼人送来一种黄蛤。他们常常进茅屋抽烟、喝水，捎来一点礼物算是回报。几条小青鱼、马面鱼、海蜇，都让外祖母高兴。打鱼的人能带来各种让人吃惊的礼物，比如五颜六色的海星、光滑的小海螺、用海胆壳做成的小锤子、红的蓝的小卵石。外祖母说这是一些常年跟大海打交道的人，所以他们的见识特别广。我多想亲眼看看大海啊！总说大海、大海，可什么时候才能去那儿啊？外祖母说："那就上学以后吧！"好像在我这里有一条奇怪的界限：上学以前是孩子，上学以后就变成了大人。

黄蛤可不是一般的海蛤，它一出现就能让外祖母兴奋起来。这是一种杏子大的海贝，壳上的花纹像缠满了金线。做汤时，只要投进两三枚黄蛤，就会鲜美无比。所以它来了，外祖母就要大显身手。做汤？不，那有点可惜。她要做的是更大的事：先和一团面，找出那根常常用来吓唬人的大擀面杖，放好案板，开始做面条。

做面条不难。可是外祖母会做怎样的面条，是谁也想不到的。她把面团擀成薄片之后，并不急着切成细条，而是起身到小柜子里取来一个小小的玻璃瓶，瓶里装了浅黄色的粉面，它们要均匀地撒在薄片上，然后再用擀面杖小心地滚动几个来回。

全部奥秘都在那个小瓶子里。我知道它是什么做成的，平时总被外祖母藏起来，因为那是她的法宝。事情还要从头说起。我早就发现外祖母格外喜欢榆树，屋子四周全栽了它，还经常笑眯眯地看着它。我问过妈妈，妈妈说你吃的榆钱饼多香？这是榆树生出来的，当然不光是榆钱，嫩嫩的榆树叶儿做成的包子、春卷，也好吃极了。我明白了，可妈妈说还远不止这些哩，你等到秋末再看看吧。

秋末到了。外祖母找到屋子东边的几棵榆树，蹲下挖起来。土里露出了胖胖的红根，她挨个儿抚摸几下，端量着，然后剪下一截。每棵树只剪掉一点，那是怕榆树疼吧。剪下的树根刮去红色的表皮，再剥下厚厚的白色根肉。把它们晒干之后，捣成粉末，用箩筛一遍，然后就装到了那个小瓶子里。

面条切好，水开了。五六只黄蛤和面条一块儿投进水里，再放几棵油菜。黄色绿色白色，三种颜色在汤里翻滚，一会儿就成了。吃面条时会忘记一切，因为太馋人了。鲜美、滑溜，是面条自己往肚子里跑，跑得飞快。外祖母不得不阻止说："慢些，慢些，啊，两碗了，差不多了。"

这就是黄蛤面条。

如果有时间，我还会说到其他，比如春天的荠菜丸子、野蒜蘸酱、苦菜肉卷儿、杨树胡大包子、柳芽汤，夏天的泥鳅豆腐、海毛菜凉粉、海蜇酸辣汤，秋天的甜李子花卷、苹果盅、野蜜糕、白菜秋刀鱼，冬天的蟹子酱卷饼、虾粉鸡蛋、干菜咸鱼、大枣黏糕……这些说也说不完。

外祖母是天下最能制作美味、寻找美味的人。我常常看她走在林子里，鼻子扬起，眯上眼睛。她大概又嗅到了什么美味，它们别想藏得住。

奔　跑

我有个很难改掉的坏毛病，所以总是惹外祖母生气。不过这毛病到了后来，比如上学以后，又变成一个了不起的长处，甚至是我的骄傲。这是后话了。可惜在没有上学之前，这些毛病只能让外祖母头疼。

因为我每隔一段时间就要在林子里疯跑一阵，衣服常被撕破。没有办法，脚痒，主要是心痒。看看吧，到处绿蓬蓬的，

秋末到了。外祖母找到屋子东边的几棵榆树，蹲下挖起来。

　　每棵树只剪掉一点，那是怕榆树疼吧。剪下的树根刮去红色的表皮，再剥下厚厚的白色根肉。把这些晒干之后，捣成粉末，用箩筛一遍，然后就装到了那个小瓶子里。

　　全部奥秘都在那个小瓶子里。

小鸟儿在树叶间瞅我，小头一摆一摆多么得意。这样看上一会儿我身上就要发热，好像有什么顶在胸口那儿，让人非要蹿跳、撒欢狂奔一会儿才行。那是一种很怪的念头，藏在体内很深的什么地方，顶得我难受，最后简直无法抵挡。

以前我走在林子里遇到奔跑的野物、飞起来的鸟儿，看着它们不停地来来去去，总以为是害怕或受惊了。现在我才明白，原来它们和我一样，身体里面藏了一种又古怪又强烈的念头，就是这念头让它们一会儿高飞，一会儿狂奔，总也停不下来。

我飞奔向前，一仰头，蓝蓝的天空像是要伸手将人抱起来似的。两旁的树叶也像闪动的眼睛，一齐盯住我说："瞧这孩子跑得多快！比小鹿和兔子还快！"白杨树低头咕哝："谁家的孩子？噢，茅屋里的孩子。好快的两条腿啊！"紫穗槐在热乎乎的风中懒洋洋地唱歌，它们大概刚刚睡了一会儿，这时揉揉眼睛说："又是他在跑！真能跑！"一只黄雀从野椿树上探了一下头，用小到无法听清的声音说："他这两条腿啊，比四条腿都厉害！"

汗水从额头滴下，流到眼睛里。我一边擦眼一边跑，险些撞到梧桐树上。这棵树上有两只斑鸠，它们是一对儿，这时正挨在一起看我。看到我被汗水涴透的衣服，它们发出"咕咕"声，议论道："咱们要有个孩子，像他这么强壮就好了！咱的孩子一准忒强壮吧！"

每次往前飞奔，两旁的树木、花和草、站在枝头的小鸟，都唰唰往后退去。我脑海里的一些事也往后退去。新的东西扑面而来，然后再往后退，退，甩到远远的身后了。我在飞跑时还会想着我们的茅屋、外祖母、爸爸妈妈，不过他们全都一闪而过。前边的一切在吸引我，我飞快地跑近，然后又匆匆地告别。

我听见沙地上的小蚂蚱发出抱怨："瞧他慌成了什么！难道就不能停下来和咱们聊聊？"我在心里回答："当然不能，我要急着赶路，我正跑着哩！""有什么急事吗？咱们一起玩玩吧！""嘻，我是一日千里的人，我要快些追赶哩！"小蚂蚱不依不饶地问："你追赶什么？前边什么都没有啊！"我对它实在解释不清，只是跑，直到跑了很远很远，才想起应该怎么回答小蚂蚱，不过它已经听不到了。我回答道：

"我在追赶自己的心事！"

是的，我胸口那儿装的心事太多了，它们一开始堆积在一块儿，后来再也盛不下，趁着夜晚睡觉的时候飞走了。它们就像鸟儿一样，飞到了林子里，散在四周，在数不清的花草和绿叶间。我真的是到处追赶自己的心事。

一只兔子从林隙蹿出，一直跑在我的前边。它的尾巴是一朵盛开的花，一摇一摇引诱我，让我追上去采摘。它是林子里的一支飞箭，嗖一下穿过十几棵小叶青杨。它真机灵，再快也撞不到树桩。我不吭一声，跟紧兔子，学它一边奔跑一边躲闪的本事：在急速冲向大树时身子一仄，几乎紧贴着树干擦过去，却没有沾一点边。地上有酸枣棵，它的尖刺会划破脚踝，可是兔子能像水流一样打个旋儿，轻轻漫过尖刺。兔子一点都不在乎挡路的东西，四蹄就像踏在了小舢板上，随着水波和浪头往前飞射，跃起来滑下去，什么都别想挡住它。

一只雀鹰从身后追来，可能要陪我一会儿，速度渐渐放缓下来。它飞得又慢又低，灰绿色的后背让我看得清清楚楚。我紧追上去，一直盯着它的后背和翅膀。这时我才发现，原来雀鹰的周身上下全部裹紧了细小的羽毛，整个身体就像小狗那么结实；双翅是长长的翎子，这些翎子一会儿翘起一会儿伏下，整个身躯也就随着升高或降低。它的尾巴像外祖母夏天时用的扇子，有时收成一束，有时候展得宽宽的。它的尾巴大概是顶重要的，就靠了这尾巴，才会飞快地俯冲下去，或升到高处。我喊着："你让我揪住尾巴吧！我要和你一起飞到空中！"

雀鹰回头看我一眼，那是冷冷的骄傲的眼神。它双翅收紧，尾巴一抖，整个身体就冲到了高处。这家伙飞得真高，很快就不见了影子。

我有些沮丧，也觉得有些累，衣服全湿透了。我大口呼吸，坐在一片干净的白沙上。一只小甲虫从远处走来，仰脸看我。我伸出一根草梗想让它爬上来，却遭到了拒绝。天不久就要冷了，甲虫要抓紧时间爬到树干上，在那儿一动不动地待着。我告诉它：到了冬天我还要到林子里踏雪；不过我大多数时间会坐在火炉边，听外祖母讲故事。

一想到外祖母的故事，我就喜欢冬天了。北风呼呼，炉火噜噜，外祖母读书给我听，也说一些妖怪的事情。所有妖怪都是不太让人恨的坏蛋。不过有的妖怪专门吃三四岁的小孩，因为这些小孩不听大人的话，爱往林子深处跑，所以也就怨不得妖怪了。说真的，这个秋天我非常想念那些妖怪。

甲虫走开了。我断续想妖怪。壮壮的爷爷是个真正的妖怪迷，讲起妖怪就没完没了，比外祖母说的吓人多了。他说我一天到晚离开茅屋去林子里，是一定会遇到妖怪的。我如实地告诉他：自己从来没有遇到，真的，我好像不太怕它们。我想，可能是自己离真正的老林子还远吧，反正暂时还没有妖怪这档子事。"哎，这年头，要遇上个妖怪可真难啊！"我发出一声长叹，站起来。

我要回家了。身上被风一吹有些凉。我跳了几下。因为刚才跑得太久了，现在已经离茅屋有些远了。我想这一次大概要发生一件有趣的事：迷路。啊，让我迷一次路多好，可惜这种事从来没有遇到。这会儿我故意不再辨认家的方向，只没头没脑地往前闯。糟糕，闯了一会儿还是发现，自己正在一丝不差地向着家的方向走去。

到家了，一眼看到外祖母板着脸，我就说："没有跑远，只在柳丛那儿找小沙蘑菇了。"她摸摸我汗湿的衣服："还说呢！以后别这样了，会撞在树上的！"我总使外祖母担心和生气，显然不是好孩子。不过要做一个好孩子可真难。冬天快来吧，冬天的火炉边上有琅琅读书声，有听不完的故事。

吃过晚饭，我缠着外祖母讲故事。她总算讲了，可惜讲出的故事全与妖怪无关。她说，我们那时一家人住在泥屋里，下雨，雨水从屋顶渗下，半夜不得不用一个筐箩顶在头上。她说我们家要新添一口人了，所以就下决心盖一个不漏雨的、大一些的屋子。"新添一口人"，这人当然是我。我问起了爸爸，想知道他去大山之前干什么？外祖母说："他到处走，从一座城到另一座城。他一辈子走的路太长了。"我不吭声。我在想爸爸旅途上的样子：他一定也会飞跑的。啊，原来我像爸爸一样，天生喜欢飞跑。

我正想着爸爸，外祖母又说到了妈妈："你妈妈年轻时戴着一个大花斗笠，在海边走，遇到了你爸爸。他被大花斗笠吸引了，就走过来。他从来没见过这么漂亮的大花斗笠。那是你爸爸妈妈第一次见面。"

我被这故事惊呆了，挺直身子喊着："我要大花斗笠！"

外祖母笑了，然后不再吭声。她搂住我的肩膀："傻孩子，这是多少年前的事了，大花斗笠早就没了。""为什么没了？""时间一久就没了。"一听这话，我顿时觉得心疼。是啊，我们曾经有过多少好东西啊，它们都没了。

这个夜晚我梦见自己来到了一个地方，准确点说是海边。这里的人可真多，他们在海浪边松松闲闲地往前走，晒着太阳。我走得很急，一头汗水。我好像要寻找什么，越来越急。我在人流中挤啊挤啊，插着人空儿往前跑。远远的，我看到了一个大花斗笠！我喊了一声，扒开身边的人就一阵飞跑。我想一把揪住那只大花斗笠。天哪，还没等挨近，大花斗笠升到了空中，它像风筝一样飘啊飘啊，渐渐不见了踪影。

我哭醒了。外祖母被我吓到了，一遍遍摇着，问我。我说："大花斗笠没了……"

这个星期天，妈妈要回家了。外祖母扳着手指算了，一大早就泡干蘑，还三番五次去屋后的窖子里。我从上午就院里院外蹿了几回，还爬上一棵大桃树，把最上边的一颗大桃子摘下来。到了半下午，我一直站在门口。后来我出门往东，径直走到了小木桥上。一群沙锥在一旁的沙地上走动，并不怕我。我坐在小木桥上。

太阳变红了，我往回走。

妈妈一直没有回来。月亮升起来，又大又圆。外祖母说："今天是阴历十六。"我们吃了煮咸蛋，还吃了蘑菇豆腐。红豇豆稀饭掺了地瓜，是妈妈最愿喝的。饭后外祖母好像无心讲故事，我就踏着月光走出去。

明亮的月光下，一只猫头鹰在树上蹲着。我走近了，它就藏到了树干背面。

夜晚凉凉的，风不大。飘来一种杏子的香味。四周没有成熟的杏子，这只能是月光的气味。

穿过一片白杨树，继续往前。树林之间有一片盛开白毛花的空地，这会儿我已经不知不觉站在了中间。啊，我清楚地看到了月光在白毛花上像水一样流动，花穗的阴影就像一条条小鱼。我踏着浅水奔跑，每一下都踢飞了浪花。

跑啊跑啊，我从空地南边一直跑到北边，又一口气穿过了杂树林。脚下，茂盛的葎草在牵拉我，我费力地摆脱，然后贴紧几棵挺拔的青桐树站了一会儿。这儿林子稀疏，出奇地安静。我感到树杈上有什么在偷窥。一只猫头鹰在那儿，它正等待田鼠出来。萤火虫飘过，飞出一棵树的阴影，立刻化在了月光里。我憋住呼吸，因为我听到了细小的声音。

在几棵大叶枫那儿，几只黄鼬正沿着树干跑下来，欢快极了。它们在树下蹿动，在草地上打滚儿。当两只黄鼬迎面凑近时，竟然一下直立起来，两双蹄爪飞快地一碰，就像击掌一样。我被它们这个动作迷住了。

我看得心上发热，也开始了奔跑。可惜没有一个伙伴和我击掌。我一边跑一边伸出双手，挨个儿拍着大树……

第二章

最美的窝

我终于看到了云雀的窝。海边的人谁没听到它在不停地唱啊，谁没看到它在高高的天上飞啊，可是谁看到了它的窝？谁能告诉我它那个小窝的样子？

啊，这是我的第一次，第一次发现！我费了好大劲儿才找到它，蹲在跟前看了又看。我真舍不得离开，但最后还是要走了。为了以后能够回到这个地方，我在稍远处仔仔细细做了标记，然后又退开几步，坐了一会儿。头顶就是那个焦急万分的云雀妈妈，它一直叫啊叫啊，几次往下俯冲，又几次飞到高空。

它因为担心和急躁，喊得嗓子都有些哑了。我觉得有一阵儿它肯定是绝望了。就因为可怜它，我才会这么快地放弃观看小窝。

我相信很少有人见过云雀的窝。让我说说吧。这事儿不说可受不了。我敢说这是全世界最美的小窝了，美到不像真的。它就藏在一株小小的白茅花下边，一点都不起眼。白茅花弯腰护着它，白天晚上都在看护它。小窝是由细细的草丝、叶梗和绒毛编织的，光滑极了，柔软极了，引诱人总想伸手去摸一下。可我还是忍住了，因为外祖母讲过：只要人的手摸过鸟窝，鸟儿就会闻到刺鼻的汗气味儿，从此就会害怕这里，渐渐厌弃这只千辛万苦筑成的窝。

这是一只比小孩拳头还要小的"草篮"，篮里静静地躺着四颗带棕色斑点的蛋。这是云雀的孩子。到了那一天，蛋壳会被里面的小鸟儿啄破，然后娇嫩的小家伙就会叫着挣出来，那时它们的妈妈就要捉小虫喂它们了。我蹲在窝前，努力克制着才没有伸手。天上那只云雀一直在叫。

我仰脸对云雀喊："别害怕，我不过是看一会儿，我连一手指都不会动它们！"这样喊了两遍，它好像有点听懂了，高处的叫声不再那么急促了。我一直用力听，它好像在说："我吓坏了！你千万别碰它们，那是我的宝贝！我的宝贝！"

我离开时想了两件事：一是要不要经常来看？我多想亲眼看到小草篮里孵出小鸟啊！再就是要不要告诉好朋友壮壮？他待在那个小果园里，我们已经好多天没在一起玩了。最后我决定每个星期只偷偷来看两次，如果实在忍不住，再告诉壮壮。

在我见过的所有鸟窝中，要数云雀的最美了。那是它编织的一丝不苟的小家，需要有多巧的一双手，不，多巧的一张嘴！鸟儿用嘴巴衔着东西，一点一点修筑自己的小房子，这是特别需要耐心的活儿。我见过老鸹窝，那是用乱糟糟的一堆小木棒穿插起来的，漏风漏雨，到处都是缝隙，看不出哪儿是窗、哪

我敢说这是全世界最美的小窝了。

　　白茅花弯腰护着它，白天晚上都在看护它。

　　这是一只比小孩拳头还要小的"草篮"，篮里静静地躺着四颗带棕色斑点的蛋。这是云雀的孩子。

　　我蹲在窝前，努力克制着才没有伸手。天上那只云雀一直在叫。

儿是门。这种粗粗盖起的房子尽管里面铺了一团草叶，到了冬天肯定不会暖和，下雨也会淋湿。

斑鸠窝更差，那不过是把几束树枝搭在一起，借着几个树杈搁好，上面再垫几片树叶就算完事。我真替小斑鸠们担心，风摇树杈时，那个松散的窝说不定什么时候就被摇下来。还好，总算没掉下来，小斑鸠在窝里淋着雨长大，吃尽了苦头，然后跟着爸爸妈妈飞走。

啄木鸟的窝做在大树半腰，它在那儿不停地啄，啄出一个深洞。洞口不大，里面还算宽敞。它一会儿叼进一根小草，一会儿叼进一片羽毛，那就是准备生蛋了。当它开始往洞里叼小蛾子、小蚂蚱时，那就是小鸟儿破壳了。啄木鸟的窝筑在高处，又是挖出来的树洞，所以最坚固也最安全，只有蛇会顺着树干爬上去，偷吃洞里的小鸟。

我回家对外祖母讲了云雀的小窝，她说："你可不要吓坏天上的妈妈！"我说没有，我很快就离开了。"你也不要摸窝里的蛋！"我说绝对没有。她叹气："鸟儿和人一样，最心疼的是自己的孩子，盼着它没病没灾地长大。"我说："它们一定会长大。"她摇头："老鼠、蛇、鹰，还有狐狸和野猫都会伤害它的孩子。鸟儿这一辈子啊，和人一样，真不容易！"我们很长时间不再说话。我想起了离家的爸爸和妈妈。

因为忍不住，第三天我就领着好朋友壮壮去看了云雀的小窝。不过我们在那儿只待了几分钟，我就拉他走开了。我们在林子里闲逛，不知做点什么才好。我们在一起总是高兴的。壮壮的猎人叔叔是我们共同的敌人，因为壮壮往那支枪筒里偷偷撒过尿，所以我特别佩服他。他爷爷看了一辈子果园，给他讲了许多故事，我们在一起时就让他说来听听。

壮壮不是擅长讲故事的人，三两句就说完了："狐狸来偷酒喝，揍跑了。""狸猫要在夜里进鹊窝，被狠揍了一顿。"我需要不停地问下去才行。"怎么发现了狐狸？""它喝醉了，露出了尾巴。"我笑了："狐狸就是有尾巴嘛。"壮壮"嗯"了一声，说："狐狸装成人的模样，来一户娶亲的人家骗酒。"多么有趣的故事啊！我长时间想着那个情景，觉得那个娶亲的人家太小气了！狐狸老远地从林子里跑出来讨几口酒喝，是多么好的事啊。我说出了这个想法，壮壮说："是的。"

我们作为好朋友，意见从来都是一致的。

在林子里走了一会儿，看到了一丛茂密的柽柳，旁边是高大的橡树和槐树，地上是一片洁白的沙子。柽柳紫红色的梢头像花儿一样。我们坐在沙地上玩了一会儿，我心里忽然有了一个不错的主意：在柽柳棵里搭一个不大的窝，就是一个草铺，可以住得下两个好朋友。这个想法使我兴奋起来，我觉得这个主意实在不错。

想想看，我们常常来林子里，而且一玩就是半天，可惜这里连个落脚的地方都没有，还不如一只鸟！如果突然下起了大雨，那就得赶紧往回跑，一会儿就变成了落汤鸡！更主要的是，如果在这样隐蔽的地方建一个小窝，想躺就躺，想坐就坐，高兴了还可以待上一天一夜，而且谁都不知道，那该多棒！真的，我们这么大了，不能只待在一个地方，也许早就该有另一个住处了。

我对壮壮说出了这个想法，他马上两眼一亮，十分赞同。要不说是好朋友嘛。我们俩很快激动起来。我说，小窝搭好以后，咱们就不是一般的人了！想想看，我们把它藏在林子里，谁能想得到？猎人、采药人，他们都没有这么好的地方。"咱可以躺在里边讲故事，最好的故事不要随便讲，一定要躺在这里讲；另外，从家里拿来好吃的东西，也要藏在这里。"我说。

壮壮说："爷爷那儿有一本小书，我要把它拿来。"这让我高兴坏了！外祖母教我识了好多字，就为了有一天能够自己读书。外祖母有一个大木箱，里面全是书。这些书中的字虽然大半认不得，但一定要拿几本来才好！想想看，这里有吃的，还有书，是多么了不起的地方！就是这样一个小窝，在林子里藏得严严实实，想想都让人高兴。我随手在沙上画了几个字，让壮壮读。他低头看了许久，读不出。

我们现在就动手搭这个小窝。先是想好它的模样：四方的，藏在柳棵里；要有防雨的顶盖，有大软床，还要有两只枕头；开两个小窗户，从窗上能看到外面的鸟儿。为了抵挡大风，一定要用粗粗的木棍做架子，用最结实的马兰叶子绑得牢牢的。我们在沙子上画了图，商量着，再也不想耽搁。

先要折下一些粗枝。这事很不好办，因为没有镰刀，只得两人一起费力地扭拽。后来我们找到了好多干枯的杨树杈，这样很快就把材料备齐了。直立的粗枝底部埋到深深的沙子里，然后用马兰叶子捆绑起一道道横杆。木架搭好了，而且真够结实。天黑了，往回走时我们相互叮嘱：千万不能对别人讲。

这一夜壮壮就住在我们家。夜里我做了一个梦：和朋友坐在可爱的林中小窝里看书，吃一大串葡萄。天亮了，我和壮壮吃一点东西，说一声"采蘑菇去了"，就直接奔向林子。远远地看见黑乌乌的一丛怪柳，立刻高兴起来。这一次是有备而来：带上了割韭菜的小镰刀。

接下来要做的是修筑四面墙壁和窝顶。我们割了一大堆艾草，折下笔直的紫穗槐枝条，剥了一些结实的桑树皮，开始编织草荐，用作墙面和窝顶。一座小草铺很快就有点模样了，好得让人不敢相信！我们在东西两面墙壁上各开了一个小窗子，还挂了可以掀起的草帘。整个过程又细致又耐心，尽管出了不少汗，可是一点都不累。

壮壮原来是个做窝的好手。他一声不吭地干，先把一根根枝条扎好，然后又用艾草覆上一层，用树皮加固。小窝越来越好，有门有窗，而且藏在柳棵里面，如果不就近端量谁也发现不了。我们歇了一会儿，高高兴兴地打量着。已经差不多了，不过还有一些活儿放在后边，那是需要更加用心的部分。

我们可不能忘记下雨：林子里的雨说来就来，常常是和大

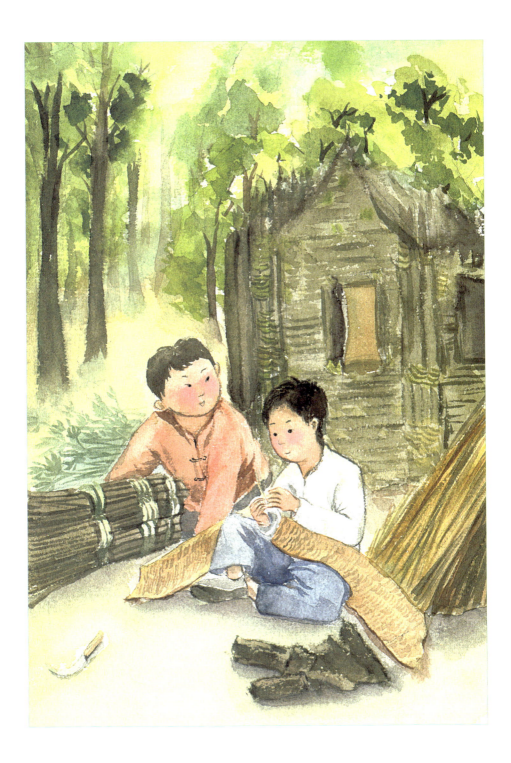

我们找到了好多干枯的杨树杈，然后用马兰叶子捆绑起一道道横杆。我和壮壮吃一点东西，说一声"采蘑菇去了"，就直接奔向林子。远远地看见黑乌乌的一丛柽柳，立刻高兴起来。

　　接下来要做的是修筑四面墙壁和窝顶。我们割了一大堆艾草，折下笔直的紫穗槐枝条，剥了一些结实的桑树皮，开始编织草荐，用作墙面和窝顶。一座小草铺很快就有点模样了。

风一块儿从四面八方赶来，谁也无法阻挡。以前听老广说，有个采药人在林子里遇上了大雨，雨水像鞭子一样不停地抽他，疼得他在沙子上打滚，差点就没命了。所以防雨是最大的事。我们将四壁反复加固，覆上了一层马尾松，用白杨叶塞住所有的缝隙。窝顶做成了一个斜坡，披上苦草，又搭上厚厚的蒲叶。

我们相信这个小窝不怕雨也不怕雪，就连冰雹也不怕。想想看，当整个林子在风里雨里大声吼叫，像来了大妖怪似的，我们俩却能轻轻松松地在小窝里谈天，多有意思！壮壮说："下大雨时，要大声读书，咱们大概很快就能识不少字了。"我说："那当然。不过识字多少都可以读书，那不碍事。"壮壮愣愣地看我，我就端起一片树叶认真地读起来："小羊在老爷爷身边睡下，老狼跑了，躲在草垛下，看老爷爷抽烟……"这是一本小画书上说的，我已经记在了心里。

小窝做到最后，我们才发现最重要的一件事还没有干：做一个舒服的大床。不过这个一点都不难，到处都是干树叶，那是上一个季节堆积的。最软的是苦草须，经过一个冬春的风吹雨淋，它已经变成了美丽的桃红色。我们割了许多红色的苦草须铺成了一张大床，躺下颠着身子，幸福得叫起来，可惜叫着叫着就陷到了里面。我们顶着草叶爬出来，觉得这张大床更像厚厚的被子，冬天肯定冻不着。还需要动手做一张席子：割来一些蒲叶，用心地编织起来。

小窝差不多做好了。我们享用了一会儿小窝：躺着或坐着聊天。太阳歪到了西边，该回家了。我问壮壮："咱的小窝里还缺什么？"他说以后把家里的好东西搬来就成了，"你见过云雀的小窝了，那多棒啊！""那是一只鸟。""我们做窝的本事还是比鸟差多了。"

怎样才能让小窝变得更好，这让我和壮壮动了不少心思。我们一定要让它变成整个林子里最诱人的地方。我们想念它，隔不了几天就要跑去看看。为了让它的四壁更光滑，我们采来许多野麦草，用光滑的草秆儿编成一片闪闪的帘子。床边镶了柳条，小门用马尾蒿扎成。两只枕头是用白茅花做的，软得像小鸟羽毛。为了坐得舒服，我们特意扎了两个大草墩。

坐在草墩上，跷着腿，一会儿掀开窗帘往外看看。柽柳棵里跳着几只小鸟，它们并不怕人。艾草的香气灌满了小窝。壮壮说如果爷爷知道有这样一个地方，大概也会赖着不走的。我说外祖母会同样喜欢。但我们决定将这儿当成最大的秘密，不能告诉家里的人。

稍稍担心的是这儿会被什么人发现。采药人和猎人整天在林子里窜，这些家伙眼尖鼻子也尖，他们也许会找到。那时他们一定会惊得大叫，说林子里出了奇事。

小窝完全做好以后，我们再次去看了云雀的窝。天哪，刚刚走近就听到了"呀呀"声，原来小云雀出生了！瞧它们粉嫩的小身体长出了绒毛，张大四只黄口向我们叫着，闭着眼睛。它们大概把我们当成了妈妈。

我们心疼它们，一点都不敢碰它们，也不敢吱声。

一阵响亮的叫声，是歌唱，在我们头顶响起来。那是云雀妈妈。

林中一夜

我们自从有了一个小窝，就觉得自己与以前完全不同了。我们有了很大的秘密。在林子里藏下这样一个宝贝，是多么棒的事！我不能盯着外祖母看，因为担心她会从我的眼神里看穿一切。我要装出忙碌的、稍稍忧愁或不太高兴的模样，掩盖心里的无比快乐。

我更多地去林子里，独自在小铺子里待一会儿，想想高兴的事，有时刚刚离开就想念起来。它离我们的茅屋稍远一点，所以来来去去要花不少时间。外祖母看到我匆匆忙忙的样子，终于起了疑心，问："你这些天跑来跑去干什么？怎么就不能待在家里认字？上学前要多认一些字。"

我只好坐下来。小画书上的字太多了，我记得住上面的故事，就是记不住字。我把刚认得的字写在瓦片上、台阶上、树叶上、手背上、脚上、镰刀上、桌子上。有一次我在外祖母做饭的铲子上写了一个"火"字，这让她很不高兴："我还要用它炒菜呢。"

我把两本小画书、一只白色的小瓷碗带到了小窝里，为防丢失，藏在了席子底下的草叶里。壮壮除了拿来那本小书，还从家里偷来了爷爷的一只烟嘴，是石头做的。我们轮流叼着这个烟嘴儿玩了一会儿，然后交流学到的新字。他对我的进步感到惊讶。我们认为：上学或许没有那么可怕，无非就是多认一些字。

　　我们在小窝里想着许多愉快的事，还有一些又害怕又好奇的事。比如假设一个妖怪知道了这个地方，它会干什么？把我们赶走？这家伙当然会嫉恨我们，它会把窝抢走，然后在林子里干各种坏事，干完了就回到这里歇息。壮壮最担心的是那些猎人会把这儿占为己有，他说："我叔他们啊……哼！"这样谈了一会儿，开始说一些好事。我提议把家里最好的东西拿来享用，因为任何美味放到这个小窝里，只能变得更加馋人。

　　"我们吃好东西时，所有野物都会围上来，它们的鼻子最尖！"壮壮说。

　　我完全赞同。我想到了心眼最多的狐狸：它们会变成老人和小孩、男人和女人，我们也许无法分辨它们。这真是个难题啊，在野外生活，首先防备的就是狐狸。我想了一会儿，似乎有了对策：既然所有狐狸都是酒鬼，那就把外祖母的蒲根酒带一些来，谁来了就先让他喝酒，谁酒后拖出一截尾巴，谁就是狐狸。

　　壮壮说我的办法太好了！"不过，"他有些作难，"如果是打鱼人和猎人，他们喝起来就会没完没了，把整个酒坛搬来也不够用。"这倒是个难题。但我们商量了半天，觉得最有效的办法还是用酒来试：如果喝了许多酒仍然没有露出尾巴，那就是人了。

我们讨论的事情可真多，上学的事、妖怪的事、野物的事，说也说不完。最后我们不约而同地想到了另一件大事：在这儿过一夜！真的，每天只在这儿待一小会儿，那太不过瘾了。多好的小窝，而且藏了这么多好东西。我们都认为一到夜晚就扔下小窝，它会孤单的，会想念我们。天开始热起来，夜晚也不会太冷，如果到了夏天，蚊虫就会缠得人没法安睡。所以现在是在林子里过夜的最好时机。

不过真要在林子里住上整整一夜，那也不是小事。骗过那两个老人容易，只说住在对方家里就可以了。最大的难题是想一想心里不踏实。长长的一夜啊，林子里会发生什么，谁也不知道。黑咕隆咚的，这么多野物，坏野物和好野物都可以排出长长一串名。"到了半夜，我们会害怕的。"壮壮说。我咬咬牙关："谁知道哩，也许我们什么坏事都遇不到。"

我们开始做着过夜的准备。吃的喝的好办，壮壮从爷爷那儿弄来炒花生和油炸糕，我带了一些干硬的小饼。关键是酒，我到窖里灌来一小瓶蒲根酒。

除了吃的东西，还要有防身的武器。那把小镰刀自然要带上，还找到了一只铁哨子：有的野物不怕武器，不怕有力气的人，就怕尖尖的声音，它们一听到响声撒丫子就跑。

一切都弄好了。我和壮壮分别撒了个谎，说去对方家里了，不到半下午就来到了林子里。我们玩着，等待一个不同寻常的夜晚。白天的林子全都熟悉，夜晚，特别是深夜，等到满天星星出来，林子里会发生什么呢？这有点难以想象。听大人们说，大多数动物白天从不活动，要趴在窝里睡大觉，只等着晚上走出来闹腾。比如说猫头鹰，白天睡大觉，一到了晚上两眼贼亮。再比如说豹猫，大白天趴在树丫上打瞌睡，半夜是最凶的时刻。总之夜晚成了野物的天下，它们咕咕叫，踏踏跑，急火火地干着各种事情，大半都是坏事。它们把日子和人平分：人管白天，它们管黑夜。所以人要在黑夜干点什么，就得从野物那里借时间。

天黑得很慢。太阳落到柞树梢上，天上出现了一颗星星。又待了一会儿，整个天空变成了灰紫色，太阳回家歇着了，星星撒了满天。银河斜着流淌，河滩上有密密的小星星。风不大，从树林深处吹来，先是温温的，后来就有些凉了。一只怪鸟在远处喊了一声："回窝啊！嗤嗤！"喊过后四周静静的，大概所有的鸟儿都回窝了。

在夜晚，除了少数几种鸟还要出门，整个林子都是四蹄动物的天下。翅膀歇下的时候，爪子就忙起来。一只野猫白天懒洋洋的，好像没有睡醒，天一黑就变得虎气生生。它喜欢吃鸟儿，对钻出地面的仓鼠不感兴趣。仓鼠是猫头鹰的粮食，鸟儿是野猫的酒。我和壮壮喜欢鸟儿，只害怕四蹄动物。"如果真的有老狼，那就糟了。"我说。"如果有大熊，那更糟。"壮壮说。我还想到了更可怕的事，听人说那是比凶猛的野物厉害一万倍的东西，它没名没姓，忒古怪，谁也不认得它的面目，那是从大海里或深山里爬出来的东西，没头没脸的，人们只叫它"煞"。"煞"有一股野生生的刺鼻子的怪味，在风里传上很远。这家伙总的看属于妖怪，但不是一般的妖怪，所有的人和动物都怕它们。那些渔人和猎人，更不用说老广了，全都知道它们，只是因为害怕，一般不提这个话头。

"我们有一杆枪就好了！"壮壮语气发颤。

我不得不告诉他："没用。像'煞'那样的大妖怪刀枪不入，更不怕子弹。"

"那怎么办？"

我琢磨着："没什么更好的办法，大概全靠鼻子了，咱们只要闻到特别难闻的气味，撒丫子就跑，一口气跑回家去。"

满天星星到了最密最亮的时候，我们坐在了小窝里。这是最安静、最舒服的时刻。仰脸躺下，享受又软又香的大床。谁也不说话，耳朵在捕捉四周最小的声音。小虫在柳棵里叫，它为我们的到来而高兴。还有更多的小虫在远远近近的地方唱起来，它们也得知了客人的消息。这里的小虫像别处的一样，非常好客。这样待了一会儿，我忍不住问："猜猜看，我最想干的一件事是什么？"壮壮想了想："上学？""呸，最不想。""那是什么？"

"看大海！"

壮壮呼一下坐起："现在？今夜？"

"当然不是。外祖母说要等到上学以后。许多事都要等到那时候，真急人。"我挠着头，"学校里那么多人，想一想，怪不自在……"壮壮"嗯"了一声："真的。我也会慌的。""咱从来没和那么多人在一块儿，烦不烦啊。"壮壮叹气回应我："宁愿和许多野物待在一起，我也不想和一大堆生人待在一起。"我安慰他："先别想上学的事了，那还远着哩。"

北边远远地响起了凄厉的叫声："喀呀！喀呀呀……"我们猛地坐起。"这是什么？从来没听过！"壮壮张大了嘴巴。我想这可能是一只鸟，像野鸡那么大，从叫声里判断，它大概刚刚挣脱了一只猛兽。我仿佛看到了它脱落在地上的翎子，它惊慌的眼神。这一声喊叫好像打开了整个林子的开关，紧接着各种声音从东到西、从南到北地响起来，一下乱了起来。不知是风吹树梢还是动物飞窜，只听到"呜呜呼呼"，一阵沉闷的响声从头顶掠过，然后又消失在很远的地方。正听着，壮壮往小窗上指了一下，湿漉漉的手抓紧了我的胳膊。

我也看到了：就在离我们小窝十几米的地方，有一对发亮的野物的眼睛。我的心马上慌跳起来，手里攥紧了镰刀。那是一种阴冷的目光，一会儿发红一会儿发蓝，尖尖地盯过来。树丫在响，野物的身体压在上面，最后"咔嚓"一声，折了。那个家伙一个腾跳，蹿了。我的脸上出汗了。壮壮吐出一口气：
"啊呀！"

从这会儿开始，我们都紧张了。黑影里藏了多少不怀好意
的家伙，它们在盘算什么，生出了哪些恶毒的念头，只好去猜
了。

我们明白，从现在开始，再也不能一直待在窝里了，这样
会被暗处的家伙偷偷包围，然后突然攻上来。它们从来没见有
人这个时候出现在林子中，又好奇又嘴馋，一传十十传百地将
这消息告诉了其他野物，说：瞧瞧去吧，来了两个好大的吃物，
比野鸡大，比兔子肥，身上的肉可真不少！ 它们商量好了不要
争抢，认为只要捉得住，足够大家饱餐一顿了！ 它们认为遇到
的也许不是人，人不会在大黑天来这里。"八成是一种人形草
兔吧，味道不会错的……"

我差点哭出来，对壮壮说："咱们撤吧，要不就来不及了！"

壮壮没有吱声，一只手抓紧了棍子，另一只手按在小门上，
嘴里发出了屏气声，猛地推我一下，撞开门就冲了出去。天黑
得什么都看不见，不过我清楚地听到四周有"唰唰"的奔跑声
和"嗵嗵"的蹿跳声。有个野物飞快爬到就近的一棵大树上，
又跳到了邻近的一棵，逃到了林子深处。

壮壮一直追出了很远。我紧紧攥住镰刀，赶过去与壮壮会
合。

这个夜晚我觉得壮壮比自己勇敢。他白天看上去瘦瘦的，

像没见阳光的南瓜苗儿，没想到一到夜晚这么厉害。我又想到了以前一块儿去小泥屋的事。一阵羞愧让我不再害怕，我说："让我们巡逻一会儿吧，看看还有什么坏家伙！"我们把小窝附近仔细搜了一遍，甚至用脚挨个踢着灌木和草棵。没发现什么异常，除了看到一只刺猬、惊起两只小鸟，再没有其他了。

剩下的时间不知干点什么才好。大约到了半夜时分，肚子有些饿了。我们吃了炒花生和黏糕，香极了。吃过东西之后从小窗往外看，发现柳叶是绿的，柳梢是红的，周围的一切都有了颜色。原来月亮升起来了，升到了大树顶，林子里亮了。这会儿外面不再令人害怕，不过稍远处的树丛像大山一样黑，还是有些骇人。

月亮升得更高一些，将林间空地照得一片白亮。茜草花、打破碗花、地黄花，全都笑吟吟地看我们。我们走到林子里，一直往前走着。大概是月光的原因，那些阴险的野物可能全藏起来了，而另一些比较和善的野物溜达出来。一只像小猪那么大的獾从一棵苦楝树下走过来，在离我们几步远的地方站住。它的花脸仰起，鼻子对准我们嗅了嗅，害羞地低下了头。它跑开了，步子轻轻的。

我和壮壮跟上它走了一会儿。小獾消失在一条水沟边，这使我们想到它是来找水喝的。茂盛的蒲苇生在浅水中，里面有鱼的溅水声。水边的白沙细细的，我们坐下了。花盖虫沿着苇叶爬下，爬到了我们跟前，双须活动着，嗅着陌生的气味。一只碧绿的青蛙从对面跳来，钻到圆圆的浮叶下边，一对鼓鼓的眼睛在偷看我们。

壮壮望着天空，问哪颗星星是北斗？"是那颗最大最亮的吧？"我以前也这样问过外祖母，她告诉我："北斗是七兄弟。"我对他一一指点那七颗亮闪闪的大星。"那颗不让人迷路的星呢？""那是北极星，北斗星绕着它转。它看上去不是最亮的，可是一动不动地待在正北方。"

我们在北极星的指引下走了一会儿，走进了一小片栾树林中，还发现了几棵皂角树。忍冬花在皂角旁开得旺盛，散发出一阵香气。树木变得稀疏了，地上的月光越来越浓。一棵粗大的加拿大杨吸引了我们：它的树干斜横着，长成了一把大笊篱的形状。我们一直爬到最高处，跨在它顶部的枝丫上，像骑马一样。

从大树上往前看，可以看到很远。一些疏疏的小树下边，小虫子在草间飞舞追逐，大概它们同样喜欢月光。这时，有几只身体细长的四蹄动物抖着闪亮的毛皮走出阴影，在草地上哈着气，低着头，迈着小步跑向前方。它们刚刚离开，又有什么出来了，是兔子，蹦蹦跳跳，先是一只，接着是三只，一见面就拥抱起来。它们在草地上滚动了一会儿，长长的耳朵突然直立起来，一对前爪提在胸前，然后飞快地跑到了一旁的灌木丛里。

有一只小熊模样的家伙走出来，但不是熊。它沉着地一边张望一边往前，轻轻摆头，抬起前蹄挠挠痒，一直走向了林子深处……壮壮说这可能是新出现的一种动物，到底是什么，要回家问爷爷。我敢肯定它不是熊，也不是野猪。

如果继续往北，就接近了老林子，穿过它，不远处就该是大海了。多么诱人啊，如果这个夜晚去看一下传说中的大海，会是多棒的一件事！可惜谁都不敢在夜间钻进老林子，就连猎人也要躲开它。"这么可怕，打鱼的人怎么回家？"壮壮问。我以前也这样问过外祖母，她说打鱼的人常走一条路，这叫"赶牛道"……

"'赶牛道'在哪儿啊？"我们讨论着，好像听到了"哞哞"的叫声。

不知不觉过去了大半个夜晚，该回我们的小窝了。我们本来要好好地待在那儿，躺着讲故事，然后睡一个好觉。可是这个夜晚发生了一些事情，多少耽搁了我们的计划。不过也让人好好见识了一下，知道林子里的夜晚到底是怎么一回事。

走回小窝时天已经快亮了。黎明前，忙了一夜的野物们都安歇了，它们上床的时间正好和我们相反。林子里的这一刻真够安静，连一丝风都没有。所有的生灵都在打盹儿，都想在太阳出来之前补上一觉，我们也不例外。

我和壮壮躺到了软软的大床上，头刚挨上枕头就呼呼大睡起来。

在老林子里

一想到"老林子"三个字心里就痒痒的。我用蜡笔把这三个字写在饭桌上，还写在了馍馍上。我知道它们包含了吓人的野物、妖怪和各种各样的奇事。可惜还要等到很久以后才能走近它。我有时想：采药人老广准是为了吓人，才故意把那个地方说得阴森森的。为了证明自己的猜测，我对外祖母说：

"打猎的人什么都不怕，还有打鱼的人，他们都常去老林子。"

外祖母冷着脸："打猎的人有枪。打鱼人走的是'赶牛道'。"

"我有镰刀！我也要走'赶牛道'！"

外祖母不再说话，我明白，那是不容商量的一件事。这样沉默了一会儿，她才咕哝："你妈妈知道了会打屁股的。这事连想都不要想。"

我忍着不想。可奇怪的是越是不想就越是惦念，怎么也忘不掉。我专门和壮壮讨论起这个事，他伸伸舌头："爷爷说他小时候就去过，不过那是迷了路，不知不觉就走进去了。""后来呢？"壮壮抿着嘴："后来他爸揍了他。""没发生更坏的事？""他遇到一只狼，躺在一棵大橡树下。""再后来呢？""再后来，"壮壮把两手握成拳头举在耳边，"爷爷这样吓唬它，它就爬起来走了。"

我觉得那是一只好狼。从这里可以判断，老林子更多的不是什么凶险的事，而是让人吃惊的事、有意思的事。我们该早些到那里去，说不定哪天就会迷路，然后也就不知不觉地走进去了。迷路这种事早晚会有，从大人嘴里知道，许多最奇妙、最惊险的事，都是因为迷路才发生的。不管是老人还是小孩，猎人和打鱼的人，差不多人人都有过迷路的经历。

奇怪的是我从来都不会迷路。有时走在林子里，沿着弯弯曲曲没头没尾的鼹鼠洞走了很久，一抬头才发现自己来到了一片从没见过的杂树林子，可是安静下来，只需一小会儿，就会重新醒过神来。迷路这种事是不能硬装的，这是一个麻烦。

秋天眼看就要过去了，再有不久树木就会落叶。叶子常绿的有冬青、女贞和石楠；黑松、蜀桧和侧柏也会一直绿下去。离我们家不远的那片小果园成了最让人迷恋的地方，因为那里不光有壮壮，还有老爷爷和花斑狗，有吃不完的果子。老爷爷的职责就是看护果子，不过他对我和壮壮从不吝啬。那儿的葡萄最甜，还有一种模样像宝葫芦似的黄梨，咬一口蜜水就顺着嘴角一直流到衣服上。花红果、秋花皮、山楂和黄海棠，什么都有。最让人想不到的还有长在树下的野瓜，它们是生了金黄纹路的"虎皮脆"，像大棒槌似的青瓜，紫红色的"关羽脸"，甜得令人发抖的小西瓜。

凉风飕飕的日子里，外祖母给我缝了一件背心，上面是木槿花的图案，穿到身上怎么看都有些可笑。我觉得自己往小果园那儿走，一路上都有鸟儿对我哜哜笑。进了小果园，花斑狗看着我的打扮，不太情愿地摇着尾巴，并不向前。老爷爷第一眼见了我的新衣服就喝一声："嚯！"小果园的果子已经摘光了，只剩下吃不完的鲜葵花籽。老爷爷怀抱一只大个儿葵花，飞快嗑瓜子的模样就像兔子。

我们坐在炕上，花斑狗坐在杌子凳上，这样它就和大家一般高了。我缠着老人讲故事。老人吸着烟说："那时候林子里的大家伙可不少，它们是狍子、花鹿和老狗獾。有一只老狗獾跟上我一直往前走，一开始让我害怕，后来才知道它想讨一口烟抽。我把烟袋杆插进它嘴里，它连吸几口，呛得咳嗽起来，声音像八十岁的老头儿。"

"听说有一条大蛇，它拦在路上……"我记起了老广的话。

老爷爷的烟杆指指北方："那时候挨近了老林子，说不定就能听到'嚯嚯'声，像吹铁哨子一样，就是那条大蛇在吹气。它警告谁也不要靠近。"

壮壮两眼睁圆了："怎么现在听不到了？"

"那条大蛇有一百岁了，没了。它是专门为一个老妖婆守路的，如今接替它的是一只大脸鸟。"老爷爷说。

我吸着凉气，暗暗记住了"大脸鸟"和"老妖婆"。他以前说过，那个老妖婆就住在老林子里，是整个海边的头领，管住了所有的野物，再凶的家伙见了她都得服服帖帖。我不知道那些猎人怕不怕她？想到这里，就问起了老人那个狠巴巴的猎人侄子。老爷爷马上说了声:"呔!"

壮壮抿着嘴,看爷爷一眼,告诉我:"他上个月被'大脸鸟'打了一巴掌,在家抹了药膏……"

"啊!"我从炕上跳起,花斑狗因为焦急,两只前爪不停地踏动。

老爷爷愤愤地说:"作孽的东西!哪回从林子里出来都不空手,装野物的帆布袋子都染红了,报应!那天他想往老林子里闯,谁知走到半路,从树隙里伸出一只斗大的巴掌,一下就把他打翻在地……"

"斗大的巴掌!"我惊呼起来,那该有多大啊,我相信没人能受得了。一个老妖婆让大蛇和大脸鸟为她守路,说明这条路通向了她的老窝。想象中那儿不仅树高林密,而且长满了荆棘。那个老妖婆该是什么模样?她是人还是野物?我和壮壮都猜不出。老爷爷认为她什么都不是,就是老妖婆。

"她有几百岁的年纪了,问她,只说九十了,海滩上的树木、鸟儿、乱跑的野物,都是她的朋友。她高兴了对谁都客客气气的,不高兴了,就会念几句咒语,把不喜欢的东西一下变没了。"老爷爷说。

"把人也变没了?"我问。

"人、树木、脚下的沙子,什么都能变没,再也找不见了。"

壮壮眨着眼:"去了哪儿?"

"没去哪儿,没了,就像从来没这回事似的。"

我觉得真是可怕极了。不过我心里还存有一丝希望，问："她还能把这些东西再变回来吗？"

老爷爷眯着一只眼："那要看她高兴不高兴了。有时她也能反悔，比如有一阵她把月亮变没了，一到夜里总是黑乎乎的，她出门不得眼，摔了一跤，就又把月亮重新变回来了。有个看渔铺的老头惹了她，她就把他变没了，三年后她想起了他送的鱼酱，那东西掺上葱花放在锅里蒸了吃香喷喷的，有些嘴馋，就把老头儿变了回来。如今那老头儿还住在海边渔铺里，不过老得没牙了，冬天穿一件狍子皮大氅。"

"什么是'大氅'？"壮壮问。

老爷爷眯眯眼说："就是大衣。"

我和壮壮走到冷清的园子里，长时间没有说话。我觉得那个老妖婆不像一些害人的野物，她不会把谁杀死或弄伤，不过却更加可怕：让对方无影无踪。她如果把壮壮变没了，我就失去了一个最好的朋友。

壮壮琢磨了一会儿，想到了一个要紧的事，问我："渔铺老头变没的那三年是怎样的？ 他去了哪里？ 还活着、还吃东西吗？"我被问住了，这真是一件大事。我想要弄明白，也只得去问那个老头自己了。

天越来越冷了。满地落叶有黄的、紫的、红的、黑的、白的、蓝的，像铺了一地花儿。大叶枫的每片叶子都让人舍不得扔。野枣和桃子挂在光光的枝头，变得格外馋人。这时候的野果是最甜的，有一股野蜜味。我和壮壮走在林子里，编了一只草篮、一只柳条筐，分别用来放野果和蘑菇。这个季节的蘑菇不多，它们大半是风干的，长在粗树桩下。我们把一些好东西全藏在了林中的窝铺里，觉得那是另一个家。

外祖母喜欢的野葱和野蒜到了最肥的日子。野葱的叶子在冷风里变得更绿，紫色的葱茎扎在沙里，要小心地掏出来。野蒜的叶子已经半蔫了，藏在沙子里的蒜头像橡籽那么大，外祖母会用它做糖蒜。壮壮一路帮我采野蒜，偶尔揪个野葡萄塞到嘴里，嘴巴很快变成了紫色。

半上午的时候，我们看到了几只嘴巴细长的鸟儿，它们见了人并不急着起飞。它们的名字叫大沙锥，嘴巴真像长长的锥子。离近了才发现，原来个个都是肥家伙。跟上大沙锥往前走，不知不觉被一条浅渠挡住了。我和壮壮这才发现是第一次来到这个地方：水渠很怪，渠岸是阶梯形的，中间凹进一截，长满了绿油油的莎草，下面就是水流。莎草两旁稍高一点的台阶其实是一条小路，好像经常被人踩踏，上面的狼牙草全都伏在地上。

那些大沙锥都钻到莎草里了，它们碰得草棵乱摇，还发出一串"嘟嘟"的水泡破裂声。壮壮指着不远处飞起的两只长腿鸟说："看！"那是脖子长长、后脑披了一撮羽毛的白琵鹭。莎草里蹿跳着青蛙和蟾蜍，还有通体像木炭一样黑的小鱼。靠近沙岸的浅水中有挤在一块儿的螺蛳，它们多到了令人吃惊的地步。水虫旋到空中，一路翻滚着飞向远处。

我们沿着台阶路往前。脚下时常发出"嗵嗵"的跳水声，那是被惊动的大鱼或青蛙。有一次甚至看到一条二尺多长的花鱼，在水底一声不吭地移动，就像一只潜艇。壮壮试图逮住凝在草秆上的红腹水蜻蜓，总是在最后一刻失败。水鸟的"咕咕"声，不知名的动物在水草中弄出的各种响动，这一切常常引得我们停下脚步。

大约到了中午时分，都感到肚子有些饿了。我们大概走得有些远，身边的渠水生满了荻草和蒲苇，两岸的林子变得茂密高大，空中成为碧蓝的一条大道，好像是通向更远的天边。沿着这里走下去就一定是大海了，我心里又兴奋又紧张，看看壮壮，他嘴巴张着，正定定地望向一片摇晃的苇荻。

原来那儿有一只栗黄色的野物，半个身子被掩住了，正在低头喝水。我屏住了呼吸。它的全身终于露出来了，啊，像一只小羊那么大，耳朵长长的，一双清澈的眼睛抬起来望了我们一下，一个腾跃上了台阶路，又蹿上了渠岸。

我们不再想别的，只紧紧跟上。它在钻入一丛灌木时回头看了一眼，好像对我俩有点恋恋不舍。我马上想到了以前见过的那只小狐，心上一阵发烫。前边的马尾蒿摇动起来，接着是一片粟米草飞快地从中敞开，像被犁过一样。它跑过之后，四周安静下来。它钻进了又高又密的黑松林，这儿一点声音都没有，连一只鸟儿都看不到。我正犹豫，壮壮用力瞥来一眼，咬着嘴唇，下巴点着。我循着他的目光去看，发现那个栗黄色的小家伙正贴紧了树干向这边望来，肚腹随着呼吸一动一动。

这家伙太可爱了。我们快一阵慢一阵地追赶，不知跑了多远，再也见不到它了。林子更密了，远一点的地方有"咯呀咯呀"的叫声，那是老野鸡。野鸽子在喊："布噜噜！布噜噜！"这声音让人有点发慌，因为这等于提醒我们：老林子到了。我突然醒悟过来："刚才我们遇到的那条水渠，大概就是'赶牛道'！"

壮壮没有说话。他像嗅着什么，仰脸吸着，也许害怕了。林子黑乌乌的，树隙里很少杂草，白沙上布满了各种蹄印。我发现了兔子、沙鼠、野鸡和鹌鹑的痕迹，还有蛇和蚂蜥之类。一种又深又大的梅花蹄印让人想到猫，但肯定不是猫。不过这里不会有老虎，也不会有豹，到底是什么弄不清，反正是吓人的家伙。而我们没有武器，连一把镰刀都没带。

此时我们应该赶紧回到"赶牛道"，然后就能一路向南回家。可是到底由哪儿返回，我和壮壮看法不一，争执起来。我说自己从不迷路，他只好听从了我。我爬到树顶看太阳，费了好大劲儿才爬上去，看到了太阳，可是从树上下来还是找不到方向。看来这回真的迷路了。

又走了一会儿，身上的汗水干了，风更凉了。不远处传来了大笑，但不是人的声音，而是一种大鸟。这是一个幸灾乐祸的家伙，它肯定在嘲笑我们这两个人。为了避开这个不怀好意的东西，我们就往旁边绕开，结果真的好极了：黑色的密林竟然一下到了边缘，出现了稀疏的钻天杨，还夹杂着一些洋槐和青桐。沙地上的落叶一片金黄，深秋的茅草变成了紫红色，从金色的落叶里露出，像一丛丛花儿。

有一只兔子蹦蹦跳跳跑在前边，并不慌张。戴胜鸟在光秃秃的青桐上，待我们走得很近才飞开。成群的麻雀旋转着，吵吵嚷嚷，这在密林里是很难见到的。我们甚至发现了一条小路，弯弯曲曲，路旁长了马兰和灯盏花。多美的小路啊，它会把我们引向哪里？不知道，只沿着它往前就好。太阳把一切照得通亮，到处金灿灿的。

前边有几棵碧绿的龙柏，它们在一片金黄色的林子里十分出眼。接着我看到了从龙柏下伸出的一截篱笆、木栅栏门、一座小小的茅屋。壮壮小声喊起来，又马上捂了嘴巴。老天，这简直不像真的，小屋和篱笆多像我们家啊！正这样想着，一个像外祖母那样的身影出现了。

我眼都不眨一下，这时看清了，她的年纪和外祖母差不多，不过胖多了，圆脸，头发花白，这会儿正一动不动地看着我们。我的心扑扑地跳，差点抬腿跑开，可不知为什么，整个人就是动不了，好像被一双大手按在了原地。老太婆向这边一下下招手，壮壮像着了魔法一样，随着手势一步步向她走去，而我也不知不觉地跟在后边。

"从哪儿来了两个大宝孩儿？"老婆婆笑眯眯的，一边说一边伸手把我们揽过去。我想挣脱，可是做不到，不知怎么也像壮壮那样靠近了她。我闻到了一股熟悉的饭菜香味，正从茅屋里飘过来。我的肚子饿极了，所以也就不像刚才那样害怕了。"昨夜我梦见两只大鸟落在门前，想不到就是你们！"老婆婆咕咕哝哝，欢天喜地，扳着我和壮壮往屋里走去。

我从进院的一刻就开始暗暗观察这里的一切。茅屋比我们家要小一些，窗户是老式木格的，糊了白纸；屋内竟然没有隔间，进门就是一个大锅灶，它连着大炕，炕上铺了苇席，上面早就摆好了一张小饭桌；墙壁上挂了许多东西，有蒜头、蘑菇串、南瓜、干鱼和玉米穗；沿着西边的墙下放了一溜大缸、一些小的坛坛罐罐。屋里除了锅灶上冒出的饭香，还有浓浓的草药味。

老婆婆揭开锅盖，白气一下升起。我和壮壮不由得伏到跟前，看到了紫色的地瓜、金黄的玉米饼、一碗蒸鱼、几个毛芋头、三个煮梨、一碟辣椒眉豆。这些好吃的太诱人了，于是我一点都不害怕了。

老婆婆招呼我们上炕，让我俩盘起腿准备吃饭。所有好东西都端到了木桌上。她不再问我们话，只把吃物夹到面前。壮壮大口吃着紫皮黄瓤地瓜，烫得"啊啊"叫。老婆婆说"慢慢吃"，把玉米饼和蒸鱼端得近一些。她自己吃得很少，只看着我们吃。吃饱了，每人分一个煮梨。我这时才想到一件怪事：她怎么正好蒸了三个甜梨？正疑惑着，只听她说：

"我的梦从来灵验。两个大宝孩儿，真是两只大鸟儿变成的？"

这种叫法还是第一次听到。我和壮壮飞快摇头，怕她真的把我们当成大鸟，那样她如果高兴或生气了，再把我们变回大鸟，那就糟透了。"你们从什么地方飞过来？"她问着，脸上全是笑。

我有些慌，磕磕巴巴地回答："我们 …… 沿一条水渠 …… 所以，没有遇到那只 …… 那只 ……"

"那只什么？"她皱皱眉头。

"那只 …… 大脸鸟儿！它没有拦住我们，所以 …… 我们还要回家，家里人会焦急的 ……"

在我这样说时，壮壮脸色煞白，往我跟前靠紧了一点。

老婆婆笑出声来："本来就是两只鸟儿，要飞走还不容易？就在这儿好好玩，我还有好东西给你们吃！"

壮壮带着哭腔嚷："我们真的不是鸟儿，也不想吃好东西了！"

老婆婆抚摸着壮壮，安慰说："不是鸟儿，是两个大宝孩儿。不过也不能吃饱了就溜啊！"说着下炕，到西边墙下的坛坛罐罐那儿找出了几个大红苹果、甜柿子和秋桃，用衣襟兜着爬到炕上。果子的香味钻到鼻子里，很快让人忘掉其他。我和壮壮吃起来。多么甜的柿子和秋桃，就像野蜜一样。大红苹果已经吃不下了。

"大宝孩儿，我这里能看到打鱼的、采药的和打猎的，就是看不到你们。"她再次把我们拥在怀中，一个个端详，笑着说："就像天上掉下来的。你们能记住路吗？"

我壮着胆子说："不能，我们迷路了，真的找不到回去的路了，找不到那条水渠了，您能把我们领到那儿吗？我们会再来的……"

"两个大宝孩儿，好吧！"老婆婆歪着头，看看天色。

太阳偏西了，老野鸡的叫声越来越远。老婆婆把我们领到茅屋后边，那儿有一条小路，沿着它向右拐弯，很快走进一片黄毛栌中。回头看，小茅屋掩在火一样的红叶中。老婆婆一边走一边指指点点，跟树上的鸟儿、路旁的野物说话，有时声音很高，有时像说悄悄话。我只担心她变了主意，想快些找到那条水渠。我几次想问：那是不是"赶牛道"？最后还是忍住了。我的心一直"嗵嗵"跳。

脚下的小路拐来拐去，不知怎么就来到了渠边。又看到高高的苇荻和绿油油的莎草了，我大舒了一口气。老婆婆在渠边搂住我们，又一边一个藏在胳肢窝那儿，看着几只白鹭飞过去，这才松开。

我们不敢回头，沿着水渠一阵猛跑，像飞一样。

一口气跑了很远，这才站住。老婆婆在哪儿？北面什么人影都没有，而南面是稀疏的林子，是柳树、槐树、紫穗槐和无边无际的白茅花……我和壮壮突然不再说话。我觉得心里有

黑色的密林竟然一下到了边缘，出现了稀疏的钻天杨，还夹杂着一些洋槐和青桐。沙地上的落叶一片金黄，深秋的茅草变成了紫红色，从金色的落叶里露出，像一丛丛花儿。

　　有一只兔子蹦蹦跳跳跑在前边，并不慌张。戴胜鸟在光秃秃的青桐上，待我们走得很近才飞开。

　　我们甚至发现了一条小路，弯弯曲曲，路旁长了马兰和灯盏草。

些空荡荡的，而且十分难过，好像刚刚把最好的什么丢失在林子里。"老婆婆！"我咕哝出声，长时间回头看着。渠两岸是浓密的大树，中间是大树夹出的一片天空，就像一条通天大道一样。

云彩把一切都染红了。这个时刻，外祖母该抱柴火做饭了。我和壮壮站在渠岸上，好像一时不知道该往哪里走。

我们长时间仰脸看着，看那条通天大道。

采药去

采药人老广背着那条粗布口袋来了，像过去一样，在茅屋里喝了一碗水，说了一会儿话，就要到林子里去了。他的口袋是装药材用的，里边还有别的东西：一把小镢头、一个干粮包、一只水壶。他离开前朝我一个劲儿挤眼睛噘嘴，想让我一起出门。我的心上一热，就转脸对外祖母喊了一声："我也要去！"

外祖母皱皱眉，抬头看看窗户，没有同意也没有阻拦。

老广笑吟吟的："放心吧，他跟我一块儿什么事都没有！"

外祖母没说什么，回身包了一些吃的东西，装上一瓶水，把它们塞到老广的粗布口袋里，叮嘱我："听老广叔的话，别一个人在林子里乱跑，早去早回。"我一个劲儿地点头，心里乐坏了。我知道她的最后一句也是说给老广听的。

这种好事早该发生。在我眼里，路过我们家的都是一些最有意思的人，比如老广，总是一个人在林子里窜，就像一只野物差不多。他手里既没枪也没刀，却什么都不怕，胆子比那些凶巴巴的猎人还大，这才叫本事。跟着这样的人在林子里过一天，那该多来劲啊。我对采药这种事十分好奇，以前曾经翻看过老广的这条大口袋，发现里面是五颜六色的根须，散发着说不清的浓烈气味，使劲嗅一口就要打个喷嚏。这些根须我全不认得，也不知是从什么地方挖来的。传说老广是他们那个村里最有钱的人，喝酒吃肉，所有的钱都是口袋里的东西换来的。

我们一走出小院，老广就得意地哼唱起来。

"广叔，你的药材卖给谁啊？"走在路上，我想起了这件事。我在动一个心眼：说不定以后我也会像他一样，用挖来的药材换回喜欢的东西，比如一些小画书。

老广喷喷鼻子："我只采顶好的药，一般不卖给收药材的代销店，咱要直接卖给老医家。"

"什么是'老医家'？"

"就是上年纪的老大夫，他们最懂药了，见了好药舍得花钱。"老广抿着嘴使劲点一下头，"'老猫知道肉香'，我有了好药都是送给他们。河西有个叫'由由夺'的老医家，他不光买我的药，高兴了还送我一壶好酒。"说着从衣服里层掏出一个小扁壶，摇一摇，喝了一口。

浓浓的酒香。我不信谁会有这样的名字，就问为什么？他拧紧酒壶放好，说："大概他姓'由'吧。为什么叫这个名字，我也不知道。"说着指指一旁的大橡树，"它为什么叫'橡树'，你能告诉我？"

我当然不能。不过我肯定会记住那个河西老医家的，记住他古怪的名字。

我们往前走，发现总有一群麻雀跟着，它们落在前边不远的树上，待我们走近一点再飞到更远的树上。后来它们突然往西散开了，原来是一只雀鹰飞过来了。"麻雀的日子不好过，天冷了，鹰和野狸子要对付它们。"老广右手做成枪的样子吓唬那只雀鹰。我们走路时，两脚总要不时陷进沙子里，因为纵横交织的鼹鼠洞多极了。老广说："单讲挖地道，谁也比不上它们，也多亏用这种办法躲过了黄鼠狼、猫头鹰和野猫。过日子啊，谁都不容易！"

老广这一路好像并不在意药材，我问他："这里没有药材吗？"他摇摇头："到处都有！看脚下的白茅根、艾草，那些开紫花的地黄，它们都是药材！看见松树了？连它的叶子都是药材。不过咱们要采的是更稀罕的东西，它们都藏在老林子里，有的长了上百年，那才算得上宝物！"

我在心里重复着"老林子"几个字，有些激动。原来这个老广一次次进林子，是为了寻宝物啊。我指指从落叶下伸出的节节草："它也是药材？"

"那当然，它叫'麻黄'，人得了风寒就得吃它。咱海边人常受风寒，老天爷专门为咱备下了它。"说着，老广用脚推开一些落叶，露出一些车前草，"看看，这也是药材，村里一个人得了火蒙眼，就用它的种子煎水。还有这些柏树的叶子，有个外号叫'玻璃头'的秃子就用它治好了！"

我从脚下揪出白茅根，撸去一层沙子嚼起来。这是在野外对付口渴最好的办法，汁水又凉又甜。"它也能治病吗？"我一边嚼一边问。老广也取了一截茅根塞到嘴里："它的用处大了！有个老头儿病得尿血，痛得在炕上直打滚，老伴见人快不行了，就煮了一锅白茅根，一碗接一碗舀给老头儿喝。就这么治好了，现在老头儿能扛着镢头下地干活了。"

往前走，草丛和灌林间出现了干枯的蝴蝶花、瓜蒌藤、酸枣、苍耳，老广都说这些全是"好药"。我弯腰去摘一串通红的枸杞果，老广马上说："这叫'地骨皮'，有大滋补啊！就连根上剥下的皮都有大用，专治肺热咳嗽，'由由夺'最爱用它了。枸杞果装在兜里，一天吃上几粒，走路一天不累……"

我问："林子里一共有多少种药材？"

老广撇撇嘴："这谁能数得清？咱每走一步都能碰到一种！想想看，你一天里要走多少步？就因为什么药材都有，林子里的野物才活得好，它们个个聪明，得了什么病就采什么药，一丝都不会错！"

正说着远处的老野鸡叫起来，我说："我敢肯定它害了风寒，听这哑嗓子！"

"风寒没治好，拖得久了，就变成了这种粗嗓子。野鸡从来都是这样。还有乌鸦、花喜鹊，嗓子都不太亮堂。要比嗓子，那还要数小黄雀和百灵，嗯，画眉也不错。它们都有保养嗓子的良方，咱平时要看这些家伙采什么药吃，多留心……"老广使劲搓了一下脸，探着头，"不过野物们小病小灾靠自己，得了大病大概还得找咱们！"

我估计他马上就会说出一些秘密。果然，他四下里看看，压低声音："有些事我从来不跟别人说，只藏在心里。我在这海滩林子里可算救了不少野物。它们比村里人对我好，也讲义气！我给刺猬除过蜱虫，给兔子绑过断腿，给狐狸治过胃病。哦，那可是一只好看的母狐，就因为贪嘴，吃伤了。我给它使上了三棱草老根，也就是'香附子'。那只狐狸不知该怎么报答，就变了个聪俊的闺女，大辫子黑油油的，要跟我回村里去。我不图报答，对她摆摆手……"

他说这些时，我一直盯住了看，想看出什么破绽。看不出。我说："啊，'香附子'，我记住了，等一会儿看到了你告诉我。"

老广笑眯了眼："我知道你也想帮帮狐狸。不过它们犯胃病的不多。"说着又板起脸，"那药也不是难找的东西，水渠那儿就有……"

原来就是莎草。

"一只老獾一连几天跟着我，只离开三五步，不靠前。我还以为它犯了酒瘾，掏出怀里的小酒壶摇一摇，它不动心。后来才知道它的一颗牙有毛病，里面扎了一根骨刺。我没有办法，'由由夺'也只会内科。焦急中我给它灌了酒，扳着大嘴，把扎上的骨刺拔出来，再撒上止血粉……如今那只老獾活着，起码也有二十四五岁了。"

老广吐出一口气："野物有情有义，我帮了它们，它们也护着我。这片林子里没有敢惹我的，咱走到哪里都吃香的喝辣的。有一年夏天我害困，一次靠在一棵老连翘下边睡着了，一只野物想打我的主意，那是饿了几天的豹猫。它刚往前凑，就有两只山鸡在头顶尖叫，接着一只瘸腿老狼赶来了。那只不知天高地厚的豹猫'吱哇'一声逃窜了……"

我听得凝神。尽管不全信，但还是从心里羡慕和好奇。对于这片林子，他比外祖母知道的秘密还多。

我们一路说着话，走进了密林。这里的树又粗又大，大橡树比老广的腰还粗。槐树、柳树、白杨、苦楝、榆树、健杨、桤木、黑桦，个个都是大块头。树叶快脱光了，斑鸠蹲在枝丫上，就像结出的沉甸甸的果子。灌木和杂草都不多，显然不会有太多的药材。老广拍拍树干说："这都是七八十年的老树了，十年前我在这里挖到一棵老茯苓，算是一个宝贝，让老医家两眼放光！"

一片空荡荡的草地出现了，这儿有两道隆起的沙岗，上面长满了苦草。老广的脚步立刻加快了。我们登上沙岗后，老广一直低头看着。我发现了一片密集的小球果，叫了一声"小孩拳"，采了一把填进嘴里。这种球果的形状就像小孩握紧了拳头，所以才有这个名字，而外祖母叫它"茜草"。

老广掏出那把小镢头，从它的四周小心地刨开沙土，抚摸着紫红色的粗根说："这家伙不知长了多少年，才有这样的老根！"我觉得茜草并不稀罕，眼前的这一棵可能太老了。老广把一大坨根须抖掉沙子，小心地装进口袋："这么大的'拉拉蔓'，我一年里也见不了一次！"我问它能治什么病？"止血、跌打伤。医家离不开它。"

沙岗阳坡积了一些风旋草，老广把草拂开，一下露出了一簇簇暗红色，像花又像种子。一股浓烈的香气飘起来。老广凑近了嗅着，咕哝道："老沙参啊！"说着把油亮的叶子抚几下，"没有比这里的沙参再好的了，'由由夺'最挂记它！那些种在园子里的沙参，老医家从来不用。"他直接伸手去沙子里掏，把胖胖的根茎捧在手里，端量一会儿，像对小孩儿哈气那样发出一声"哎"，才放进口袋里。

我像老广那样掏着，很快采了许多。太阳转到正南，身上热乎乎的。老广把袋子里的东西拿出来，乐滋滋地用草梗扎成一束，拍拍手说："吃饭！"

老广带了"千层饼"，放在我鼻子跟前晃了晃。他取出扁扁的铁盒，里面装了小咸鱼。外祖母交给我一个四方柳条筐，就像砖头那么大，有盖儿，里面铺了芋头叶，叶子里包了黑咸菜、鱼酱、烤刀鱼尾巴、煮花生，还有玉米和麦子做的"金银饼"。老广一边掏出小酒壶，一边盯着我手里的东西，建议：把所有好吃的东西都放在一块儿，那样吃起来才有滋味。

老广找来一些白杨叶子，摆上所有的吃物。他捏起一条烤刀鱼尾巴，仰起脖子放到嘴里，又抿一口酒，说："真是一等一的生活啊！"

吃过饭，老广取出几根沙参嚼着，又递一支给我。有点甜，说不上好。老广说："吃了不咳，不喘，眼神儿好使。药材里凡是带个'参'字的，一准是好东西！"我马上想起了人参和党参，问："'党参'是怎么回事？那是党员才能吃的一种'参'吗？"老广摇头："那倒不一定，我爹也吃过！"

太阳把沙子晒得热乎乎的，风也不大，我们躺了一会儿。天上云彩不多，老鹰三三两两。老广看着它们说："它只要不动，就是找食儿。""找什么？""地上活动的兔子、仓鼠和一些小野物。它们的眼最尖。"我想起了什么，问："刺猬，老鹰敢逮吗？"老广摇头："没听说。我琢磨它是嫌扎嘴。"

休息了一会儿，反而不愿动了。老广爬起来说："走，找徐长卿去！"我以为那是他的老友住在林子里，问了问，老广"哼"了一声："那是一种药材。"真奇怪，分明该是一个人嘛。老广说："取了人名的药材可不止这个，还有一种叫'刘寄奴'。"我笑了："该不是两口子吧？""哎，两个人都是男的。"

我盯着他问："这到底怎么回事？"

"我也想问你呢。等你学问大了那天再告诉我吧，先记住这事，嗯。"说着，老广把袋子拎起来。

　　我们从沙岗往北，进入一片杂树林子。这里荆棵很多，小柞木连成片。苔草密密的，它们中间不再生其他东西。有时见到灰色的、毛茸茸的叶子，老广说这是"茵陈蒿"："咱这儿最多，要春夏采下来。"旁边有一棵变黄的细长叶，他蹲下摸了摸，"瞧见了，这是'威灵仙'，也是一种常用药，模样有点像'徐长卿'，可别把它们弄混了。'徐长卿'文绉绉的，开小黄花。这个老威粗粗拉拉的。"

　　老广低头往前，生怕漏掉了什么。我也像他一样，尽管从来没有见过那种药材，却相信只要遇到一定会认出。后来我看到了一株长长的绿叶草，很秀气的样子，一眼就喜欢上了。我蹲下了，老广从一旁走来。

　　"'徐长卿'，就是它！啊啊，你怎么发现的？"

　　我们都很高兴，看了一会儿才动手去挖。一束像粉丝那样的根须露出来。老广捧在手里："它在这片林子里不多，也怪它太羞腼，真不容易找到。"我问它的作用，老广一边仔细收起一边说："头痛牙痛、跌打损伤，都管用。谁被蛇咬了，也要找它。"

　　在接下去的一段时间里，我们一共找到了二十一棵"徐长卿"。

　　我心里一直惦记着另一个"男人"，也就是那个叫"刘寄奴"的……

四季吃物

　　我们一家住在林子里，大部分时间只有两个人，这在别人看来多么可怜：没人和我们说话，也没有吃的东西。其实我和外祖母一点都不孤单，也有说不完的话做不完的事。林子里还有很多野物，我们可以和它们玩。吃的东西太多了，这是林子外边的人怎么也想不到的。

　　家里有一个地窖，里面装了无数好东西，那是外祖母藏起来的。一年四季窖里都可以收藏东西，特别是秋天，让大小坛罐都装满一点不难。冬天下雪，到处都被厚厚的雪蒙住，走路都得小心，那正是盘腿坐在大炕上享用的日子。肉和鱼，还有菜，冒着白气摆在小炕桌上，夜里点上一盏罩子灯，真是太好了。

　　谁也想不到大雪底下有一种黑菜，又肥又嫩，连胖胖的白根一块儿掘出，扔进鱼锅或肉锅，好吃极了。胡萝卜和白菜都埋在沙子里，它们可以吃整整一冬。天气好的时候踏雪出门，往西穿过几棵大核桃树，穿过挑着雪朵的夹竹桃，去一片空地挖荠菜。它们也躲在大雪下面，剖开雪就能看到卷起的荠菜叶。就像黑菜一样，荠菜的白根连同嫩嫩的叶心一放到案板上，就散发出特别的香气。外祖母剁着肉和冬荠菜，准备做馋人的、大雪天才能吃到的荠菜水饺。

　　我们要感激屋后的地窖，那是一个藏宝地。它很早就在那儿了，是父亲从山里回来时掘成的。它真了不起，又深又大，踏着台阶下到底部，会发现里面原来是这样：隔成了许多间，分别藏了土豆、地瓜和芋头；各种坛坛罐罐放在尽头，墙上也挂满了东西。外祖母说："你爸手巧力气也大，他一个人就做成了这个地窖。"在我眼里这是一座地下小屋，这儿不仅有好吃的，还冬暖夏凉。我和外祖母捉迷藏，就伏在一只柳条囤子上。她手端蜡烛，借着它映出的侧影很容易就把我揪住了，说："囤子上长出一朵大蘑菇！"

冬天是闷头大吃的日子，所以我在这个季节里总是最胖。妈妈从园艺场回来，隔着棉衣捏捏我，每一次都非常满意。她给爸爸写信，念给我们听，上面有一句让人忘不了的话："孩子就像小猪。"

冬天是想念爸爸的日子。我从外祖母和妈妈的话中想象着大山，晚上梦见一个男人光着膀子，不停地抡锤，眉毛和头发上落满了石粉。我把梦境告诉外祖母，她叹一声："野物还要冬眠，他们还不如野物。"她最担心的是爸爸没有充足的吃物，却要对付铁一样的石头。"说起来没人信，你出生第五年，南边村子里的人、山里的人，有半年主要是吃草。"我叫了一声："羊和兔子才吃草呢！"外祖母低着头："是啊！"

"后来呢？"我固执地问下去，外祖母低下头擦脸，不再说话。

妈妈有一年往山里送了一些腊肠，这是她和外祖母亲手做的。回来时妈妈说："人太多了，他们每人分了拇指那么大，他不能一个人吃。"她说山里的冬天干冷，男人们就不停地抡锤打钎，用这个方法取暖。我问："爸爸什么时候才能回来？"妈妈说："那得等一座山打穿了。"

妈妈回家来两手从来不空，她会随手在路上采到干蘑菇和果子，大雪天也能带回一只红色的桃子。她把那只桃子献给外祖母，把我领到一边说："桃子长在光秃秃的树梢上，不是太怪了吗？这可能是一个仙桃，人吃了长生不老！"

外祖母年纪大了，背有些驼，如果真的吃到仙桃多好！我相信妈妈的话，每天都要细细看一遍外祖母，看她吃过桃子后的模样。好像是真的：她嘴角那儿的两道深皱好像变得浅了。

我如果找到一枚"仙桃"多好！我常在大雪刚停的日子出门，看到地上布满蹄爪印痕，知道野物们在夜间出动，它们不停地搜寻各种吃物。其实这些家伙当中有的像人一样，入冬前就藏好了食物，比如仓鼠，它一家至少有三个贮物间，里面放了花生、豆子、豇豆和玉米，还有嫩草根，就差香肠和鱼酱了。它们大雪天出门，一定是想找到更稀奇的东西。

我们家有许多好吃的，但我总想发现新的吃物。我试着摘过冻成一坨的野葡萄，把它们放在嘴里，感受一种特别的酸甜一点点化开。枸杞果、野杏和野草莓，它们在雪中焐过半个冬天，不光颜色变深，还变出了另一种味道。高处的一颗野枣在阳光下闪亮，好像从来没有挨过冻。我摘下后舍不得吃，小心地裹在衣兜里，要献给外祖母。我相信越是严冬，林子里越有可能藏下仙果，这是老天爷故意跟人捉迷藏，考验人的机灵劲儿，还有他的运气。

我和好朋友壮壮一起在冬天的林子里探险，碰着运气，干得特别用心。我们采到了十几种不惧严寒的果子，它们有的能吃，有的好看却不能吃。踏着厚雪走远，去我们搭起的那个草铺里，看看它在大雪天变得怎样？入冬前，我们故意在里边藏了苹果和书。啊，书还在，不过冻得更有趣了，刚看了几页就止不住大笑起来。苹果变得钢硬，咬一口棒极了。铺子上有几片灰色的羽毛，这使我们得知一只大鸟曾在这里过夜。整个草铺的外面都压上了厚雪，而里边却是这样干净和温暖。

冬天一点都不难过，这个季节真让我们舍不得。不过春天还是来了，雪化了，蜜蜂来了，沙滩上的小蚂蚱歪着身子飞跑，一见人就斜着眼睛瞅过来。春天的气味很怪，在花没有大片开放的时候，一股烂蘑菇和酒的气味从地下冒出来，是憋闷了一个冬天的味道。当花儿开得越来越多时，就全是香气了，百灵高兴得一天到晚唱歌。每年春天最了不起的一件事，就是等待我们茅屋旁边的那棵大李子树开花：这是一个真正的树王，谁都没有发现林子里哪棵树比它更大！在开花的日子里，它自己就是一片花海！

沙地上的雪化得很慢，还不等雪化，我们就要挖白茅根吃了。那种又香又甜又凉的滋味，谁吃过都忘不掉。雪化掉一多半时，白茅花开始打苞了。它的花苞一开始像针尖一样，深紫色，再过五天就会开放。在它的针尖刚刚顶开沙子的时候，那才是真正的美味。这是关于它的一个了不起的秘密，没有人知道，说起来也许没人相信，这秘密最初是从兔子那儿探到的。

兔子最盼春天。它在冰天雪地里寻找嫩草根、啃食树皮的模样让人看了心疼。春天的阳光下，所有兔子都穿上了新衣服，跳跳跃跃往白茅那儿钻。刚开始以为它们要去挖茅根吃，后来才发现它们用双爪扑扑地刨开沙子，一支刚刚成形的、未开放的花苞尖露出来，它们就飞快地活动三瓣小嘴嚼着，幸福得眼都眯上了。

我们也像兔子那样干：扒开沙子，然后轻轻揪住花苞往上提拉，听它发出"迪迪，咕咕"的声音。整个花苞抽出沙土了，展开苞叶了，里面是比羽绒还要嫩的细细的花丝，放到嘴里一抿，天哪，原来那样香甜清鲜！这种美味必须在它钻出地表的前一天采摘，晚一天都不行。我们叫它"迪咕老"：前两个字是采摘时它发出的声音，后一个字是我们担心它变"老"。

吃过"迪咕老"之后，沙滩上的大片花就开放了。粉红色的报春花、白色的珍珠草和星宿菜，黄色的连翘和紫色的丁香，还有挤成一大堆的狼尾花……香气罩住整个林子的是洋槐花，多极了，可以生吃，也可以做成槐花饼。壮壮最爱吃外祖母做的槐花饼，可当我们向采药人老广夸耀时，他摇摇头，说海滩林子里最会做槐花饼的是一只母狐：它平时闪化成一个大辫子姑娘，住在水渠边的一座蒲草屋里，那些穿过林子的打鱼人都吃过她的饼。

我和壮壮至少见过三条南北向的水渠，可从来没见过一座蒲草屋。从老广的嘴里，我们听不出那只会做饼的母狐有什么恶意。他还说：它从林子里炼了松子油，还采了野蜜，所以那饼又甜又香。我问："母狐为什么要送人饼吃？"他摇头："你问我，我问谁去？野物的心思人怎么知道。"我和壮壮私下里都喜欢那个野物，只盼着早些吃到它的槐花饼。

有一种浅黄色的月季花，刚放到嘴里有些苦，嚼一会儿就变得香甜起来。野李子花、梨花、卷丹的嫩根，掺上月季花，卷到薄薄的地瓜饼里，放到灶里烤熟又会怎样？我们刚要试一下，被外祖母看到了，她一把夺下，打开来看一遍，放到嘴里嚼几下，说："加一点盐。"

这就是我和壮壮发明的"五花饼"。我们已经不再满足原有的东西了，而是要发明。我们从沙子里挖出一种通红的胖根，烧熟后发出芋头的香气，味道和蔓菁差不多。我们叫它"老面根"，拿回家炫耀，却被外祖母呵斥了一顿。当她知道我们只吞食了三根，这才说："乱吃会死人的！有个小孩儿背着家里人吃一种沙地里的红果，再也没有救过来！"

我和外祖母走在林子里，碰到果子之类总要讨论一下：可不可以吃？有没有毒？最需要鉴别的是蘑菇，外祖母一遍遍告诉我哪种蘑菇有毒、哪种最鲜美最好。有一种蘑菇丑丑的，像插在地上的一支烟斗，我一看就知道有毒，可她说这是最好的蘑菇了。"你不能只从模样上看，有一种害人的毒蘑菇，长得再好看不过。""那怎么办呢？"我觉得这事难极了。她说："记住，千万不要去试蘑菇！"

我和壮壮放过了危险的蘑菇，但对其他东西还是不太甘心。如果不亲自试一下，那怎么知道有没有毒？也许有足够的聪明可以省去这些麻烦。比如我们走在水渠边，看着刚结出的小蒲棒，那么香嫩，就忍不住尝了几口。味道好极了。我们每人吃了好几支。因为这种香蒲的嫩叶和根都可以吃，蒲棒自然不会有毒。我们叫嫩嫩的蒲棒为"蒲米"，回家对外祖母说："今天吃了五支'蒲米'。""什么东西？"她瞪大眼睛。我和壮壮仔细讲了一遍，她不再吱声。

夏天到了。茅屋旁的大李子树结满了果子。远一点的地方就是粗大的响杨和加拿大杨，总是落下黄鹂和杜鹃。有一种鸟不停地呼叫"光棍好过"，外祖母说那是"四声杜鹃"。有一种通身蓝绿的鸟，让我惊得目瞪口呆，外祖母说这是"三宝鸟"。壮壮从爷爷那儿提来一只鸟笼，里面是一只麻雀，外祖母劝说他放掉了。

杨树林里长满了黑麦草，中间有小伞样的黄花摇动着，它的蒂部长成漏斗状，一揪，蒂中立刻流出许多汁水，沾到手上黏黏的，抿一下像蜜一样！我喝了两支花蒂，这才想起外祖母的警告。我阻止了壮壮，说："忍忍吧，如果明天我还没有死，你就大口喝吧！"

这天夜里什么事也没有发生，不，做了一个好梦：一个大辫子姑娘扎了围裙，端着许多槐花饼。天亮了，阳光真好。壮壮来了，我一听到推门声立刻闭上了眼睛。他到炕前推搡、胳肢，我忍不住笑了。他喊着："啊，原来你没死！"

我们很快去了那片杨树林。

由于采摘这种蜜一样的花蒂，它总是发出"吱吱"声，我们就给它取名"吱吱"。

"吱吱"是夏天里最迷人的吃物，而且是我们发现的。

滩　主

按照那些老人的说法，每个地方都是被一只野物给管着的，也就是说，到处都是有主的。一片林子，一个村子，甚至是一条河或一道沙岗，都有什么在明明暗暗地看管。每个村子都会有一个头儿，这是大家都知道的；可是那些在暗处活动的野物也有头儿，这大概是有人怎么也想不到的。

壮壮的爷爷说，我们这片无边的林子就由一个老妖婆管着，她是整个海滩的主人，所有野物都听她的，那叫说一不二。"我们人也要听她的？"我不信。他点头："多少总要听听的。"我说："我听外祖母的。"老爷爷还是点头："那也成。不过她有时也要听老妖婆的。"

我回家问外祖母，她说："他和老广两个人就愿吓唬人，逗小孩玩儿，说得像真的一样。从来没人告诉我该做什么不该做什么，比如今天我想去林子里捡柴，就会去；明天要蒸玉米饼了，也会蒸。"我想了想，问："如果真有一个老妖婆，你敢招惹她吗？"外祖母说："招惹她干什么？咱过自己的日子！"

这番话并没有解除我的疑惑。我和壮壮还是信老爷爷的话：真的有什么在暗中管着一切，具体到一条河、一片林子，都是有主的。采药人老广对此更是深信不疑，他说："哪有没主的地方？真要那样，一切还不乱了套？林子里的人哪有不知道这个的！"我问："东边的水渠谁来管？""过去是一条瘸脚老獾，现在就不知道了。""西边那片老槐林呢？""传说是一头野猪。""你们村子呢？"老广鼻子哼了一声："传说是一只刺猬。"我笑了："村子肯定是人来管，刺猬懂什么！"老广的大嘴撇着："你小孩子家就不明白了！人能管住暗中的野物？他有这个威信？"

我想着刺猬害羞的模样，认为老广说的也许有道理：人总是喜欢办事稳妥一点的，大概野物也不例外。它平时待在草垛里，夜晚就出来办野物的事情。有些事情真的不是人能解决的。我想起了林子深处的那个老妖婆，就问老广。老广一下下点头，并不否认她的权威和本事，但也有自己的看法：

"她年纪太大了，整个海滩多少事啊，她一准顾不过来，能管好那片老林子就算不错了。各处都有自己的头儿，那叫'滩主'，狼、狐狸、花面狸、狗獾，都有自己的地盘。老鹰也不是省油的灯，它天上地上都管，一个猛子扎下来，谁都害怕。"

我点点头："真是这样！"

"所以说，林子里的事最好交给野物去办，人不能仗着有几条枪狂得不成样子，这要倒霉的。等有工夫，我给你讲讲村里人倒霉的事，那都是眼前发生的，不是瞎编。"

我请他现在就说来听听，他吸着烟："以后吧，一会儿的工夫哪里说得完。""说一个也成。"我央求好几遍，又把他嘴里的烟斗拔了出来。

"俺村的头儿脾气大，动不动就揍人。他有一回走在村边，见柳棵里有几个黄鼬在玩，就骂着扔石头去砸。结果几天以后他老婆痴了，又叫又骂，对村头儿不依不饶，说的都是黄鼬的话。还有一次他捉了一只狐狸小崽，半夜里狐狸妈妈伏到窗户上哀求，他不仅不放小崽，还用暗网捉住了母狐。谁知两天过去，一些野物把他田里的庄稼全糟蹋了，还跳上屋顶揭瓦，往屋里哗哗撒尿……"

我大笑起来。

老广朝一旁使个眼色："人和野物是两股道上跑的车，走的不是一条路。人帮它，它就帮人。比如大林子，给咱这么多药材，还有蘑菇和果子，咱离开大林子可不行。"

我从心里同意他的话，不过我想得最多的还是管住一方的

"滩主"，认为它们一般都是凶猛的家伙，比如老鹰、大熊和狼，再不就是心眼多的家伙，比如狐狸。我说出了这个看法，老广摇摇头：

"那只是一方面，还有个威信的问题。小刺猬有多大本事？可它仗着勤快、忠诚和老实，照样能管住一个村子。天黑下来，野物就在街头巷尾、柴火垛那儿忙起来，蛇、老猫、狸鼠、小鼩鼱，一个个都窜来了。这时候大人和孩子都在炕上睡觉呢，一个村子就交给了野物。有人半夜借着月光往窗外看，见到街道上好热闹，才知道它们一点都闲不下来。野猫在屋顶嗷嗷叫，吵嘴打架；大脸鸟呼啦啦从这棵树飞到那棵树；小狐狸轻手轻脚钻进巷子。个个都忙得很。所以说它们当中也需要一个野物管事，上传下达……"

"'上传下达'是什么意思？"

"就是有事报告上面的野物，还要把一些要紧事告诉村里的野物。"

我似乎明白了：林子里的老妖婆要管很多事，只要她高兴管，这边的村子也在她的范围之内。村子里需要被提醒的事也有很多：东北转过来一只老熊，东边飞来一只大鸢，这些都得给大家提个醒。我有些不解的是，村里人饲养的鸡、鸭、鹅、狗，还有猫和鸽子，它们听不听刺猬的话？我觉得这是一个必须弄清的问题。老广说：

"它们听主人的，也听刺猬的。一句话，它们受'双重领导'。"

我们接下去又讨论了一些更具体的事，比如离我们家不远的那个小果园由谁来管？老广说可能是一只兔子。"我们家四周又是谁管？我想那会是一个厉害的角色。"老广看看我，眯着眼说：

"你们有一座茅屋，你外祖母对林子太熟了，还有你，都不好糊弄。所以管那一带的'滩主'前后换了几个，一开始是瘸腿老獾，后来是一条狼，再后来又是猫头鹰。它们都没有干好，最后就换了一个小不点儿的家伙——小黄鼬。"

"啊，我不信。就是一只兔子、一只银狐也比它强啊。胡编。"

老广哼着，腰弓得像一个老人："你瞧不起小黄鼬就错了。谁比它更机灵更勤快？它平时东瞅瞅西看看，腿脚麻利，小半天就能把一大片林子巡逻一遍。它对人对物都讲礼貌，见了人就站起来作揖。它是靠本事才谋到这个位置的，不是靠蛮力。小黄鼬在这个差事上干了好几年，干得正经不错。你们家四周这些年没发生什么大案吧？"

我认真想了想，觉得也对，这么多年来我们家四周总算太平。不过我想到了小泥屋那儿：一到夜里就聚起一伙野物，它们闹得厉害，有时真的吓人；我特别想起了一个夜晚，那一次好像碰到一个大黑家伙，它在小屋里慢腾腾地走，要多吓人有多吓人……我最后说出了这件事。

老广翻翻白眼："出大事了？"

"倒不算什么大事。不过有个大型野物，总是危险啊！"

"真要危险，那个小黄鼬，也就是'滩主'，一定会设法告诉你们家的。它天天跑来跑去，什么不知道？它暗中办的好事太多了，为这么多鸟儿虫儿和四蹄动物操心，还要照顾好你们一家，多么辛苦！依我看，你得为它做点什么才是……"他咂着嘴，声音低下来。

我觉得老广是个经多见广的人，他的话总有道理。我问："做点什么？"

"给它一些吃物，比如鱼啊肉啊，放在墙头和后院，它走过来就有东西吃了。你们家养鸡没有？"

"当然养了。"

老广笑笑："小黄鼬没有吃它们吧？我得告诉你，它其实最喜欢吃鸡，就因为当了'滩主'，要带头办好事，只好忍着。它不仅自己不伤害鸡，还得管住所有想吃鸡的野物，就凭这一点，你问问姥姥，是不是该好好感谢小黄鼬？"

我不作声了。他说得真有道理。

老广的话给了我很多启发。我更相信他的话了。我后来把他的话告诉了外祖母，说我们这一带的"滩主"是一只小黄鼬。外祖母笑着，一边忙着一边说："这个老广啊！"

不知道外祖母是什么意思。我说："老广懂得可真多。"她说："他懂得多，以后就做所有野物的头儿吧，那样它们就更听话了。""小黄鼬真的是'滩主'吗？""是不是我都喜欢小黄鼬。"

我经常拿一点好吃的东西放在房前屋后。几天之后这些东西就不见了。我发现一只小黄鼬从屋后匆匆跑过，就跟上走了很久。它穿过橡树和杨树，爬到高处的楝树向西遥望，下来以后又往北走去。这时它的步子稍稍放慢了，一边走一边嗅着，有时还站下来，细细地研究地上的痕迹。它抬头注视四周，已经顾不得看我，目光十分专注。显而易见，它在想一些事。它为所有的事情操心。

　　不远处有什么发出"嘎呀"一声，小黄鼬不再耽搁，飞快地往那儿跑去了，一转眼就消失在绿蓬蓬的草叶中。

　　几天来我一直留心屋子四周。从一早到黄昏，我已经看到了四次小黄鼬。它差不多一直在急匆匆地奔走，颠着碎步，有时简直一路小跑，从这一端到那一端。我注意到，它往东从不越过那条水渠，因为那是瘸腿老獾的地盘。它往南大约只跑到一片榔榆那儿，那里有一条细细的小路，到了小路那儿就折头向西了。往西总要跑到很远，一直跑上好几里路，到了几棵石楠下才会止步。往北要越过小泥屋，在小泥屋四周停留很长时间。是的，这儿发生过非常复杂的事情，这一点它大概十分清楚。

　　有一次我一直跟在它的后面，走到了小泥屋旁边。它没看任何方向，而是迎着小窗走去，轻轻一跃跳上窗台，往里看了几眼，然后钻进去。

　　当时是半下午时分，阳光还好，屋里不会有太多野物。我想它一定是像我一样，正蹲下来细细辨认地上的痕迹，比如鸟爪和其他蹄印，这样就能掌握所有来客的消息。自从经历了那个吓人的夜晚，我来小泥屋的次数少多了，天色一晚更要远远躲开。

小黄鼬大约在泥屋里待了十几分钟，才从里面走出。它继续往北，步子比刚才轻松多了。在它稍稍停留的一刻，我大着步子走到跟前。它当时正在思考什么，被我弄出的声音吓了一跳，身子一抖，但很快安静下来。它的小脸圆圆的，嘴巴发青，一双眼睛亮晶晶的。这双眼睛由惊讶变为友善，我相信它认出了我。当然，以它的身份来说，茅屋和泥屋以及主人，它都是一清二楚的。

"小黄鼬，让我做你的朋友吧，我想帮你做点什么。你一天到晚太辛苦了，也许它们还不能理解你……我知道你负有很大的责任……"

在我这样讲时，小黄鼬站起，两只前爪提得很高，脖子伸长了看过来。它的这个姿势真是让人惊讶。这时，我看到林隙里投进的一束阳光正好照在它的脸上，那双眼睛闪着碧蓝的天空的颜色，胡须是青色的，很短，很齐整。它看着我，神情专注，一看就明白它要好好倾听了。大概它这一辈子，还很少有人这么认真地与它说过话。

"也许我说得不对，但是，"我尽可能放低了声音，以显得慎重，"我只是把自己亲眼看到的向你做个介绍，你就明白该怎么办了。我们小泥屋白天没什么，你也看到了，没什么。天一黑就有了各种野物，鸟儿吓得缩在屋角和梁上。最凶的是豹猫，不过还有暗中的一个大家伙。那一天……"

小黄鼬伏在地上，两爪伸向前方，听得更加认真。我咽一口唾沫，说下去：

"天太黑了，我看不清，不过我敢肯定屋里有个很大的家伙，它走得很慢，摇晃一下就不见了。以前，外祖母说那是很早以前的事了，从外地来了一只老熊，来找自己的孩子。不过老熊早就离开了。所以这事很怪，也许老熊又转回来了……"

小黄鼬收回前爪看着我。它听完了。这样待了一会儿，它站起，低头看看沙子，看看小草，抬头望向远处。风吹着它的头顶，有一撮毛撩了起来。它一步步走去，走了十几步又回过头，重重地看了我一眼，跑开了。

我想，小黄鼬完全听懂了我的话，而且记在了心里。

第

三

章

大果园

这个夜晚我没有睡好，因为一直想着妈妈。我一闭眼睛，就好像看到她在风中走，头发吹起来；又看到她坐在一个马扎上，手里拿着一个大红苹果，正在给苹果包一张彩色的纸。我模模糊糊地睡了一会儿，醒来还是想着妈妈。天亮了，鼻子那儿飘过一阵特别的香气，是大红苹果的味道。

一大早我就对外祖母说：我要去看妈妈。外祖母愣着，后来商量说："她也好长时间没有回家了，肯定快回了，再等等不行吗？""不行！"我心里突然变得非常焦急。

外祖母不放心我一个人走那么远的路：往东过了水渠上的小木桥，还要穿过一片桑树和柳杉，进入密密的黑松林。那儿通常没有阳光，小路阴森森的，连鸟儿都不敢大声叫。路两旁隐藏着一些不怀好意的野物，它们有的非常凶狠，所以路边常常散落一团团灰色的羽毛，有时还能见到半截鸟爪，都是半夜里受害的斑鸠或野鸽子。

那条小路很长。妈妈每次回家都要穿过这里，也是一个人。

她说只要走路的人不怕，路边的各种野物就会怕人。"它们在暗处看着，会从你的眼神里知道怕不怕，然后盘算干点什么。"妈妈这样说。我问："干点什么？""猛一下跳出来，吓吓你或逗逗你，说不定还能伤害你。"

我以前跟妈妈走过这条路，知道穿过这一段吓人的林子，前边就好多了。剩下的路在稀稀落落的大树中间，走一会儿，前边就是不高的灌木了，那是一片片柽柳。远远的有一棵箭杆杨，一丛毛榛，然后又是一棵大槲树。鸟儿从一丛柳棵飞到一丛柞树上，不一会儿又有一只兔子跑过。剩下的全是让人高兴的路。

走着走着就看见前边的一排大银杏树了。大果园好像用这排大树做了标界，里面就是它的地盘了。多大的果园啊，只要见过它就再也不会惊讶于任何果园了。这儿有一眼望不到边的葡萄架：比房子还要高的大棚架、一行行矮架。各种果树混杂的园子、专门的山楂园和杏园、李子园、桃园，就是它们组成了这片大果园。

果树中间有一幢幢白色或红色的小房子，那是用来灌溉的水井房和护园房，里面不是住着一个凶巴巴的老人，就是一个笑眯眯的老人。这些老人在园子里有些特别，因为他们在这里干了一辈子，谁都不怕。他们见了一般人，架子很大，有时都不愿正眼瞧一下；对动物却要好多了，对小孩子也好。因为小孩子极少来园子里，所以在老人眼里他们挺稀罕，可以像猫和狗一样逗玩。

大果园最吸引人的，除了各种果子，再就是那些猫和狗了。所有的好东西都属于园子里的老人，他们就住在小房子里，每人都有一支枪、一件老皮袄。老人出门时身边总跟着自己的猫和狗，它们不离左右，特别神气，对外人的态度，完全要看主人的脸色。

我在这个早上如实地告诉外祖母：我除了想妈妈，还想看园子的老人，想那里的猫和狗，想葡萄和大红苹果，想那些扳压水机给果树喷药的人，想水井房旁边那一口口大缸里的蓝色药水。外祖母没好气地说："你想得太多了！就是不想多识字，要知道你快上学了！"

我一听到"上学"两个字就低下头来。我尽管不清楚那是怎样的地方，不明白那里有多讨厌和多烦人，但知道那里肯定没什么好事。不过单讲识字还算喜欢，我已经干得相当不错：一摞小画书差不多都能读得懂，甚至爱不释手，有时睡觉都要搂着。我央求："让我去大果园吧，去那儿就会识更多的字。"外祖母实在没有办法，最后只好千叮万嘱，总算同意了。

这条长长的小路好像在我的脚下突然变短了，至少不像记忆中的那么长。一路上都有鸟儿向我打招呼，有四蹄动物在树隙探头探脑。我已经顾不得它们了，只管轻快地赶路。

妈妈见我突然出现在大果园里，又吃惊又高兴，不过还是装出很不情愿的样子："你呀，总不让我省心。"旁边有几个像她差不多年纪的婶婶，笑吟吟地看着我。她们都有孩子，不过因为离得太远，都没有到这儿来过。她们比妈妈更欢迎我，一个个轮着摸过了我的头，还贴贴我的脸说："又比上次高了一点。""哎哟，头上还有奶腥味儿。"

她们都坐在成山成岭的大红苹果旁边，用彩色的纸包裹起一只只苹果，往纸箱或紫穗槐笼子里装。笼里要铺上干茅草，草的香味和果子的香味混在一起，空气里都飘着香甜，真是好极了。一个两只眼睛像黑扣子似的人背着手走过来，瞥瞥我。他长了两撇黄胡子，让人有点害怕。我知道，就是因为他，这里的人才不给我苹果吃。我有些馋了。黄胡子问："多大了？该上学了吧！"我觉得真倒霉，他们这些人三句话不离那两个字，好像凭这个就能把我制服。

我从苹果山那儿跑开了，一口气跑到一幢护园小屋那里。一个过早披上了大衣的老头儿出现了，他眼珠发灰，尖尖的，一下认出了我，说："嘿嘿！"接着狗也出来了，尾巴乱摇，对我很好。我上去抱住大狗。这条狗上次就熟悉了，记得它的鼻子那儿有一股小臭和小香混在一起的怪味。我一直没忘记这种奇怪的味道，这时又一次证实了。我不得不躲闪它的亲吻。

护园老人笑眯眯地问："识了多少字？会写'猫'和'狗'吗？"这还真难不住我。我去年春天就学会了。我马上在沙了上认真地写出了这两个字。老人端详着，赞叹："我真佩服造字的人！瞧瞧，这两个字多像它们坐在那儿啊！不过'狗'是侧身坐的，'猫'是正面坐的，嗯，是这样！"我看看这两个字，琢磨了一下老人的话，觉得真是这样。

老人好像要奖励我一下似的，给我苹果吃，又起身摘了一串叫"玫瑰香"的葡萄。这些葡萄粒比平常的小一些，属于第二批了，不但更甜，还有一种特别的香气，是真正的玫瑰花的香味。老人说："会吃的，专吃第二批葡萄。"我一转眼就把一大串葡萄吞下了，老人按按我的肚子说："要装满，就去下一站吧。"

"下一站"就是另一处护园房。可惜我走错了，不知怎么来到了一个水井房。一个凶巴巴的老人又着腰出来，一见面就喝道："哪里溜来的？"他的手从腰上放下，弓下身子，像要随时把我逮住。我往后缩着嚷："我是来找妈妈的，刚从她那儿来！"老人冷着脸："她是谁？"我报出了名字，他哼一声："没听说！"不过脸色马上好多了。正在这时，一只黑白大花猫翘着尾巴从屋里出来了。

我觉得它真好看，长腿，圆脸，白鼻，大胖爪。我忘了其他，伸手对它做了个抱的动作，它却仰脸看看老人。老人挥挥手，它就跳过来。肥胖的大猫，浑身被太阳晒出了一股干草味。我的脸贴在它身上，一动不动。

我和猫玩的时候，老头儿到一边去了，脚下踢着什么，咕咕哝哝骂起来。他们这些人没事了就骂，骂人，也骂野物和树。我经常遇到这样的人，知道他们其实并不坏。他骂了一会儿又背起了书上的话，一段接着一段，背错了就从头开始。我听妈妈说过，一年多来大果园里都在背书，"这是任务。"她说。我在家里也听过妈妈背书，她背得很快。

我在水井房玩了一会儿，告别了老人和猫，一个人往前走去。这个园子太大了，园中几条大路旁栽了毛白杨和新疆杨，四面全是果树和葡萄。果树又多又茂盛，只是遇不到一个人。可我知道，那些护园人都在暗处，他们最大的本事就是藏，然后出其不意地蹦出来。大果园主要提防打鱼的人，那些人每次经过这里都不空手，总要弄走一些果子，因此护园人最犯愁的就是怎样对付他们。看园子的老人说："他们在海边练出了两条快腿，谁追得上？急了我就对空放枪！"我问："他们为什么一定来偷果子呀？"老人说："这些人平时吃的是鱼，为了解腥！"

在葡萄园，一个老人领着狗过来，对我做个手势，指指园子。一群灰喜鹊打着旋儿落在葡萄棵上，叽叽喳喳。老人对昂首挺胸的大黄狗说："撵去！"大黄狗毫不犹豫地冲向园子，一边跑一边大声呼叫："汪汪！汪儿汪儿汪！"我听到的好像是这样一句严厉的话："胆大！敢下脏嘴讨打！"一群灰喜鹊慌慌飞起，往一个角落逃去。大黄狗还是追，一边追一边呼叫。

老人抽着烟，看着黄狗的背影说："幸亏有这个帮手！单靠我自己，喊哑了嗓子也白搭！哎哎，这些灰喜鹊真不是好东西，它们正经吃些葡萄倒也罢了，可恨的是长嘴巴插进葡萄里，每颗只吸一口！真不是好鸟儿……你哪来的？"他突然想起了我，拔出烟嘴问。我再次报出了妈妈的名字，他说："嗯。"

天快黑了。红云彩一丝丝变成棕色、灰色、黑色。我要跟妈妈去大食堂了。我真喜欢那个吃饭的地方，又大又宽，全是饭菜的香味。两个大窗户后面各站了一个扎白围裙的人，他们等吃饭的人走近，递上手里的一张饭票，就舀一大勺菜饭，"哐哐"两声扣到碗里。买饭的男女都跟妈妈打招呼，摸我的头。他们买了饭就坐在食堂吃，妈妈扯上我回到住的地方。

妈妈和十多个大婶同住一间大屋，这儿有一个大炕，比我们家的大十倍。炕上卷起一排被子，摆了小饭桌，大家围坐一起。玉米饼、咸菜、小米粥，实在说不上多么好，可就因为好奇和新鲜，吃得却很香。妈妈问外祖母、吃的东西、鸡的情况、屋子西边的菜园，我都一一回答。她说："果园到了最忙的时候，所以谁都不能回家。"饭后她又问识字和看书的事，我不太高兴了。她从被子里抽出了两本小书，我一下搂在怀里。"这孩儿有一天会成为一个书虫。"旁边的大婶说。

晚饭后十几个人围在炕上说话。我问大果园有多少猫和狗，谁都答不出。她们问林子里的事，问我见过什么吓人的野物。我很想说"见过老熊"，又忍住了。我想着小泥屋的那个夜晚，自己其实并没有看清黑影里的那个大家伙，所以不能乱说。她们对野狸子和獾不感兴趣，只想听听狼的事，或者听听狐狸变人的事。我没有这样的经历，又不想瞎编。

有个黑脸大婶指指额上的一道疤痕说："这是我年轻时被一只老鹰抓的。它来我家咬母鸡，我用扫帚疙瘩打，它就给了我一下。"大伙凑近了看。我发现那个疤痕像一个钓鱼钩。她说："当着小孩我不说假话，告诉你们吧，我年轻时力气忒大，一拳捣跑了一只土狼，一脚踢翻了一头野猪！谁家没被野物祸害过，可它们都得绕开我的门儿走……"

我觉得她太了不起了，听得目不转睛。"有条大蛇头顶长了冠子，一到半夜就伏在窗上'夫夫'吹气，那是要吃我一个月大的小孩哩！我知道这蛇也算个精灵了，得给它留点面子，就向窗上咕哝说，'你要是仙家也该明白，当娘的生下个孩子也不易，谁都有爹有妈的，你饿了馋了去林子，那里什么吃物没有？惹急了我的脾气也不小……'可它还是'夫夫'吹气，想吓唬我。我火了，抓起给小孩做衣服的剪刀，嚯一下捅开窗户纸，还没等它醒过神来，就噌一下剪掉了它的冠子……"

大家发出"啊"的一声。我问："后来呢？"

"后来，"黑脸大婶抹抹嘴角的白沫，"后来一溜儿火线，什么都没了。"我紧追不舍："为什么'一溜儿火线'？""嗐，连这个也不懂。你听着，所有精灵急急逃窜，眼看没命时，都会变成一道火线……我收了剪子，搂着俺的小孩睡下。第二天早晨扳开窗户一看，只见窗台上有半个发蓝的冠子，还有一串血珠洒下来……"

大家都不吭声。我不再说话。这是听来的最奇怪、最吓人的故事了。我偎在妈妈身边一动不动，直到有人说"天不早了，睡下吧"，这才挨紧妈妈躺下。

大炕是凉的。不过躺了一会儿就热了，因为妈妈和我在一起。月光从窗户上洒进来，屋里什么都看得见。十几个人横着躺在炕上，头朝一个方向，翻身、说话，好像一时都不想睡。我伏在妈妈耳边说："大蛇真吓人哪！"妈妈小声说："她常编这样的故事，听听就好。"我问为什么？"她脸上有个疤，然后就编起了故事，停不下来了。"我想着妈妈的话，觉得那个疤对她太重要了，她编的故事真好。

大家都睡不着。月光越来越亮，靠近我们的大婶嚷着："好孩儿爬到我的被窝里吧！"我不动，妈妈就推推说："大婶喜欢，你过去吧。"我就爬进了相邻的被窝里。

大婶搂着我说："大胖孩儿呀！"其实我一点都不胖，她是为了让妈妈高兴。刚待了一会儿，靠近她的另一个大婶说："也爬到我这里吧！"我不想过去，但觉得应该对大家都一样，就钻了过去。结果这一下麻烦了，接下来她们都提出了相同的要求。我在这样的夜晚只想听大果园的故事，因为我相信她们每个人至少会有一个好故事吧。

很可惜，她们当中会讲故事的几乎没有。我最后回到母亲被窝时，已经很晚了。大婶们都很高兴，大声议论："大孩儿的脚丫乱蹬。""大孩儿就像一条大鱼，多么滑溜。""大孩儿两眼水汪汪的，小肚肚像绸子一样……"睡前我闻到了飘进屋里的苹果香气。外面传来了狗叫声，接着是护园老人的喊叫。

大果园多好啊，虽然这里不太适合睡觉。

油亮的小猪

密密的紫穗槐棵被晒了半天，散发出一股呛人的野气。这儿被它遮得严严实实，再没有别的树木。如果钻到密实的枝条下边寻找阴凉，才会知道槐棵里面原来这样宽敞，就像一座绿色屋顶的大房子，屋里干干净净，地上是一棵小草都不生的白沙。这座大绿房子里安静得很，外面那些鸟的叫声、风吹树叶的声音，好像都被推到了很远的地方。

待在这座绿色大屋子里，也就不再有任何打扰了。在这儿做什么更好？读书和想心事最好。后来我把最喜欢的几本小书带来了，看图看字，绕开那些不认识的字，差不多也能看懂一多半。外祖母有一只大木箱，里面装满了书，那是她最大的宝贝。她只把其中最薄的、画了图的小书送给我。我偷偷翻过那只散出奇怪香味的樟木箱，把所有的书摆在桌上。有的书是硬壳的，封皮上有金闪闪的字。有的书软极了，是用粗线订起来的。全都是很旧的老书，我一点都看不懂。不过我相信它们一定是记下了特别重要的事情。

我发现只要躲进这绿色的大屋子里，好像就能读懂一点什么：大象和老虎的故事，老巫婆的诡计，一下都看得格外明白。这使我有了一个新的想法：将外祖母那些古怪的大书搬到这儿，从头看上一遍，也许会有新的发现。这是很冒险的事，因为她一直都把木箱放在一个隐蔽的角落里，从不拿出来，更不让生人知道。我以前要带几本书出门，就为了让好朋友壮壮看一眼，但都被外祖母制止了。我问壮壮："你猜最大的书是什么样子？"他摇摇头。我比画着给他看，他不相信。

我把那本有金字的硬壳书、一本用粗线订起来的灰色封面的书藏在篮子里，上面盖了树叶，急匆匆出门，一路穿过树隙往西，急急地钻进茂密的紫穗槐棵里。我把书摆在干净的白沙上，心里有一种特殊的欢喜和满足。我仔细地一页页翻着它们。啊，一朵紫色的小干花在里面睡着，扁扁地躺着。我嗅嗅它，又小心地放回原处。一行行字大多认不得，让人有些失望。我合上书，细细地抚摸。我想总有一天会和这本书熟悉起来，里面所有的秘密都会向我打开。

我知道这一切都要等到上学以后了。一想到上学心里就有沉甸甸的感觉。不光害怕，还有好奇。听说那个学校属于远处的村子和大果园，那儿有一道高高的围墙，一个大门，登上许多石头台阶才能进门。很多孩子被关在高墙里边，钟声一响，大门就要严严地关闭。我想到自己有一天也要被关在那儿，心就跳得快起来。如果上学只为了识字，关在那儿就有些不值得了。有一天我说出了这个想法，外祖母立刻说："去那儿可不光是识字。"

我闭着眼睛想事情，想了许多以前没有想到的事，比如很久很久以后，那时我会做什么？爸爸在南边的大山里，和一帮男人用一把大锤日夜不停地击打石头，难道我长大了也要那样？爸爸很久才回茅屋一次，过不了几天又要匆匆赶回。可就在这短短的几天里，爸爸也会打开外祖母的那个宝贝大木箱，翻弄那几本书。

我还想到了妈妈和大果园。如果将来非要去一个地方不可，那么我最想和那些护园老人在一起，也想有自己的猫和狗。最后还是想爸爸，想他和那一帮日夜开山的男人。我觉得十分奇怪的是，他们多苦多累啊，为什么不能从大山里逃走？爸爸既然能够赶回茅屋，那为什么就不能在半路逃走？如果是我，一定会逃得很远很远，逃到谁也找不到的地方。可是，我无论逃到哪里，都会想外祖母和妈妈，想这片林子。

我明白了，爸爸一定是因为离不开这座茅屋，离不开家里的人，才要在大山和林子之间来回奔走。他就因为这个才无法逃到别处啊，这太难为爸爸了。我流出了泪水。我想到了林子里的野物，想到了鸟。爸爸如果有它们的本事，就能趁着夜色回家了。是的，谁也管不住一只野物，管不住一只鸟的翅膀。

在我想心事的时候，一只蝈蝈打破了宁静，唱了起来。我还是第一次在这儿听到它脆生生的歌声。一只紫色的大蝈蝈就在不远处，它好像是从灌木深处赶来，专门为我唱上一首歌。

它不愿让一个人在这儿流泪。我感激它，看了它好久。

蝈蝈不知什么时候停止了歌唱。我继续翻那本有图的小书。过了一会儿，身边传来了一阵沙沙声。四处没有什么异样。我继续看书。又是那种沙沙声在响。我想到了刺猬，就伏下身子认真找了一会儿。啊，在密密的枝条后面，我看到了一个不大的黑影，它闪着两只亮亮的眼睛。它在看我，而且一点都不惊慌。

我很快判断出，这不是以前见过的那些野物，从个头上看很像一只半大的狗獾，但其实不是。我朝它做个手势，它还是一动不动。我继续做自己的事情，耳朵却在留意着周围。沙沙声更近了，中间停了一小会儿，然后就无所惧怕地响起来。当我慢慢回过头时，因为忍不住的惊喜，差点喊出声来：这是一只黑色的小猪，油亮亮的，浑身上下干净极了。它在离我几尺远的地方仰头看着，好像全无惧怕。

我一边呼唤一边接近，它却退开了几步。

我后悔没带吃的东西，虽与它相隔不远，却没法再近了。这是它感到安全的距离。我叫它"小黑"，问一些问题：为什么出现在这里？出来多久了？晚上怎么办？最后一个问题才是让人担心的，因为到了深夜这片林子里什么野物都有。

我要离开这儿了。我要把它带走，无论如何都不想让它独自在这儿度过危险的夜晚。可我没有办法逮到它，当我再接近一些，它就猛一转头跑开，发出一串"咕咕咕"的喘息声。它跑开了一段，然后就站在了那儿，好像要与我告别。这样重复了几次，我最后还是失望了。

这个夜晚我睡得不好。总是想象着一个凶狠的家伙在林子里追赶小黑，它在那片密密的紫穗槐中飞蹿……早晨，我草草地吃了一点东西，出门时没忘将一本小书塞到口袋里，还取了几个大红薯。外祖母看到我口袋里的书，就不再问什么，只叮嘱不要走远。

我仍然去原来的地方。那只蝈蝈又唱起来。我无心看书，只想再次听到那阵沙沙声。大约过了半个钟头，身边响起了枝条被碰撞的声音，回头一看有些失望：一只花面狸小心地攀在一个枝丫上，正好奇地朝这边探望。它的眼神与我对视的一瞬毫无惊慌。我心里说："你可不要干坏事！"它无心停留，很快沿着树隙跑得无影无踪。

接下去的一段时间里我看到了一只甲虫慢腾腾地走过；一只蜘蛛从树梢降到地面；一只胖胖的螳螂不知怎么蹲在了我的肩上，歪着小脑袋认真看了看，又走开了。不远处是鼹鼠凸起的洞穴，我盼着它能露一下脑袋，却没有。我开始读这本图画书。书上画了一个穿毛衣的小姑娘，手拿一朵南瓜花去引诱飞蛾。我早就知道结果：飞蛾没有上当。

"沙沙"声再次响起。啊，这一次是它，它终于出现在我的身后：在枝隙间，它正试着伸出小蹄子跨过一根粗粗的横枝。我的心快乐地跳起来，把红薯伸向它。它的鼻子抽动着，看看我，一点点靠近。它终于咬住了红薯，咀嚼的声音很大。我试着抚摸它光滑的毛皮，它抖了一下，后来就专心吃那个红薯了。

三个红薯都被吃掉了，它圆圆的肚腹明显变大。我一遍遍捋着它的脊背，捏着它的小蹄子。它全身散发出林子的气味，从头到脚洁净极了。是的，它一天到晚在白沙和灌木中活动，当然不会脏。我在林子里看到的所有野物几乎都是干净的。它在我怀中待了三两分钟，挣到地上，但仍然斜倚着我的腿。我抚摸它，大声朗读，告诉它：小姑娘拿着一朵南瓜花，如果那个大飞蛾伸出长长的管子去吸花心里的蜜，就会被捉住。

小黑专注地听，眼睛一眨不眨。它的眼睫毛很长。有一会儿我被它那平鼻头迷住了，伸手按了按，又热又软。我问："你到底是怎么跑进林子里的？"它发出"咕咕"声，又以呼噜声表达了友谊。我们两个已经成了朋友。我担心在这片林子里过夜太危险，问："你没有家吗？ 你自己在林子里吗？"它仰头看我。我觉得它的神情做出了回答：我没有家。

我决定把它带回家去。

我抱起它，像抱一个小娃娃。它没有反抗，顺从地眯着眼，头靠在我肩上。我钻着树隙往前，在跨出灌木的那一刻，它的身子挣了一下。我搂得更紧。当我走进那几棵高大的橡树和杨树时，它的后蹄重重地蹬住了我的胳膊，挣脱的力气陡然增大。我安慰它："一会儿就到家了！ 那儿有吃不完的红薯！"

快到茅屋了，它还是挣出了我的怀抱，而且很快跑得看不见了影子，只留下一串"咕咕"声。

我觉得自己又一次失败了。它不信任我，或者是舍不得林子。大概因为在野外待久了，它已经不再害怕属于自己的夜晚。不过我真的为它担心。我不知道它用什么办法躲过那些凶狠的野物。我从它的眼睛里看出了机智和聪明，还看到了它飞跑的速度。可我实在为它捏了一把汗。

我几天来的不安神情被外祖母注意了。她问了几遍，我讲出了那只小猪的事。她很高兴的样子，说："啊，抱它来家吧！"我摇摇头："它不愿意。""也许它生在林子里，也许是个小流浪汉。"我说："我读书给它听了。"外祖母说："真好。"

再次去林子里，我带了玉米饼和一路捡到的橡子。小黑好像已经在这里等了一会儿，一见到我就摇动着尾巴走来，一脸欢欣。看得出它睡了一个好觉，精神头儿很足。我伸手触动它的额头，它一动不动，一会儿嘴里就发出甜甜的呼噜声。它开始享用一顿好饭。玉米饼可能是第一次吃到，它嚼得入迷。最后开始吃橡籽，这应该是它最喜爱的东西。它咔咔咬开橡子壳，只吃里面的果肉。

我抱了它一会儿。一股香香的气味从它身上散发出来，是一种奶香。它实在太小了。我声音低低地为它讲故事，这一次是讲一只小羊，洁白的小羊与凶恶的红眼老狼怎样斗智。小羊在原野上奔跑，老橡树帮它，白胡子杨树也帮它，最后才使它免遭毒手。我问怀中的小黑："老橡树也帮过你吗？"它看着我，

我开始读这本图画书。书上画了一个穿毛衣的小姑娘，手拿一朵南瓜花去引诱飞蛾。

　　"沙沙"声再次响起。啊，这一次是它，它终于出现在我的身后。

　　我的心快乐地跳起来，把红薯伸向它。三个红薯都被吃掉了。

　　我一遍遍捋着它的脊背，捏它的小蹄子。我抚摸它，大声朗读。

　　小黑专注地听，眼睛一眨不眨。

眨着睫毛。

我们在紫穗槐棵下玩了一会儿，然后走出来。它跟在我身后很久，从不离开太远。我们一起采了一大把蘑菇，还找到了一蓬野蒜。它有一次拱着一片松松的、像鼹鼠洞穴那样的沙子，竟然发现了一簇胖胖的小沙蘑菇。要知道这是外祖母最看重的美味，她见到今天的收获不知会高兴成什么样子。

我们一直游荡到太阳正南，该回家了。我往茅屋那儿走，它一直跟着。在离开我家栅栏门不远处，一只大蓝点颏在花椒树上叫起来。小黑在叫声里止住步子。我告诉它："我们到家了！"它好像开始犹豫。我弯腰抱起它，它嘴里发出一声："咕！"

它的眼睛警觉地望着四周，但没有反抗。

外祖母像是早就知道要来一个小朋友似的，提前站在了院子里，满脸欢欣。我把怀里的小家伙递给外祖母，她掀起围裙包裹了，嘴里发出"哎哟哎哟"的叫声。

就从这一天起，我们家有了一只浑身油亮的小猪。

背　影

我抱着小猪来到小果园，那只花斑狗高兴得上蹿下跳，围着小猪做出各种动作。小猪吓坏了，躲到我身后，最后"咕咕"

叫着藏到园子深处。花斑狗是搜寻逃犯的好手，一会儿就从园子里揪出了小猪：咬着耳朵，用尾巴不断地拍打它的屁股。小猪哭叫着。

我训斥花斑狗时，它垂着头，像是知错的样子，可是只老实了一会儿，又再次在小猪跟前跳起来，还做出捕食的动作。老爷爷生气了，伸出长长的烟锅敲了一下花斑狗的脑壳："老实点儿！"它停住了，趴在地上。壮壮说："不准欺负小黑，好好玩！"

经过几次训导批评，花斑狗和小猪能够待在一起了。看到它们前后或并排走入果园里，我们高兴极了。老爷爷说："你是把它送给我吗？这可是不少的一笔财产哪！"我有些急："不是的，它是跟我来串门的，它高兴待多久就待多久，最后还要回林子里，回我们家。"老爷爷笑了："逗你哩，好好玩吧。"

正说着，壮壮的猎人堂叔来了。这次他没有背枪。我第一眼就发现，他的嘴巴歪得厉害。我想起了他被林子里的一只大脸鸟搂了一巴掌的事，这会儿又好奇又害怕。猎人很快盯上了和花斑狗在一起的小猪，当知道是我在林子里找来的之后，大声嚷起来："还有这样的好事？我可不信！"老爷爷证实了，猎人不再吭声，蹲下来研究小猪。

老爷爷提议他好好治一治歪嘴："日子久了就再也治不好了。唉，它这一巴掌够狠！"猎人摸着嘴巴："木着，倒也不疼。"他骂起来，说要买一杆厉害的枪，到时候去找那只大脸鸟算账。他气哼哼地看一眼壮壮。我发现壮壮歪头笑着。老爷爷说:"呔,别搬动火器了,那样只会惹更大的祸。"

午饭后,猎人主动提到了那次遇险,说:"我在林子里不该那么喊。我这人性子急。"老爷爷看看我们,对他说:"给两个孩子说说,也算经验。"猎人垂着头说:"其实常在林子里转的人都明白,如果看见一个背影,千万不要喊。不管这个背影离得远或近,都要躲开。那个家伙不露正面给你,是给你留个面子……"

壮壮看我一眼,一脸迷惑。我也听糊涂了。

"那天我背着枪去老林子,沿着一条小道往前走,越走越觉得不太对劲。因为雾障看不清,前边好像有个大家伙慢腾腾地走,挡了路。我看这家伙身个不高,下身很短,留了大背头……"他说着咽了一口唾沫。老爷爷笑了:"说下去,说得细发些。"

"我最后一眼记得清清楚楚,这家伙留了大背头,油光光的。我喊了几声他还是不吭气,照旧不紧不慢地往前走。我这人脾气不好,火气一下上来了,喊道:'你听不见吗?你是谁?从哪儿来?'我差一点就上前拍他一掌了。谁知就在这时候那家伙停住步子,一动不动地站住,不过还是背对着我。我如果那会儿聪明就该躲开。可我只顾焦急和生气了,又火爆爆地吆喝了一声。就这么,祸患出在最后一嗓子……"

他吸着凉气,再次停下。我知道,最吓人的事马上就要发生。我大气儿不喘。他嗓子颤颤抖抖说下去：

"那家伙不慌不忙地转过脸来。老天，我一看这哪里是人啊！一张脸又大又圆，上面的一对眼睛像鹰，大弯鼻子也像鹰，和嘴巴连在一起，满脸杀气！我尖叫一声扔了手里的枪，呆了，也就在这时，这家伙挥起了巴掌……最后那一刻我看清了，这是一只'大脸鸟'！"

老爷爷嘴角再次露出了笑容。我觉得身上发冷。壮壮靠近我小声说："那其实就是一只大猫头鹰。"我明白了，所有猫头鹰从后面看都像留了背头。不仅是它们，就是猫，从后面看也是这样。

猎人讲完了，像刚刚挨过打似的，哼哼着。他吃了一些果子，耽搁一会儿，就要离开了。走前他又看了几眼小猪，然后按着歪歪的嘴巴走了。老爷爷看着他的背影说："别说是野物，就是他这张脸，如果在林子里猛一转过来，也会把人吓个半死！他今天讲的可不是笑话，你们两个都要记住，进了林子，如果见了前边有个背影，一定要躲着。不要好奇地喊啊喊啊，那会出事的！"

我努力回忆：自己在林子里遇到过背影吗？是的，不过那都是熟人，比如采药人或打鱼人，他们常常路过我们家，就在茅屋附近。于是我问："如果是熟人呢？跟他们打招呼是应该的吧？"

老爷爷抽着烟："按理说不碍事的。就怕那些妖怪装成熟人的模样，那就糟透了。它们回头看你一眼，你怎么受得了！我是这么办的，如果在老林子里见了一个背影，哪怕是觉得眼熟，也别急着张口喊叫，先蹲在树棵下观察一会儿嘛。他总要转弯或侧身，这时小心地瞥上一眼，就知道是不是熟人了……"

"这也太麻烦了！"我发出了抱怨。

老爷爷板起脸："怕麻烦可不行！你俩结伴去林子里我就不放心。远的不说，就说南边那个村子吧，有个叫'老七'的鱼把头，他家里就出过事……"

"什么叫'鱼把头'？"壮壮问。

"就是领头打鱼的人，这种人在海上可厉害了，说一不二，谁都怕他……'老七'的儿子胆子跟他爹一样大，小小年纪就敢一个人往海上跑。这孩子没有大人领着，也没走'赶牛道'，就想自己穿过老林子。结果就像壮壮他叔，吃了大亏……"

"还是那只'大脸鸟'？"我问。

老爷爷叹气："唉，比那还要糟。事情是这样，这孩子在林子里看见了一个背影，以为遇到了猎人或打鱼的人，就喊起来。那个背影只顾往前走，并不应声。小家伙来了拗性，就一边追一边喊。眼看就要追上了，他气呼呼地跳起来扳那个人的肩膀，人家就生气了，回过头来……小家伙定神一看，'啊呀'一声倒在地上……"

壮壮一直搂着花斑狗，这时花斑狗挣脱出来，钻到凳子下边，和小猪待在一起。

"原来那不是一个人，它只瞪了孩子一眼，孩子就被吓瘫了。那张脸太吓人了，到底是什么样子，你们自己想去！"老爷爷磕打烟斗，一下一下很用力。

我这时也有些害怕了，实在想不出那是怎样一个怪物。它也许在那一刻张开了獠牙，要吃孩子。我说："它是一只老狼精！"

老爷爷摇头："太丑了，从来没见过的一张丑脸。比老狼精还吓人。到底是一个什么怪物，没人知道，大概一辈子在林子里窜的猎人都认不得。听说那不是人，也不是一般的野物。怎么说哩，就像是最丑的人脸加上最凶险的狼脸再加上怪鸟的脸，是那样的一张脸哩。想想看，就是这样的一个怪物！它那会儿对孩子倒是一点都不凶，还笑了一下，嘴唇耷拉到胸口那儿，流着口水，有一股死鱼的臭气。孩子眼前一黑，就一头栽了下去。"

我一直没敢喘气，这时大口地呼吸着。我心里叫着："天哪，天哪！"花斑狗发出了哼唧声，紧紧贴着小猪。小猪眯着眼睛望向讲故事的老人，像刚刚听懂似的，"咕"一声跳起，藏到了我的身后。

"妖怪没有伤害小孩？"壮壮问。

"还要怎么伤害？"老爷爷瞥瞥我们，"幸亏后来有个猎人领着狗路过，遇见了蜷在地上的孩子。那妖怪只吃活物，以为这孩子早死了，也就走开了。猎人费了好大劲儿才把孩子弄醒，想让他站起来，结果再也办不到了。那个怪物把孩子吓瘫了，他哪里还走得成路。猎人只好把他背回了村里……"

"他现在能走路了吧？"我问。

老爷爷摇头："从年龄上看应该是个大孩子了，比你们大，早该上学了。可是从那以后他再也站不起来了。医生来看了，说是孩子的骨头都给吓散了，得重新长好才行。医生按这孩子的身高做了一张石膏床，让他躺在上面，一直躺了三年……"

我站起来："这是真的？"

"躺了三年，"老爷爷比画着，"吃饭要喂。身高长出一点，石膏床就加长一点，听说这孩子如今总算能站起来了，像刚刚学会走路的娃娃。"

我多想看看他，看看那张石膏床！天哪，原来林子里真有这么多怪事，这一次大概不是老爷爷胡编了吓人的。我们如果能亲眼看到那个躺在石膏床上的孩子，一切也就得到了证实。我这会儿觉得，去那个村子比什么都重要，好像再也不能耽搁了。

回家后，我问外祖母的第一件事就是那个孩子和那张床。外祖母皱皱眉头，说："知道，别听壮壮爷爷胡诌！就因为孩子的爸爸太有名了，所以那事也就越传越离谱……""没有躺在石膏床上？""躺了，不过那孩子其实是从树上跌下来的，给摔坏了！这就该知道为什么不让你们小孩子乱跑了吧？"外祖母说。

那是多吓人的怪事啊，被外祖母这样一说，半点意思都没有了。不过尽管这样，我和壮壮还是商量去那个叫"灯影"的村子，还是要亲眼看看他。路有点远，不过算不了什么，我们连老林子都敢去。除了那个孩子，还有一个学校在吸引我们，那是专门收藏小孩子的地方。我对壮壮说，将来如果能领着花斑狗、抱着小猪上学，那多好啊，那样的日子肯定不难过。壮壮很悲观，说爷爷讲过，曾经有个孩子带了一只小猫上学，结果差点被老师开除。

壮壮的话让我长时间高兴不起来。"'灯影'，一听就是个黑乎乎的地方。"我说。

我们很快去那个村子了。沿着东边的水渠往前走，大约要走十里路。越往南林木越少，有时只能看见路边长着一两棵梧桐和黑榆。喜鹊将家搭在树顶，就因为树太少了，它们有时不得不在同一棵树上搭两个窝。终于看到前边有一小片房屋，它们蒙在一层雾气中。

这一小片房屋离村子还有一段距离，就建在水渠旁边，被高高的围墙包起来。这肯定就是那座学校了。我和壮壮绕着高墙转了一圈，这才看到了大石头石阶和紧紧关闭的两扇棕色大木头门。门的上边有个木头牌子，上面的四个大字有两个不认识，估计就是"灯影"吧。一棵老槐树的枝丫从墙上探出，悬了个黑乎乎的大铁钟。我和壮壮打量着，都觉得这不算一个好地方。

我们继续往前。狗和鸡的叫声越来越响，街巷出现了。壮壮说："这么大的村子啊！"正说着前边出现了一个人，是个背影。"我们要问问'老七'家在哪？"我说。壮壮犹豫着，大概想到了那个吓人的故事……还好，那人很快回头了，是个笑吟吟的老人。我们问了，他伸手指了指。

在一条巷子尽头，长了一棵大杏树的小门就是鱼把头"老七"的家。我们在半掩的门前站了一会儿，有些胆怯。我想：如果抱着那只小猪来这儿就好了，谁会不喜欢一只油亮亮的小猪呢。正这时，一个大婶提着扫帚走到了门口，开口就问："是找我家孩儿的吧？"我们赶紧说："是呀是呀！"

进门的一刻有些激动，还有些紧张。大婶咕哝着什么，一句都听不清。我明白了：平时那个孩子最盼望的就是有人来找他玩。大婶朝屋里喊了几声，为我们打开门，然后继续去扫院子。屋里黑乎乎的，中间是灶台，西边一间传出了"啊啊"的声音。

当眼睛渐渐适应了灰暗的光线时，一眼就看到了一张窄窄的小床，上面躺了一个不大的男孩。他戴了一顶针织小帽，长长的帽耳搭在肩膀上，头顶那儿还有三条红色的条杠。他转着头，笑着看我，看壮壮，不说话。后来他想爬起，一只手伸着，那是让我们帮他。

我和壮壮一起搀扶着他，一块儿走出了屋子。大婶停下了手里的活儿看我们，笑了。我们在门口站了一小会儿，他竟然推开我和壮壮，颤颤悠悠地往前走了十多步。他喘了一会儿，继续走。我们赶紧挽住他。

他可真拗，总想自己走，走走停停，最后总是被我们扶住。他说："我能走二十步了！上个月才能走五步，明年我就能上街了！"我和壮壮说："一定！"我们多想问一下林子里发生的那件事，可总是说不出口。待了一会儿，他两眼突然睁大了，又黑又亮，望着我们问：

"你们去过海边吗？"

"还……没有。"壮壮回答。

"我爸是'鱼把头'，他开春时背着我去看大海了！他领人喊拉网号子，那么多人一齐用力……晚上点了一大排火把，海边真亮啊！拉网的人喊得震耳朵……爸爸答应每年夏天都要领我去海边。以后我就自己去了……"他的声音变大了，看着远处。

我在想那个"以后"会是多久。诱人的大海啊，我们离那儿更近，可是到现在都没能看上一眼。我们真是太丢脸了。

"再过几年，我也要去海边拉网，也要像爸爸一样，当个'鱼把头'！"他按住我和壮壮的肩膀，一下站起来。我觉得他的手劲儿真大。

我们在小院里玩了整整一个下午。天有些晚了，不得不离开了。临走前我们说一定还会来这儿，而且要把小猪和花斑狗一起领来！他高兴极了，用力揪着针织小帽的护耳说："大林子多好啊！多好啊！"

我们走出小院时有点恋恋不舍。

回去的路上壮壮问："你觉得他能当成'鱼把头'吗？"我不知道。"不过……"我仰起脸看着。满天都是火红的云霞，草叶、树木、田垄，都被照得红艳艳的。我指了指天空喊起来："看哪看哪！"

"什么？云彩？"壮壮转着脸。

我伸手指了一下。那是一只鹰，它飞得可真高……

月亮宴

小果园的老爷爷一直在准备一件重要的事情。他不告诉我们，可是总能让人知道。大人们有时候想隐藏点什么，总不能成功。老爷爷把一块腊肉放到一边，还把包得四四方方的点心扣在一个陶盆下面。我和壮壮偷着笑，忍不住想动动这些宝物。"把腊肉割下一半，藏到咱们林子的小窝里，再拿两块点心……"我们只是这样说，其实并没有做。

我们要等等看。壮壮告诉：爷爷要去看他的老友了，那也是一个看园子的老头儿，独自住在一个小泥屋中。"他们要凑在一块儿好好喝一顿酒，不过这边得留下一个人看家。"壮壮说。我说："这里也没什么东西了，果子全摘了，屋门锁上就好，顶多留下花斑狗。"花斑狗大概听清了我的话，回头盯了我一眼。壮壮摇头："葡萄还剩一点儿，再就是几垄菜地。"

"我考考你俩，月亮什么时候最圆？"老爷爷问着我们，眼睛却笑眯眯地看着花斑狗。壮壮说："十五的晚上。"我加一句："十六的晚上。"

老爷爷眯着眼："就是。这一天我要去赴宴了，你俩替我看着园子吧。回来有赏物。""赏什么？"我刚问，壮壮就抢答："一把毛栗子。"老人沉下脸："还有'海锥'哩！""海锥"是比花生米还要小的一种海螺，有一种特别的鲜味。我咂咂嘴。老爷爷以为我们答应了，高兴起来。

我和壮壮可不甘心。眼睁睁地看着他一个人去那么好的地方，而且是"赴宴"，真馋人。我对壮壮说："我从来没有过'赴宴'！"壮壮说："我也没有！"

我们想出了一个办法：到了那个夜晚，我们要留下一个跟上一个，轮流去那儿！这个办法实在不错，老人也不会有理由拒绝。最大的难题是后边去的人无法找到那个泥屋。我们说出了自己的计划，提议老人早些把礼物送到老友那儿，先认一下路。谁知老人听了立刻摇头："这可不行！我不能当晚空着手'赴宴'哪，你们小孩子不懂！"

月亮越来越圆。老爷爷精神头儿更大了。我们缠着他讲故事，讲讲那个老友的故事。"我和朋友从年轻时就结交了，他一开始在海边看渔铺，再后来又看果园。谁住在小园子里都嫌孤单，他可不怕。他这辈子就喜欢一个人待着，连我这样的老友也顶多和他玩上三五个钟头，然后离开。"壮壮问为什么？"客人待得太久，他会烦。"

老人看着天上的月亮："我们喝酒，他会搬出最好的吃物，那里有谁也想不到的好东西！我们拉家常，骂人，下一会儿五子棋。下棋是他的一手绝活儿，听说是老狗獾教他的。他能讲不少海里的故事，因为看渔铺那些年结交了不少海里的精灵。冬天海边多冷啊，他穿了翻毛大衣，点上火炉，半夜里那些'哈里哈气'的都来找他喝酒……"

"'哈里哈气'是什么？"壮壮叫起来。

"嗯嗯，就是野物嘛！"老人抹抹嘴巴。

我问："老狗獾？就是管住水渠两岸的那一只？"

"不，不是，是另一只年纪更大的，如果活着也有七八十岁了。这都是一些'老山货'了。咱这一带都这样称呼那些上年纪的野物，老兔子、老狐狸、老野狸子……再狠的猎人也不会对'老山货'下手，因为它们个个都有一手，人斗不过它们。老狗獾能躲闪枪子儿，能下五子棋，还能陪人喝一杯。"

我和壮壮笑起来。

"有一年初冬，海边上七个看渔铺的老人，外加三个看果园的老人，一共十个，都迷上了五子棋。他们当中下得最好的就是老狗獾的徒弟。为了报答师傅，老人送给他一盒鱼罐头，这是他儿子从城里捎给他的稀罕物件。老狗獾的徒弟一抬手扔了，因为这怎么比得上海边的新鲜吃物，他才看不上。"老人呷着湿漉漉的嘴巴，"月亮天，喝酒天！"

我想说外祖母那儿有最好的酒，但忍住了。

"老友那儿有不少烈酒。别人都用葡萄造甜酒，可是他能造有劲道的酒。有一回我连喝了几杯，结果给'放挺'了，差点儿回不了家。"老人搓搓鼻子，看看壮壮。

壮壮小声告诉我："'放挺'了，就是仰躺在地上爬不起来！"

月亮终于圆了。老人扳着手指："明儿替我看好园子啊！"

我和壮壮反对："我们可不能让你自己去，你被'放挺'了就糟了！"老人抄着手不吭气。我们一再坚持，他就说："不能带上吵吵闹闹的孩子。"我们下了保证：不说话总可以吧？老人挠着头，勉强同意只带一个。

这个夜晚，我和老人一起"赴宴"，壮壮和花斑狗留下。其实后面壮壮和花斑狗会远远地跟上。老爷爷用一个玉米皮编成的大提兜装上腊肉和点心，扛了枪，然后上路。其实那枪只是做样子的，他每次出门都要背上它。

月亮升起来。我们走向东北方，沿着一条时隐时现的小路往前。地上的马兰和宝铎草引得我几次弯下腰，这些花儿实在太好看了。走了一会儿，树木稀疏了，羊毛草棵里不断有什么奔跑，并不怕人。"月亮天，撒欢天，人和野物全都一样。"他在前边咕哝。又走了一会儿，身后好像有个较大的野物，他几次停下步子，猫下腰看。我想笑：那是壮壮和花斑狗在尾随我们。

这条路真有点远。穿过柳林和槐林，又进入杂树林。矮矮的毛榛上缠了篱打碗花，蚂蚱不时从上面跳起来。女贞和水蜡树都结了，野山药攀到了半腰。月光下静静开放的白花像野菊，走近了，才看出是紫菀。小虫子远远近近地鸣叫，更远处传来一只鸟的惊呼："谁啊！ 谁啊！"老爷爷仰脸听了听，说："如果是大黑天，我也不敢一个人走太远的路。"

前边是一片洋槐林，走出林子，马上看到了一片空地，地上长满了野麦草，草地中间是一行行葡萄架，架子北边是一幢不大的泥屋。大概这就是今夜要找的好地方了。我高兴极了。月光染得到处黄蒙蒙的。离园子近了，泥屋那儿传来一声咳嗽，接着又有个孩子的声音在喊："来了啊！ 来了啊！"老爷爷朝我挤挤眼："那是'小梅'在喊。"

一个瘦瘦的老人站在园门口。他的眼睛真亮，头发全白了。"孙子？"他看看我。老爷爷把我拉到跟前介绍一番，老人摸了摸我的头。刚才呼叫的原来是一只鸟，黑色，像一只小喜鹊那么大，这就是"小梅"！"哈哈哈哈！"它冲我笑了。我凑到它跟前："小梅你好！""你好！ 你好！"它连连回应。

两个老人进了泥屋。我只和小梅说话。它歪着头看我，长时间不吭一声，突然用粗嗓子骂了一句："狗东西！"我一惊，退开一步，它却再次放声大笑起来。

泥屋前是一个爬满了凌霄和忍冬的藤萝架，扑鼻的花草香气从四周漫来。葡萄树下开满了千层菊，它今夜起劲地散发香气。离开藤萝远一点摆了一张白木桌，上面是盛满食物的碟子、汤罐和陶钵、果子、酒壶，还有几个小木盒。桌旁是五六个草墩，一看就知道还要等别的客人。馋人的气味。我的眼睛离不开桌子，让自己都有点不好意思。

这时，离我们不远处响起了杜鹃的叫声。两个老人低头从屋里往外搬东西，小梅却又一次大喊："来了！来了！"我知道它说得没错：那是壮壮，不是杜鹃！我朝它做个威吓的手势，它才闭上了嘴巴。

我们坐在桌旁。瘦老人使劲抿着嘴，看看我和老友。大概面对最好的吃物，他就是这副表情。他掀开了一个小木盒："这个！"老爷爷小心地夹出一点嚼了嚼，说："哎呀！"然后马上端起杯子。我明白，遇到太好吃的东西，必须赶紧用烈酒压一下，不然会受不了。我夹了一点放进嘴里：海蛤肉，有酒味儿，还有不知多么古怪的味儿，一丝丝辣，一丝丝麻，又臭又香。看看月亮，我心里想着壮壮这时在园子旁边眼巴巴地看着，真替他难过。

两位老人慢慢地呚酒，一股香气漫开来，让离酒桌不远的小梅不安起来。它在木杆上踱步，踱了好几个来回，发出老人一样的声音："哼哼！哼哼！"瘦老人听到了，伸着筷子指点它："一见家长喝酒就这样！"老爷爷放下盅子问："你家'小胡来'去哪了？""一会儿回，不等。"我想"小胡来"可能是瘦老人身边的孩子，桌旁的一个草墩肯定是为他留的。

杜鹃又叫起来。瘦老人说："今夜，什么野物都迎着酒气赶来了。园子四周都有，它们伏在地上，趴在树上，暗中瞅着咱们大吃大喝。"我偷着发笑。瘦老人又说：

"窖里的酒留给自己、留给老哥；后园里还有些散酒，那是留给野物的。不客气讲，老伙计，我在这林子和野地里可有不少朋友！所以每年里都要造上好几坛酒，有人以为全都用来跟海边换大鱼的，其实可不一定……"

瘦老人话多了，一下下拍打老爷爷的肩膀。老爷爷一连饮了几盅，很快泪眼蒙蒙了，望着对面的老友。我顾不得吃东西，直眼看着他们。

"你带来的腊肉、点心，咱今晚不吃，还不是吃的时候。你知道啊老伙计，我这人别的毛病没有，就是喜好捣弄吃物。我可不愿回大园子里吃食堂，咱要有自己一辈子的口福！"瘦老人说着，突然歪头对葡萄架那儿喊着，"是'小胡来'吧？瞎磨蹭什么，你后边还有谁？快些过来！"

我愣怔了一下，腾地站起，老爷爷把我按到座位上。我看到一只黄色的大猫大步从树影里走出，一直向桌前走来。最让人吃惊的是，它身后好像刮了一阵风，很小的风，那是一只大鸟落在葡萄架上，然后轻轻跳下。老天，这是比猫还要大的一只猫头鹰，大脸圆眼，很胖，昂着头，迈着一双粗腿走过来。

我不由得缩了一下身子，倚在老爷爷身边。

它们不紧不慢地跳上空着的两个草墩。因为猫头鹰就在我的邻座，让我使劲躲闪，瘦老人就摆手："不怕不怕，这是'三喜'，老实孩子！"说着从桌上夹起什么放到它们跟前。它们不再张望，专心吃着东西。

老爷爷端着杯子向"小胡来"和"三喜"敬一下，然后一饮而尽，对我说："它们都是从小养大的，已经不淘气了。都是好人。"

瘦老人转过脸，过来抚了几下"三喜"的大背头，又刮了一下它的鼻子。黑硬的钩鼻给人一种恶狠狠的感觉，还有那锃亮的大圆眼，一转向我，就让我心上战战的。它的两条腿差不多有我的胳膊粗，我还是第一次就近看到猫头鹰的两条粗腿。"它有孝心，以前从外面回来都要带回一只仓鼠，后来才明白我是不吃这玩意儿的。我往它鼻子上抹了点酒，它抿一抿，摇摇晃晃走不稳路。它这就明白了，我和它是两码事。"

老爷爷哈哈大笑，从我身后伸手去一边摸着猫头鹰，一边说："'小胡来'夜里蜷在老爷爷炕上睡，它身上火力足，冬天比灌满了热水的胶皮袋还管用！"

瘦老人回到自己的座位，默默地喝酒。我看看两个老人，真想学他们。我不敢喝。我发现邻座的"三喜"大口吃掉跟前的东西，两眼变得更亮了，它小心地看了我一眼，又用友爱的目光看瘦老人和旁边的猫。

杜鹃又叫了。小梅在木杆上来回踱步，低声骂了一句："狗东西。"我已经吃得太多了，站起来，想和小梅谈一会儿。我问："你不饿吗？"它停止踱步，说："笑死人了！""笑什么？"它看看空中的月亮，大声说："上网了！上网了！"我明白了，它喊的是海边的事。我摆摆手："你错了，这会儿可不会上网！"

想不到瘦老人听到了，回头说："小梅说得对，这么好的月亮天，打鱼人可闲不着。"

老爷爷附和着老友，从声音上可以知道，他已经喝多了。月亮升到了半空，从月色里看大树，看葡萄园，好像到处都伏着一只只大鸟。月光把猫头鹰的背头照得清清楚楚，从远一点看就像一个沉默寡言、很有威信的人，而且坐得很直。天不早了，杜鹃又叫了。这只杜鹃该走到酒桌跟前了。

可惜这时候一场酒宴就要结束了。老爷爷站起，晃动着说："老哥，我要回了，回了。我大概不能留下来下五子棋了。"

我马上扔下小梅去搀扶老爷爷。两位老人在告别，拍拍打打。老爷爷又去"小胡来"和"三喜"那儿拍拍打打。小梅高兴地唱起歌来，歌声很怪，仔细听了听，是半截拉网号子。

我搀着老爷爷走出园子。他伏在我肩上说："今晚，我只差一点就被'放挺'了！"

老爷爷拖着步子，身体沉极了。我觉得自己一离开他，他一定会平躺在地上。我很快累得气喘吁吁，眼看就要坚持不下去的时候，一个人笑嘻嘻地出现了，从另一边搀住了老人。

当然，他就是那只"杜鹃"。

种蓖麻

"这么大的孩子了，该学着种点东西。"这是外祖母的话。我喜欢听这话，因为她说到了我的心里。啊，我多么愿意看到自己亲手种下的、栽下的东西发芽长大！那是最有意思的事了，比看小画书都让我上心。我发现外祖母自己就是干这个的好手，她在茅屋旁，在林子里，总要一声不响地露一手。妈妈说你外祖母啊，只要给她一点地方就饿不着，她那双手太巧了，这是谁也学不来的本事。

外祖母就像变戏法那样，能在茅屋四周变出许多好东西。她平时出门要带个小铲子，顺手就能挖回一些蘑菇、蒲菜心、荠菜、绵刺蓬、地肤苗，几天的好吃物也就有了。可想不到的是另一些事，这才是她最了不起的方面。她的挖和采都被我看到了，因为所有的收获都在那只草篮里。她在四周转悠时还干了什么，这要等到以后才能知道。春暖花开了，各种嫩芽儿都冒出地表，这并不让人吃惊，吃惊的却是后来。

当茅屋西边的榆树上爬满了绿叶、开出一串花、生出一簇眉豆时，我会欢天喜地跑回家报告，说发现了好多野眉豆。外

这天夜里我梦见种下的所有东西都变成蓖麻，蓖麻结出了红色的毛球果，毛球果又变成了金翅鸟。

祖母说："那好，咱们等着吃豆角吧。"小泥屋旁生出了山药蔓子，一直爬到一人多高的荆条上，而且很快结出了一颗颗山药豆，我就采了一大把交给外祖母。外祖母说："那好，等秋后掘出大山药吃吧。"我走在附近，甚至是再远一点的林子里，还发现了地瓜苗、青瓜和南瓜，甚至看到了柳棵旁结出了拳头大的西瓜。

我不再那么傻了，终于明白这是外祖母偷偷种下的。这一切都像是不经意间做出的，如果说她是为了能够吃到各种好东西，还不如说是故意送给别人的一些惊喜。当夏天热得受不了，在树阴下边躲着火辣辣的日头去捉知了时，说不定一低头就能看见一个大西瓜。抱着大西瓜回家时，外祖母会装作惊喜的样子喊："瞧你多有福啊！瞧多大的西瓜啊！"然后一刀切开大瓜，顿时清香满屋。她拿起一块，又递给我一块。

外祖母还在暗中播种了多少？我央求她告诉我，因为我必须弄清林子里自己长了什么、外祖母让它长出了什么。"那些荠菜真多啊！这是你种下的吧？""这可不是我种的！"我想了想又问："灰菜和刺蓬，肯定是你种的！""它们也不是。"我生气了："眉豆和山药是！"她点头又摇头："眉豆是；山药有的是，有的不是，它有老宿根啊。""什么是'老宿根'？""就是埋在地下、每个春天都能发芽的根。"

除了吃的还有其他，比如一片片菊花、蝴蝶花和卷丹花、玉簪、紫萼、绶草、紫点杓兰，在离我们家近的地方，它们总是开得格外多、格外艳，这就让我生疑，可又不敢肯定是外祖母亲手栽的，因为它们在别处也经常看到。

我有些生气也有些好奇。外祖母有一双无所不能的手，这双手能让茅屋周围布满奇迹。我有时候会恍恍惚惚地觉得落在大李子树上那些干干净净的大喜鹊，也是外祖母那双手变出来的。我会胡乱提一些要求，在半夜里醒来，让外祖母变出一只猫来："我想搂着大猫睡觉，我梦见它就在枕头边上打呼噜。"外祖母说："睡吧睡吧，还有好梦呢，试试看。"我睡着了，也就忘了猫的事情。

茅屋西边有一个精致的小菜园，那可是外祖母最用心的地方。她从东边的水渠那儿挑来淤泥，还沤制一堆堆草叶，最后将它们全都掺到了菜园的沙土中。那些直直的田垄就像画出来的，垄中的土块没有一个比杏子大。香菜和菠菜，韭菜和茄子，西红柿和黄瓜，还有芹菜、卷心菜、莴苣，数不过来。

菜园外边长出来的东西更多，比如丝瓜、大萝卜、冬瓜，它们就和眉豆一样，随便长在哪个坡坡坎坎，或者从树上垂吊下来。绿豆和豇豆、红小豆就生在灌木稀疏的地方，杂草掩不住，就一点点结出了一串串豆角。秋天到了，这可是个收东西的好季节，外祖母出门时把林子里的豆荚摘回来，用围裙包着，一片片摊在院子里。

我们吃不完的眉豆要放到开水里烫一下，穿成一长串晒干。那么多的大青萝卜和大白菜，冬天要埋到一尺多厚的沙土中。

158

各种豆子装到泥囤里，送到地窖中。大雪天是鱼酱最香的时候，酱里一定有干眉豆。小米地瓜稀饭里要有豇豆和红小豆，有时还有芋头。

大林子里真的会自己生出无数的东西，比如数不清的蘑菇和野菜，它们要和小菜园、和外祖母偷偷种下的东西合在一块儿，在春夏秋冬四个季节里给我们解馋。妈妈和爸爸偶尔回家，他们想念这里，忘不了各种东西的滋味。爸爸多瘦啊，他不顾一切地吃上几天，最后还要回到大山里。他离开时，妈妈擦眼睛，外祖母也撩起围裙抹脸。只有爸爸在笑，抱起我说："啊啊，又重了不少！"

他们都离开了。我想起了外祖母的话：种东西。我把远处好看的小树栽到了小院旁边，把一蓬瞿草连土移到窗下。我干得脸上冒汗，一口气把房前屋后全都栽上了花草，还有喜欢的树木。合欢树、梧桐、楝树、健杨，我都喜欢。剩下的就是播种了，我在树隙里埋了许多红的、绿的、黑的种子。我还在菜园里播下了芝麻，因为我觉得它的种子太小了，不能埋在树下。外祖母皱着眉头笑，说："我的好孩子，活儿不是这样干的，你要留心一些，慢慢来，种一棵活一棵。"

我在壮壮爷爷的果园旁发现了一大片蓖麻，钻到中间捉迷藏，还折下蓖麻杆儿做成小笛子。我对外祖母说："我也要种蓖麻。"她赞扬："好啊，咱们应该有蓖麻。我看你就种在东边菊芋旁吧。"

那片菊芋真旺盛，它们好像天生就是在那儿的，从我记事起就是乌油油的一大片，入冬才变成光秃秃的枝干，割了捆成一束一束，留着春天做菜园豆角架子。菊芋的下面生出无数的小瓜，像生姜的模样，咬一口脆生生的，不好吃。外祖母用它腌酱瓜，分装在无数小葫芦里，随便送给过路的人。最好的是菊芋花，在下午的阳光下像金子一样发亮，引得一群群麻雀在里面吵闹，一只老野猫蹑手蹑脚地走过去。

我从壮壮爷爷那儿要来蓖麻种子。"怎么种啊？"我问外祖母，她故意摇头。我又返回小果园问老爷爷，他右手像刀一样砍着地："这样！这样！"我扒开土看到了刚刚鼓芽的蓖麻，就往回跑了。

我在菊芋旁边松土，从里面掘出了芦根和白茅根，还有冒着白水的羊蹄草。地黄花儿紫乌乌毛茸茸，有点舍不得，可是为了蓖麻还是挖掉了。所有这些按采药人老广的话说都是药材，于是就晾晒在一旁。我呵着气埋下了蓖麻种子，整整齐齐修了三个畦垄，远近端量都好看。我浇水，又在四周做了矮矮的篱笆。天天盼发芽。一点动静都没有。五天过去了，长出一点绿叶，是节节草。拔了节节草，又生出一株小茴香。拔了小茴香，又生出一棵小南瓜。外祖母说："耐住性子，种东西就是这样。"又等了四天，一垄垄都伸出了绿色，这才是蓖麻！我正高兴，突然发现最边上的一垄仍然光秃秃的。我愣住了。外祖母让我再等等。

三天以后，最后的一垄也抽出了绿芽，不过一看就不是蓖麻。我伏在地上看啊看啊，老天，它是地瓜！"这是怎么回事啊？"我愣怔怔的，很是纳闷。外祖母说："耐住性子，种东西就是这样。"

蓖麻在长大，地瓜蔓子也在变长。我有点生气，可又没有办法。我给蓖麻浇水，不给地瓜浇水。地瓜一点都不在乎，还是疯长。蓖麻一直长着，我闲了没事，两手发痒，就不停地在房前屋后种起了别的东西：木槿树、丁香、连翘、黄牛奶树、探春花、清香藤。除了小树和灌木，还有花草：牵牛花、绣球菊、锦葵、红蓼、石竹。我从东边渠岸挖来了野菊和灰绿碱蓬，因为外祖母喜欢它们，所以就更起劲地种起来。我记得外祖母用灰绿碱蓬做大包子，用野菊做茶。我从一早栽种到傍晚，全身淌汗。

外祖母拉住我的手说："孩子，差不多了。"我挣脱她的手，在天黑前又种下几棵。

这天夜里我梦见种下的所有东西都变成了蓖麻，蓖麻结出了红色的毛球果，毛球果又变成了金翅鸟。我醒来后揉揉眼，天亮了。我到房前屋后去看昨天栽下的东西，发现有的活着，有的蔫了。我很不高兴。我到蓖麻田，它们长得很好。地瓜长得更好。我不喜欢这些地瓜，因为它们是偷偷生出来的。

吃过早饭后我又开始种东西了，移栽蒲公英和白头翁，还有麦冬和韭菜莲。我把美人蕉种在窗下、栅栏门旁、通向林子的小路边。我知道加拿大杨的枝条剪成一截一截，插到土里就能长成树，所以一口气剪了一大抱，不停地在茅屋四周插着。外祖母心疼我了，一遍又一遍来扯我的手："孩子，咱不种了，不种了。"

我一连种了五天。我不记得种了多少树和花，还有蔬菜和豆角。它们有的不合季节，有的也许不会长大。不过我只想种东西，做梦都想。第六天，我想歇一歇了。我有些累。结果歇过来之后就再也不想种了。

我对来玩的壮壮说："真怪啊，前几天种东西，就是停不下来。"壮壮到处看我种的东西，赞叹："天哪，这么多！"他站在蓖麻那儿说："再长高一些就好玩了。"我知道他想钻进去，想折下它的秸秆做笛子，想把它的毛球果一串串挂在脖子上。我指着旁边的一垄地瓜说："你肯定不信，这是蓖麻变成的。"壮壮并不怀疑，说："它们就是这么变来变去的，树变成蘑菇，狐狸变成人和树，大鲶鱼变成戴帽子的老太太，不知是怎么回事？"

我长时间看着壮壮，没有说话。我对壮壮的丰富知识感到了惊讶：以前怎么不知道？我忍不住问起来，他说是爷爷那些老友来玩时讲的。啊，"老友"，人如果有许多这样的"老友"，该是多么幸福啊。

我盼着蓖麻快些长大，也盼着自己种下的所有东西都长得茂盛。可惜茅屋前后的小树和花草种子并没有全部成活：有的没有发芽，有的正在枯萎。我有些心疼。不过还有不少活下来并且正在长大，它们使我格外爱惜。蓖麻长得比我还高，开花了，结出了球果。月亮升起时我钻到了蓖麻中，嗅着它辣丝丝的气味。有些小鸟也藏在里面，它们待我走近才扑棱棱飞走。菊芋林里的鸟儿更多，大多是麻雀。有一只小老鼠因为躲闪不及，仰身叫着蹬动四蹄，好笑极了。

我坐在蓖麻林里想心事，看着枝叶空隙里闪烁的星星，找着北斗和银河。外祖母讲过的故事又记起来：每年的七月七日，天上的牛郎和织女就要设法在银河边相会。我觉得这条银河虽然阻碍了他们，但天上有这样的一条河实在不错。银河里如果有鱼，个头一定不会小；河两岸有没有林子？林子里有没有狗獾和猪獾？我非常喜欢獾这种动物，它们也愿亲近小孩子，尽管不适合做好朋友。

壮壮口袋里藏了蓖麻笛子，一进门就装模作样吹了起来，虽然很难听，也让我好奇。那只绿笛只有四个洞眼，较大的洞眼上贴了薄薄的一层膜，是从葱叶里剥出来的。他只会吹"忆苦歌"的前两句，而我试着吹出了全部的"忆苦歌"。

我们吹"忆苦歌"时，外祖母从屋里出来了。她的头发在月光下显得比平日还白，这时她捋着头发，看看天空，像是自说自话："我一听这歌儿就难受。"

我们不再吹了。大概她想到了很早去世的外祖父，还有在山里的那个人，他是我爸爸。我收起笛子，和壮壮一起走到外祖母跟前。我想让她高兴一些，说："有个秘密我知道了。"她问："什么秘密？"我说："春天，夜晚吧，你把我种下的一垄蓖麻种子挖出来，换成了地瓜。"

外祖母的脸上马上有了笑容。

老呆宝

我一连几天看到它：在林子上空飞，比海鸥和老鹰还大，脖子很长。傍晚时分它会从茅屋前飞过，不急不慢地由西向东，发出不太大的"嘎鸥"声。它飞在空中的样子真好看，我指给外祖母看，她手搭凉棚看了一会儿说："这是一只失群的大雁。"

这只大雁总是在我们家四周出现，傍晚飞上空中。我判断它一定是看好了我们这个地方，夜里就在附近睡觉。它究竟在哪儿建了窝，平时吃什么，都是我挂念的事。我从来没有挨近了看大雁，只知道它们在空中一会儿排成了"一"字，一会儿排成了"人"字。它们夜间发出的声音像小孩儿似的，只要听到这种呢喃声，就觉得心里甜丝丝的。不过这只大雁为什么会失群？它如今孤零零的，该多么难过！

"天快冷了，大雁就要飞回南方，待开春再飞回北方。"外祖母说。

"这只大雁是回南方时走丢的吧？"

外祖母没有马上回答，想了想说："还不到回南方的时候。也许是别的事吧。鸟儿的事情人可想不明白。"

我一有时间就往东走，心想水渠边也许会有大雁的窝。有水，有鱼，有大片的白茅地，那儿肯定让它喜欢。大雁也像白鹭和海鸥一样吃鱼吗？不知道。我执着地寻找它的藏身地，除了好奇，要就近看看它的模样，还替它担心。我越想越担心，在我眼里它的敌人太多了：狐狸、豹猫和花面狸，还有老鹰和黄鼬。另有一些谁也不会察觉的野物趴在暗处，它们都会伤害它。我对这只孤单的大雁有说不清的责任，为它的孤独难过，总想帮帮它。

我不止一次梦见大雁与偷偷来犯的四蹄动物搏斗，长长的脖子在流血，羽毛散在风中。我哭着醒来，找外祖母诉说，她就一下一下地拍打着我说："梦都是反的。大雁像大鹅，一般动物还要怕它呢！"

尽管她这样说，我还是觉得大雁会受欺负，是个弱者。我循着渠岸找了很远，几次在堆积的柴草跟前徘徊，想看到一个大窝。奇怪的是，它如果不在空中，就一定会落在地上，可是我总也找不到它。我等待那个满天红霞的时刻，它会在那时从我们屋前飞过。我想它一旦降落，我就会发现。可这同样是一次次失败，它肯定落地了，但谁也不知道藏在哪儿。

我想，天冷之后大雪会把一切覆盖，那时大雁可就惨了。它如果准备在这儿过冬就错了，这儿可不是温暖的南方。它有可能离群以后很难过，不愿继续赶路了，再不就是别的原因留下来。它或者趁着天冷前飞回南方，或者是住到我们家。啊，它如果真的来到茅屋，我和外祖母该有多么高兴啊！我会给它吃最好的东西，还会和它在炕上一起睡觉，让它暖暖和和地过冬，等到春暖花开时，再随北去的雁群离开。

我想得太美了。我一定要找到它。

大约又过了三天，当然是傍晚了，我正坐在渠边张望，突然听到了"扑嚓嚓"的声音。啊，一只大鸟，太大了，它扑动翅膀降落时使一大片白茅摇动起来，接着就看到它伸长脖子四处张望。我趴下了，两眼盯住它。真是好看极了，肥大、健壮、红腿，闪着荧光的蓝白两色的身体。它好像什么都没有发现，低头啄一会儿，再抬头，往前挪动。

我整整看了十几分钟。我觉得这家伙呆得可爱。"真是个'老呆宝'。"我在心里给它取了个外号。我想偷偷追踪，找到它的窝，结果没有成功。难道它不需要窝，只是随便伏在草中过夜？这大概不可能。我心里清楚：要它到我们家做客，更不要说在我们家过冬了，只有将它逮住才行。那时它会生气的，不过它很快就会明白我们对它有多么好！这样想着，就琢磨起怎么逮它了。

虽然这家伙有点笨和呆，可真要捉到它也不容易。我想了许久，想不出任何办法。我不得不请教外祖母，她是无所不能的。只可惜外祖母对捕捉大雁毫无经验。她反对我打大雁的主意，但是当我说出它会冻死、被野物杀死，外祖母就不作声了。

焦急中我去了壮壮那儿。我对老爷爷讲出了一切。老人抽着烟想了一会儿，说："这得请教坏人了。"我有些糊涂，壮壮就在一旁说："爷爷是说要问问我的猎人叔叔。"我马上急了："告诉他，那不全糟了？"老爷爷挥挥烟袋："只问办法，不讲底细。"

我只好等待。过了三天，壮壮兴冲冲地跑来，手里还提着一截渔网。原来坏人的办法是这样：将草地上撒些碎米屑和嫩草叶，旁边藏了渔网，一定要将网隐在草中；待大雁落下来吃东西时，就在它的背后若无其事地走动，这样它就会往前挪动；等到离网几步远时，就要加快步子，那时它肯定要奔跑，因为只有跑着，胖胖的家伙才能起飞，可是它刚离地就会撞到网上，那就能逮住它了。

我又高兴又难过，觉得这样对待老呆宝太不公平。不过没有别的办法。我和壮壮一起干，按坏人说的，每个细节都做得完美，只等这可爱的家伙落到圈套里了。已经过了五天，老呆宝三次落在离布好的渔网十几步远的地方，可就是方向不对。它似乎没有看到撒在另一边的碎米和菜叶，只傻傻地啄着眼前的什么。壮壮看着我，用眼神叮嘱我多些耐心。

第六天壮壮没来，我自己趴在白茅地里，等待一个幸运的时刻。我真的听到了"嘎鸥"声，看看空中，啊，它伸着长脖子飞来了，越飞越低，准备降落。它这次总算降在了合适的地方，昂着高大的胸脯走几步，头颅一扬，好像突然被眼前这么多吃物惊呆了。它急急地啄起来，一看就知道平时伙食不好。我忍住，等它再吃一会儿，吃出滋味，这才站起来。我记住坏人讲的步骤和要领，先装作没事人一样看着别处，只用眼角瞟着它，向另一个方向缓缓踱步。老呆宝不再吃东西，而是有些警觉地往前挪动。终于等到了一个最好的时机：它离隐在草中的渔网只有两三步远了。我立刻转身加快脚步。

老呆宝低头伸颈猛跑起来，就在起飞的那一刻，一道网把它勒住了。它像一条大鱼那样蹿跳，一对翅膀拍得吓人。我迅疾地扑上去，紧紧抱住了这个胖家伙。它愤怒到极点，用翅膀毫不留情地给了我几个大耳刮子。我泪水流出来，忍住痛，不顾一切地搂紧它，用上了全身的力气，一直坚持了许久。我小声说："好了好了，就快好了。"我害怕它用更大的力气挣脱，只得用整片渔网把它裹紧，然后才抱起。在霞光里，我看到了它又惊慌又愤恨的眼神。

外祖母像接过一个小孩儿，嘴里"乖乖，乖乖"地叫着，往西间屋里送，那里早就收拾好了，放了一个水盆、一个盛食物的木槽。为了防止大雁飞起来，我们用线束住了它的两只翅膀。屋角是一个草窝，里面铺了软软的茅草。

我一直从门缝里看着它的一举一动，再不想干别的。它跑、跳，想跳到炕上，想逃出去，对食物和水看都不看一眼。天黑了，它仍旧不能停下。大约折腾到半夜，西间屋里总算安静了。

天亮后壮壮来了。我们一起蹲在老呆宝跟前，心痛地看着，它累得一动不动。我们伸手抚摸，它躲开。就近看一只大雁，看它闪着光亮的羽毛和生气的眼睛，还有那双粗腿，就像做梦一样。"我们早晚要和它好起来，只要它不害怕就成了。"我说。

外祖母不断为它换上新的菜叶和米屑，还重新添一些水。两天过去了，它没吃一点东西。但有一次我发现它把长嘴伸到水盆中，吹出一串串水泡。我高兴了。第四天早晨，我看到米屑有啄过的痕迹，嫩菜也少了几片。它看着我的眼神不再是恶狠狠的，而是变得更傲气。我说："老呆宝，对不起。不过你真该来我们家，天马上就冷了。外面有最坏的家伙，它们太凶了……老呆宝，你真是一个大宝！"

老呆宝终于不再躲闪了，我们可以抚摸它。我最想抱起它，那是多大的享受。可它总是从我怀中挣扎出来。它伸长脖子望着窗户，大概一直想飞到空中。"冬天过去就是春天了，有雁群飞过的时候，我们就放你走。"外祖母对它这样说，重复了好几遍。

夜里外祖母睡不着，说的还是老呆宝的事。她还在猜测它离开雁群的原因，叹气。"鸟儿其实和人一样，它们在一块儿会发生各种各样的事情。大概有什么事让它太伤心了。"她说着，盯着乌黑的夜色。我问："会是什么事？""咱们不会知道的，"她还是叹气，"我睡到半夜，常常听到屋外有孤单单的鸟儿在叫，它在连夜赶路，到外乡去。那时我就想，鸟儿和人一样，有时不得不离开大伙儿，自己去一个地方过了……"

外祖母在这个夜晚有些难过。我不再问什么了。因为我突然想到了我们一家：从很远的地方来到这片林子，住在一幢茅屋里。我们就是孤单的鸟儿。我把头偎在外祖母的怀中，直到睡去。

小院里暖融融的，我把老呆宝抱出来晒着太阳。它不再挣脱了，能够长时间靠在我的肩上，长长的脖子东转西转，看着这个奇怪的地方。外祖母总是把栅栏门关严，然后再检查一遍它束起的翅膀。我的脸贴住它润滑的热乎乎的身子，觉得从未有过地幸福。我在心里说：我们要做最好的朋友，如果你愿意，让我们一辈子在一起，这里就是你的家。

天冷了，我穿上了棉衣。老呆宝冷吗？我往炕洞里点了一把火，整个西间屋热乎了一些。我把它抱到炕上，倚着墙壁坐好，盖上一床薄被。可老呆宝顶多在被子下待五分钟就要挣出，盯住我说："允！"我不知是什么意思，只重复一遍："允！"我为它读书，讲上面的故事：一只大鹅为了保护几只小鸡，勇敢地迎战豹猫。我告诉它："大鹅和你的模样差不多，可能是亲戚吧。可惜大鹅不会飞。"它看看我，说："允。"

大雪天还是来了。滴水成冰的日子里，西间屋的大炕更热了。老呆宝看着窗外的雪花，还有在北风中乱摇的树梢，长时间一动不动。它的嘴巴有时会贴上窗子，想知道这儿的冬天有多么冷。我想把它的草窝搬到炕上来，外祖母制止了。睡前我总要和老呆宝挨近了躺一会儿，讲我们的林子，讲各种故事。

它肯定是第一次来到这儿，需要知道的事情太多了。讲着讲着就睡着了，醒来时发现身边是空的，它又回自己的草窝了。

只要太阳出来，我一定会和老呆宝到小院里。后来我们还走出院门，踏雪去看一片白世界。地上有各种动物留下的蹄印，还有前两天壮壮的脚印。一堆斑鸠的羽毛飘在雪上，我远远地就看到了。这是夜里刚刚被凶残的野物杀掉的，我不想让它挨近。可老呆宝的脖子一直扭向那个方向。野鸽子在黑松上注视我们，我对它打个招呼。一棵酸枣的梢头上悬了一枚枣子，在阳光下亮晶晶的。我把枣子摘给老呆宝，它啄两下，闭闭眼睛。这颗枣子大概太酸了。

我在这个冬天里试着给老呆宝吃过蘑菇、黄花菜、冬瓜、干笋、芋头、干马齿苋、芥菜疙瘩、蔓菁、熏鱼、扇贝丁、地瓜馍，它只挑了三两样尝了尝。我还背着外祖母倒了几滴酒，自己先舔一下，然后抹在它的嘴上。老呆宝的眼睛瞪起来，头昂得很高，激动地叫了一声，然后在屋里大步走着。外祖母被这声音吸引过来，看了看问："你怎么招惹它了？"我装作没事人一样。

有一天我在西间屋里玩，不知怎么瞌睡上来，一会儿就睡着了。是老呆宝把我弄醒的，它正把我的一绺头发含在嘴里，让我的头皮痒痒的。它究竟是在嚼着没滋没味的干草，还是在亲吻我？我不知道。我反正亲吻了它，这是我的回报。

壮壮领着老爷爷来了。老人第一次到我们家来，踏着雪地，进门时全身都糊满了雪粉，肯定是跌倒过。外祖母欢迎客人，说："啊，啊！"端炒栗子和地瓜糖，还让他们爷儿俩一定留下吃饭。老爷爷顾不得一切，一头拱到西间屋说："我得瞅瞅这个宝物。"壮壮跳着，看着我，像个功臣。

老爷爷背着手，一脸严肃地看着老呆宝。这样看了一会儿，说："女的。"外祖母说："啊，是这样！多大了？""不大，就相当于咱们人的十七八吧！"他说着蹲下，笑了，牙齿磕几下，亲切极了。他太喜欢它了，我一眼就看得出。再看老呆宝，头转向墙角，有些害羞。"啊，原来是女的！"我小声对一旁的壮壮说。外祖母疼怜地看着老呆宝咕哝着："大姑娘家，就这么一个人离开。哎，这个年纪啊！这个年纪啊！"

中午有酒。桌上有四个好菜，这让老爷爷"哼"了好几声，那是惊叹的声音。他双手揖了一下，端起杯子咂了咂，说："好酒！"壮壮抢在前边喊："蒲根酒！"老爷爷不喝了，愣着，问外祖母："这也能酿酒？烈啊！香啊！"两个老人笑着。我和壮壮吃了很少一点，就跑到西间屋了。酒味儿稍稍散过来，还是被老呆宝嗅到了，它昂着头望向外间，翅膀使劲一抖。

老爷爷走前提出一个要求，大出我们所料：把老呆宝带回去喜欢几天。外祖母收起笑容："听说你那儿有狗？"老爷爷急着说："那是最懂事的狗。"外祖母摇头："不能再折腾它了，一个闺女家的。"

老爷爷拖着腿出门，在门口抱抱拳，牵着孙子的手走了。

他好像又喝多了。

冬天匆匆过去。这个冬天不难过。当一股热乎乎的风溜进小院里时，我知道冬天到了结尾。就像书上写的一首小歌："七九河开，八九雁来。"这会儿正是"八九"，是河开雁来的日子。为了证实这首小歌不是骗人的，我特意跑到东边的水渠那儿看了：渠冰果然破裂，水哗哗流。

外祖母铲开屋子西边树隙的一层雪，挖出一棵棵荠菜。她要包荠菜水饺了。这种美味一端上桌，春天立马就来。我舍不得冬天，我害怕春天。因为我明白，大雁排成"人"字和"一"字的日子，老呆宝就要随它们去北方了。我不高兴，连香味满屋的荠菜水饺都不愿吃。

外祖母吹凉了几只荠菜水饺送给老呆宝。它低头嗅了嗅，仰脸笑了。它嚓嚓一顿大嚼，真的吃光了。

吃过荠菜水饺，春天肯定要来的。柳树梢开始发黄，连小柳莺都飞来了，它们在树上跳跃，发出奇怪的弹动指甲盖那样的"洽洽"声。壮壮不愿离开我们家，他鼓动解开老呆宝翅膀上的线，外祖母点点头。

夜里我真的听到了大雁从天空经过的声音。我坐起来，外祖母也坐起来。她听了一会儿说："它该随它们走了。""再过些日子，到更暖和的夏天不行吗？""不行。""为什么？"外祖母抿着嘴角，看看窗外说："鸟儿有鸟儿的节气。"

白天，我们解开老呆宝翅膀的束缚。它在小院里用力抖动双翅，跑了几步，又站住。它在仰望天空，仿佛并不急着离开。我赶紧把吃的东西搬到院里，把草窝也搬来。老呆宝在小院里踱步，走了很久，时不时地抖动双翅，又全部张开。啊，多大的翅膀啊，像鹰差不多。

半下午时分，我又一次听到了"嘎鸥"声。天上出现了一排大雁，这次是"一"字。我故意不再仰脸去看。壮壮指指空中，想喊出来，我用手势制止他。可这次外祖母蹲下，抱起了老呆宝。她小声向它说着什么，我听不清。她和它一起出了小院。我们都跟出来。

老呆宝轻轻一跃，离开了外祖母的怀抱。它真的飞起来，飞得很低。它的翅膀拍出的声音吸引了所有的树木、树木间的鸟儿和其他野物。我觉得这一刻，无数的目光都盯住了老呆宝。

老呆宝在茅屋顶上旋了几圈，又落在屋顶。它在屋顶上踱了几步，再次飞起来。它在我们面前低低地旋了最后几圈，飞高了。它一直向上，变成了一个黑点。

我们看得清楚极了：它飞向了北方。

荒野的声音

我走出茅屋，走出小院，有时不知该往哪里去。到处都是树木，是各种花草。我已经把所有远远近近的树和草都认遍了，因为哪天遇到一株从没看到的植物，就会摘一片叶子、揪一根枝茎回家。外祖母大半会说出它书上的名字，还有当地的叫法。我一开始分不清同样开金黄色花朵的迎春和连翘，也分不清蜀桧和龙柏。它们都长得太像了。原来地上的茅草也有那么多学问，过去我总是把狗牙草和青茅看成同一种，后来才知道它们各有自己的名字。有一种叶子稍宽、草梗稍硬的茅草，它们生在路边一点都不起眼，外祖母说这叫"荩草"，"你瞧瞧，它就像最小的竹子，那模样多神气。"

我学会了像外祖母那样看树和花草的"神气"，就像看动物和人一样。在她眼里大丽花是穿花衣服的闺女，爱大笑，胖胖的憨憨的；百合微笑着看人，露出雪白的牙齿；黑菊是冷面的女人，她很傲气；蓝蝴蝶花非常害羞，不爱说话；山牛蒡一天到晚嘀嘀咕咕，嘴巴很碎；紫菀是读了很多书的姑娘，能背许多诗；萱草的心愫最好，是不讲穿戴的美人；白头翁是吉祥的花，谁遇到它就离好事不远了；梦冬花又叫"喜花"，谁见了都高兴；鸡冠花让人想起年轻时的事情，想多了使人叹气；望春花又叫白玉兰，是富贵花；合欢花刚一打眼使人高兴，看久了会想起远处的朋友；白木槿让男人对老婆好，红木槿让人喝酒；蓖麻开花小又小，可它能让一对少年越来越好……我别的不敢说，单讲蓖麻就让我信服，因为自从栽了蓖麻，我和壮壮的关系真的更好了。

除了花草，外祖母对树也看得明白，什么树都别想骗她。

她说树和人一样，性情是不同的，别看它们平时不吭一声，暗里也是有心眼的。她说海边林子里什么树都有，等于和各种人打交道。"白杨树英俊啊，它们从小到大都是干干净净、有志气的！"她说。我有时在长了白杨的沙岗上待很长时间，真的喜欢这些大树。我发现喜鹊最愿在这种树上建窝，它们大概同样偏爱白杨。"橡树是林子里最有威信的，所有树都听它的，它话少，说一句算一句。橡树经的事多，遇到什么都不慌不忙。"外祖母看橡树的眼神，就像看那些年纪大的老辈人一样。

我想着外祖母的话，在心里琢磨柳树、苦楝、毛白杨、胶东卫矛、栾树、刺槐、女贞、皂角、白蜡。它们都在屋子四周。梨树和李子、海棠、柿树、无花果、桃树、樱桃属于另一类，这是结出馋人的果子的，那就要换另一种眼光。我觉得柳树脾气最好了，特别是对我们小孩儿好；白蜡树聪明；刺槐不喜欢陌生人；毛白杨心肠好；栾树和野猫是一伙的……外祖母大致赞同我对它们的看法，不过特意告诉我："槐树和野猫也是一伙的。合欢树喜欢小羊。"

我记住了外祖母的话。她从来不错的。我长时间看着茅屋东边那棵大李子树，它是我依偎最多的一棵树。它太大了，一到春天，自己就开成了一片花海。大李子树是我们这儿真正的树王。我甚至觉得它对一切的树和动物，就像外祖母对我一样慈爱。它顾怜一切，护佑一切。

我还想起茅屋西边那片茂密的紫穗槐，有一段时间我愿藏在里面读小画书，还在那儿发现了一头可爱的小猪。我问外祖母怎样看待这片灌木，她说："这可是了不起的一种树，别看它长不高。如果没有它们，那就算不得荒野了。"是的，紫穗槐的模样，还有气味，都会让人想起大海滩，想起荒林野地。

树木花草的脾性和神气，要一一记在心里，不出错儿，比什么都难。至于说各种动物，比如鸟和四蹄动物，只要看一会儿就会明白。因为它们的眼睛骗不了自己也骗不了别人。我没有见过狼和熊，但它们真的在林子里出没过，说不定现在还有。也许是盼着见到，我心里一点都不恨它们。我见过豹猫的眼，尖尖的，冷得吓人。猫头鹰的大眼真好看，它看人的样子没法琢磨，有点让人害羞，让人想自己干了什么不好的事，让一只大鸟这么死死地盯住，看那么长时间？

野物都是一些古怪的东西。我对它们的眼神怎么也忘不掉。一只春天沙滩上的小蚂蜥爬到高坡上，它一直在瞅我。小柳莺在柳絮里扑动，它也会忙里偷闲瞥瞥我，小眼睛真机灵。沙锥鸟在地上飞跑，故意不飞，一边跑一边歪头看人，想看看人有多大本事。小鼹鼠唰地钻出地表又噌一下缩回去，它不是在看，而是嗅，从气味上判断面前这个人是好还是坏。就连小小的蚂蚁都不是傻子，它们走到人的跟前，一对长须翘动着，其实那是在琢磨什么，想明白了，也就走开了。

我最爱看橡树上的红色大马蜂。大橡树流出了甜汁时，牢牢地吸引着十几只大马蜂。它们长得真壮，颜色在阳光下闪闪烁烁，一道道黑色环纹真漂亮。它们据说是蜇人的，被蜇的人轻一点肿脸，重一点躺在地上。听说有个人喝了酒来招惹大马蜂，它们一块儿攻上来，结果那个人竟然被蜇死了。我因为好奇，一点都不怕它们。我凑得很近，以至于嗅到了橡树甜汁的味道。大马蜂专心享用蜜水，头都不抬。有一只飞起来，在我耳旁转了一圈，又在额前看了看。我觉得它的眼睛里没有恶意。果然，它把我的消息告诉了几只同类，它们歪头看看我，继续享用。

林子里有一万种声音，只要用心去听，就会明白整个大海滩上有多少生灵在叹气、说话、争吵、讲故事和商量事情。它们的话人是听不懂的，所以只好去猜。猜它们的话就像猜谜语，有人猜得准，有人一句都猜不着。外祖母说一辈子住在林子里的人总能听懂一点，哪怕是只言片语也好。她说有个和自己年纪差不多的老婆婆懂鸟语，日子过得相当不错。

大海滩上的生灵包括了树木花草，而不仅仅是能够奔跑和飞动的野物。树木让风把自己的声音送给另一棵树，送给人和动物。比如鸟儿啄一只无花果，风就把四周白杨和梧桐的感叹传过去："可怜啊！惨啊！呜呜呜！"兔子啃着狗牙草，把长长的草筋抽断，四周的草都在诅咒："勒坏你的兔子牙！勒！勒呀勒！"这么多生灵一起咒骂，兔子吓得蹦起来就跑。

夜晚好像安静了。不，夜晚有一只鸟边飞边哭。还有一只母狐在抽抽搭搭抹眼泪，看着月亮祷告。花面狸一丝丝往斑鸠身边爬，到了最危险的那会儿，喜鹊掷出了一颗橡籽，击中了花面狸的鼻子。鸟儿和四蹄动物都在暗影里警醒，时不时相互扔一个飞镖，那是小泥丸或沉甸甸的种子壳。两只上年纪的刺猬老姐妹坐在一截枯树枝上拉家常，一个说："我生第一个孩子奶水不足。"另一个说："我的小儿子手不老实，偷邻居家的水虫。"

我对夜里所有的声音都听得见。我仰躺着，两只耳朵都用得上。黑色的夜气从北到南地流去，有时成丝成缕，有时像水一样平漫过来。我用耳朵接住流过的夜气，把里面的声音结成的大小疙瘩滤出来。只要我还没睡，就能听见无数的声音：各种生灵说话、咕哝。外祖母睡觉前也要咕哝，说到我、爸爸、妈妈，还有她自己。她说："我年纪大了，越来越喜欢吃甜食了。"她说得真对啊，她见了金线蜜瓜和拳头大的无花果，脸上一下笑开了花。

我夜里睡不着，不是因为月亮太亮，也不是因为肚子胀疼，而是被四处围过来的野物们的声音害的。我不得不用被子把头包起来，故意想别的事，想捉鱼或读书，摆脱那些密密的声音。有些细声细气的响动就像没有一样，可是即便这样我也能够听到。比如我能听到半夜里风平浪静的大海，听到它这时候在远处不停地诉说，吹口哨、叹气、打喷嚏、咳嗽。大海睡着了的呼噜声也很大。老风婆能把林子里的所有声音都装到自己的口袋里，背上一路往南走，一直走到我们茅屋这儿，再往南，穿过无数村子，最后送到大山里。所以我想，爸爸他们到了下半夜，也一定会听到林子和大海的声音。

林子里的夜晚，有的睡着，有的醒着；有的上半夜睡下半夜醒；有的整夜不睡。大海闹了一夜，白天睡。许多生灵都是大白天睡觉的。不少鸟儿和人一样，夜里用来睡觉。所以鸟儿和人差不多，都是太阳出来话就多起来。白天和夜晚的荒野不太一样，大概是分成了两半的。不同的野物与生灵分成了两大拨，它们各自占据一个荒野。我们因为是人，基本上和鸟儿一伙，占住的是白天这个荒野。

我告诉好朋友壮壮："咱们属于白天，晚上就交给另一些家伙好了。"壮壮说："嗯，那都是一些坏家伙。"我没有立刻表示同意，因为我在想他的话对不对？我说："晚上也有好的家伙，比如猫头鹰和刺猬，比如我们家很早以前的那只猫。你爷爷晚上不睡时，也是好的家伙。"

壮壮没法反驳我的话，转而说别的。他忧愁的事情和我一样，就是上学。"到了那一天，我们就得被关到高墙里面，还不知是怎么回事哩。"他皱着眉头。我想了想说："反正谁也逃不掉这种鬼事。说不定上学也有另一些有趣的事，谁知道呢。"他听了同样没有立刻反驳我。我知道，壮壮最近一年多来有些佩服我了。这是越来越了解我的原因吧。我很高兴。

因为和壮壮在一起心里高兴，所以常常在一块儿待上很久。我们俩在林子里走很远，只小心地回避那片老林子。那一次在林子深处遇到的一位老婆婆，究竟是不是老妖婆，我们曾在事后讨论了半天。开始认为是，后来又认为不是，或一半是一半不是。"反正她是最好的老婆婆，我常常想起她。"壮壮说。我和他一样。

走在林子里，我们谈了各种树木花草的脾气和特点。我重复了不少外祖母的观点，指着一大片紫穗槐说："别看它们长不高，可它们代表了荒野！"壮壮长时间看着，没有赞同也没有反驳。正这时，远处传来了野鸽子的叫声："咕噜噜咕！咕噜噜咕！"壮壮凝神听了一会儿，转脸看着我说：

"这也是代表荒野的。我觉得这就是荒野的声音……"

我以前没有想过。真的啊！就是野鸽子的呼喊，才把海滩和林子变得更大了，大到没有边缘。我深深地赞同。

第

四

章

去灯影

有些倒霉的事，也许真的会在嘀咕声里到来，所以最好不要总是念叨同一件事。我和壮壮这些天一直在议论何时上学，结果这事就真的来了。外祖母其实一直在为这一天做准备，又是烙地瓜饼，又是收拾行李，还找出了一根扁担，把所有东西捆好，拴到了一块儿。妈妈为这专门赶回家来。妈妈笑，外祖母也笑，不过后来她们又擦起了眼睛。

我要去那个叫"灯影"的地方了，从今以后就要待在高高的围墙里面，像鸟儿关进了笼子。

我们一大早上路，沿着水渠往前，一会儿就遇到了等在这里的壮壮和老爷爷。老爷爷挑了担子，嘴里叼了翘翘的烟斗，看上去比过去神气。一群灰喜鹊一路尾随着，大呼小叫，当然是议论我和壮壮。它们在说："这两个调皮蛋小子的好日子算是到头了，今天到底给送走了，就要关起来了。"

"灯影"这个名字真怪。想想看，好生生的人送到了灯影里，还会有什么好事？没有办法，这个怪名是许多年前就取好了的，专等着一些运气不好的人，钻到这个黑灯瞎火的地方。我问这名儿是怎么回事？妈妈说那是一点点亮、一点点光。"到底是怎么回事啊？""当年到处都是野地，只有零零星星几户人家，他们的小屋搭在林子里，远处的人走啊走啊，远远看见几点灯火闪闪烁烁的，就叫成了名字。"

那个村庄离林子至少有十里路，当年却是一片野地，可见那时候多么荒凉啊。学校离村子不远，我和壮壮以前见过。现在还能记得高高的门楼上有两个不认识的字：灯影。

除了我和壮壮，一路上三个大人都是喜气洋洋的。老爷爷毫不在乎我和壮壮的心情，说："有老师管住他们，咱们就省心了。"妈妈小声答应着。外祖母没说话，我知道她心里舍不得我。她高兴的样子是装出来的，到了晚上一个人时肯定会抹眼泪。

从今天开始我和壮壮就要待在灯影里了，一个星期只能回家一次。围墙里那么多老师和同学，他们叽叽喳喳像一群麻雀。我从来没见这么多人聚在一起，有些别扭，有些发慌。可我丝毫没有显出害怕的样子，只想大声告诉所有的人，告诉灯影：我谁也不怕！进了这里，就好比进了老林子……我觉得他们真的像一群从没见过的野物，奔跑，喧闹，让人心里不安。

三个大人叮嘱我和壮壮一会儿，就要离开了。外祖母咕哝："这么小就一个人睡在外面，孩子啊……大口吃饭，天黑就睡，回家我要看见大胖孩儿！"我咬着嘴唇不吭一声，在心里给自己鼓劲儿：我什么都不怕，我也不是好惹的。我想起了夜晚小泥屋中那只愤怒的豹猫：它没有翅膀，可就因为被逼急了，竟然也会飞！我多么讨厌这个地方！

一个白生生的女老师扎了一根长辫子，鼻尖上挂着几颗汗粒，拉住我的手按住书上一个字符："你说'啊'！"我说："啊！"比柳莺的声音还小。老师对妈妈说："他害怕。不要紧，习惯了就好。"我最恨别人说我害怕。

家里人全走了。我和壮壮离大家远一些，待在一个角落里。我后来突然想起：这里离村子很近，我们可以去看那个躺在石膏床上的人哪！经我提醒，壮壮高兴了一点。

每天中午和傍晚同学们都要回家，他们是附近村子里的。留下来的是大果园的几个孩子，还有我和壮壮。晚上全都睡在一个大通铺上，我和壮壮相挨。夜真长啊，我在这时候发现，虽然我和壮壮以前总是在一块儿，可还是有很多话没说完。我们小声说着花斑狗、老爷爷、坏人叔叔、打鱼的人。我想起坏人叔叔被大脸鸟打了一耳刮，就问他现在怎样了？壮壮说："他去河西找了大医家'由由夺'，现在嘴巴只歪一点点。不过看上去好像一种鸟。""什么鸟？"壮壮笑着："啄木鸟。"

我们每天都要学拼音。老师让人看着课本，然后用一根木条敲打黑板，嘴里"鹅鹅鹅"地叫。女老师搽了香粉，大辫子又粗又长。她叫一个同学起立，读黑板上的拼音。我的心怦怦跳。其实我对这些奇形怪状的字母并不害怕，只看几眼就把它们当成了不同的鸟：鹌鹑、小黄雀、画眉和百灵。不过老师一叫我的名字，那些小鸟全吓飞了。我鼻子里发出了"吭吭"声，脸憋得通红。同学们大笑。老师说什么我听不清。我坐下后有人还在笑。

对我来说，上课可是糟透了。好不容易熬到了星期天，我恨不得一下就飞回那个茅屋。我终于回家了。我埋怨外祖母：你平时只教我识字，就没有教一个拼音！ 她说："当年不时兴拼音，字就是字。"

我去林子里大声喊着拼音，一个个字母滑溜溜地蹿出来。我马上明白，自己变得笨嘴笨舌的，就因为离开了林子！ 想想看，一只鸟或一条狗，它们本来在林子里过得好好的，突然被人送到了灯影里，那还会有什么好事？

夜里我拱在外祖母的怀里说："我不回灯影了。"她拍打，安慰着："还记得那只老呆宝吗？ 它在我们家过得不错，可最后还是要回到群里。"我知道自己天生就是一只离群的雁，现在要跟一群大雁飞回北方了。

大约在灯影里待了两个星期之后，老师渐渐有了吃惊的发现：我是全班识字最多的一个！ 她惊讶地看着我，两只眼睛离得稍近。我笑了。她说："笑了。适应了。"其实我一点都不适应。我还是厌恶和恨着这个地方。一天到晚吵吵嚷嚷，那么多人拥在一起，没有树，没有野物，连一只麻雀都没有。

与所有同学不同的是，我的书包里除了课本还有两本小画书，老师发现了，问："读得懂？"我点点头。"来，读给我听。"我的声音像蚊子一样，不过后来大了许多。"啊，真想不到！想不到！"她喊起来，看着四周。四周没有一个人。她按住我的脑门亲了一下。

让老师想不到的事情还多着呢。我的书包里还有一只小木盒，上面带孔，那是星期天从家里取回的。盒里装了一个比拇指还长的红色大蛹，那是我从北面的小泥屋里找到的。这个大蛹安静极了，没有一点声音，一连好多天陪我上课。我仰头听老师讲课，其实桌洞下的手一直在抚摸大蛹。光滑，凉丝丝的，小小的尖头动来动去，碰到手心痒痒的。它不吱声儿，而且不吃东西不喝水，只等春天里变成一只大蝴蝶。我知道，一定要赶在开春前将它放回原来的土中，不然它就惨了，变不成蝴蝶了。

老师在黑板上写字，字的一旁是拼音。我一下高兴了，这些字我全都认得。我还认得比这多十倍的字。我根本不需要听老师讲，对这些字早就熟悉了。我装出一副认真听讲的模样，暗中玩着滑溜溜的蛹，想的全是林子里的事。我想到了一件大事：外祖母许诺我上学后就可以去看大海了！

上学有一万个不好，只有一个好，就是从今以后能做许多以前不允许做的事情。想想看，穿过长长的"赶牛道"，穿过老林子，一路上会有多少稀奇事，最后就是看那个日思夜想的大海了！我夜里睡不着，常常想到大海，想它的模样，想那里

189

发生的无数故事。那里有拉大网的人、喊号子的人，有成群的海鸥和帆船，有远处的海岛，有跳起来的大鱼。我特别想看看那些看渔铺的老人，他们大概比看果园的老人更有意思，也更吓人。这些老人一辈子都和大海在一块儿，不知见过多少惊天动地的大事呢！我想着这些，心里烫烫的。

整整一个秋天和冬天，我都没有好好听课。烦人的是老师总要时不时地把我从座位上叫起来，眉开眼笑地看着我，因为我是识字最多的，她对全班炫耀自己的一件宝贝似的："来，你读读这一段……"我读了，声音照例很小。她说："不怕，大声！大声！"我大声了，吓了大家一跳。我很抱歉，不过我实在是被逼成了这样。她多少有些失望地让我坐下。我努力平静自己，重新抚摸桌子下边的红蛹。它在轻轻活动，大概在安慰我。

我没有忘记最重要的事情——星期天回家将红蛹重新放回了小泥屋的土中。外祖母看着我，说你并没有胖起来啊！她总是为我准备无数的吃物，还让我背回学校里。我每次回家都像一个骆驼，驮着一大堆东西，它们是无花果、鱼干、小甜饼、香面豆、南瓜包子、荠菜卷、五色面小花糕、炒地瓜糖、栗子和松仁，还有许多大红苹果。

因为我的好东西太多了，不得不在大通铺的一角辟出一个地方，用纸盒把它们装好。仍然是因为好东西太多的缘故，总是引来一些想不到的麻烦。我如果咀嚼食物发出声音，就会招来注视的目光。地瓜糖一咬咔咔响，无花果也要发出"吱吱"声，这些东西只好留在一个人的时候吃。可是有的吃起来没有声音，却有很大的香味儿，这也会让人吸鼻子："真香真香！"

我是个大方的人，总是把东西分给别人，比如回来的第二天就把无花果分完了，又把地瓜糖分掉了一半。壮壮也带回一些东西，不过比我差多了。大家吃过东西之后就夸我，说："真好啊！"他们开始神往那片林子。

女老师终于注意到了什么，在没人时来到宿舍，看看有些瘪的大纸盒问："随便吃零食？"没等我回答就说，"这对胃不好。"我刚点头她又说："也要注意纪律。"我没吭声。我想自己并没有在课堂上吃。不过我马上记起：自己在上课间操时吃过地瓜糖。我低下头。老师仍旧盯着纸盒，我只好打开它。里面的东西不多了，但还有六个大红苹果。我掏出两个大红苹果给她。

老师吃了一个，剩下一个装到兜里。老师说："你学习好，又乐于助人，不过就是话太少、声音太小。"我点点头。她一下就说到了痛处。怎么办啊，我在人多时总是沉默，我不习惯在很多人面前说话。因为我在上学前只见过很少的人。

再次回家我不想带走那么多东西了。但外祖母还是让我装了一把地瓜糖、许多大红苹果。我最得意的是这次归来的新收获：逮到了一只"痴大眼"！这是一种鸟儿，眼睛大大的，黄绿两色，翅膀是紫蓝色的，一对爪子是豇豆红。说它痴，是指它大大咧咧，不像麻雀那么小心眼儿，一逮到总是气鼓鼓的连饭都不吃。它开始的时候惊慌，和它说说话、拉拉家常，也就不再乱窜了。如果喂它一点小虫，它很快就会安静下来。外祖母说这是一种"鹀鸟"，"我们这儿有许多鹀鸟。"外祖母认识的鸟儿真多，不知名的鸟儿更多，它们常常在小院前边的榆树上落脚，给人一个惊喜。

我见过一只长了大冠子的鸟儿，外祖母叫它"戴胜"；还有一次树梢上落下一只浑身火红的鸟儿，我惊得气都不喘，跑回屋里报告，外祖母出来看了一眼说："哦，真漂亮！这是一只'赤翡翠'！"最让人难忘的是有一种比喜鹊小一点、长了大尾巴、头顶有几根白色长须的怪鸟，外祖母看了看说："它可是这儿的稀客，我有许多年没见了，它叫'发冠卷尾'！"有一天我在水渠边的构树上看到一只蓝头白身、拖着两条白色长尾的鸟儿，回家描述一番，她说："那可能是'绶带鸟'！也是不常见到的！"

为了饲养这只鹀鸟，我捉了许多小虫，把它们一起带回学校。我知道外祖母一定反对，只好说和它一起在路上玩，到学校前一定放回林子。

我把鸟儿装在那个有小孔的木盒中，上课时就放在桌洞里。无论外面多么热闹，它都不吭一声。我伸手抚摸它滑滑的羽毛，像没事人一样抬头听课。黑板上写满了字，我大多认识，三两天里才能遇到一个生字。上学不过是这么回事：大家一起坐着，喊"啊我鹅"。小鸟在下边偷偷啄我的手指,我笑了。

"你笑什么?"老师大声问。我站起,重复了一遍黑板上的字。老师说:"坐下!"她的眼睛扫了一下教室,有些严厉,"注意力要集中!"

她的话刚刚落地,一件可怕的事发生了:我的鸟从桌子下扑棱棱飞了出来! 原来我急急站起时没有关好木盒 …… 它在屋里旋转,在木梁上停了一瞬,然后又冲向讲台。我喊叫,伸出手,想让它听话。可是它受惊了,说什么、做什么全都没用。

好几个同学跳起来捉鸟,老师也参加进来。鸟儿太机灵了,毫不费力地躲人,贴着屋梁飞。屋里乱成了一团。老师命令打开所有窗户,把鸟儿轰出去! 窗户全开,大家喊、跺脚,鸟儿总算飞走了。大家失望地看着窗外,好不容易安静下来。

老师踱到我的桌前。所有目光全投到我这儿。

我的心咚咚地跳,牙齿突然胀得发疼。我说:"我 ……"老师问:"你怎么了?"我无法回答。我心里明白,这儿不是林子,在这儿放飞一只鸟儿真是犯了大错。或许还远不止一个大错。老师声音不太大,说:"你给我等着。"

我等着,再也无心听课。下课了,从上午到下午,我一直都在等着。我对壮壮说:"完了。"壮壮也替我担心,说:"如果你被开除了,我也回林子。"我相信他会的。宿舍里的一个同学说:"听说连校长都知道了。"我更害怕了。我们都见过那个校长,他是一个嘴唇发紫的男人,戴了一只黄色的手表,走路总是匆匆的，不说话。

我继续等着。两天后，老师来到了宿舍。这儿没有其他人。她看着低头不语的我，说："我们灯影从来没发生过这样的事！"我的嘴唇动着，那句话终于没有吐出来。我想说的是："我要离开灯影……"她说："告诉我，再也不犯这样的大错了！""再也不犯了。""大声些！"我大声喊道："再也不犯了！"

老师喘了一口粗气，可能原谅了我。

我羞愧，感激，差点哭出来。我不知该怎样才好。我想起了大红苹果，两手抖着打开纸箱。可惜没了，只有几块地瓜糖。我两手捧起地瓜糖。老师抓了几只放进嘴里，说："真硬啊……"

树 王

在灯影里的时间又快又慢，每一天都过得不容易，可不知怎么就过了这么久。我和壮壮每个星期六都往回跑，星期一再起个大早赶回来，从来没有例外。好像就是这样跑来跑去的原因，春天不知不觉就来到了。渠水哗哗流，大鱼从岸边草须里游出，瞪着一双受苦受难的眼睛。我和壮壮每次都沿着这条水渠走，看着水草、鸟儿和大鱼，知道了不少秘密。这条水渠比想象的还要奇怪：水深的地方黑乌乌的，里面藏了大鱼；渠岸凹进去的，是水洞塌下来形成的，里面藏了水狸或老狗獾；枯死的大树倒在水中，黄鼬就在上面跑……水鸟仰起脖子吞下一条大鱼，一边吞一边警惕地看着我们。

我和壮壮走在渠边，对什么是"河"、什么是"渠"，讨论了很久。"河"比"渠"要宽，水也更多，有源头，是很早以前就有的。它的脾气很倔，不让流也要流，一直流到海里或很远的什么地方。"渠"要窄一些，一般都是人工挖出来的，是引水用的。不过我们觉得有时候也不全是这样，因为有的"渠"也是很早以前就有的，脾气也很倔，也要流到海里或很远的地方。比如眼前这条"渠"就是这样。于是我和壮壮认为：还有另一种半"河"半"渠"的水，比如眼前这个就是。

只要是常年流动的水，也包括那些从不干涸的水潭，里面都有一些精灵，这是看园子的老人说的。这些精灵是大鱼或龟鳖变成的，也有蛤蟆。壮壮的爷爷说："别小看蛤蟆啊，它们也有心计。传说早年有一只大蛤蟆，就是咱这渠里的，看中了一个少年，就扮成一个人背他过渠。少年被它一口气背到了大水洞里，里面有蜡烛和大红"囍"字，原来是要成亲哩。"

我们听了这个故事都吸了一口凉气，因为我们就是少年。我对壮壮说："如果真要成亲，还是你去吧。"壮壮差点气哭了，后来说："那就让我们一起去吧，咱俩能把它捆起来，然后逃出水洞。"

同样一件事，我想的是舍下对方自己逃，他想的是怎样一块儿战胜敌人。我有些羞愧，长时间不再吱声。

　　壮壮走在渠边，想到了一个计划：用一张小网到渠里逮鱼，把鱼送给学校食堂。他有点兴奋："我们路上就能做这个，老师和同学见了大鱼，一定会高兴的！"

　　我觉得这个想法真的不错。不过这里的人只吃海鱼，对淡水鱼不太喜欢。我说出了自己的看法，壮壮说："如果是大鱼他们就会喜欢吧！"

　　我也说出了自己的计划：这个春天一定要去看海！我们太老实太无能了，简直有些丢人！就连那个患了大病躺在床上的人都见过大海，还发誓要当个"鱼把头"！

　　壮壮连连赞同。我们都在想那个得病的孩子，是啊，原来一直想着他，就因为一天天坐在教室里念"啊我鹅"，把一件大事给耽搁了。我们有些后悔和自责。

　　回到学校第一天，我和壮壮匆匆吃过晚饭，然后就去了村里。凭记忆很快找到了那个小院，一看到那棵杏树和门，就有些激动。

　　大婶一眼认出了我们。当她知道我们如今都在灯影上学，高兴得连声喊着："小北！小北！"那个躺在石膏床上的孩子比过去强壮多了，不用别人搀扶就能下床，自己走出屋子，虽然仍然走得很慢。他满脸是笑，头上还戴着那个有三道条杠的线织小帽。我们高兴极了。

水深的地方黑乌乌的，里面藏了大鱼；渠岸凹进去的，是水洞塌下来形成的，里面藏了水狸或老狗獾；枯死的大树倒在水中，黄鼬就在上面跑……水鸟仰起脖子吞下一条大鱼，一边吞一边警惕地看着我们。

直到月亮升起，我们三个一直待在小院里。我和壮壮一边一个陪着小北，一会儿坐一会儿走。他说："我明年也要上学！我今年就要去，妈妈说再等等……我不让她背我去，我要自己走！"我和壮壮都说："你一定能！"

月亮照得小院通亮。一旁的青石板上搁了一盆玉竹，刚刚开出白色的小花。高高的墙头上有一只小猫探头望着下面，盯着戴帽子的小北。他向上举手招呼一下，说："它每天晚上都来看我，我们俩最好。"壮壮说："我们仨最好！"他点头，感激地看着我和壮壮，说："讲讲灯影里面的事吧，讲讲我听！"

从哪里讲起？壮壮说我在课堂上放飞了一只鸟儿："那天真把大家高兴坏了！老师批评了他。不过我敢肯定老师也是高兴的！"我觉得壮壮有些夸大了，纠正说："老师不一定是高兴的。"

说到鸟儿，小北两手揪紧了线帽的两只护耳，两眼发亮："我前天梦见那片林子了！我真想去你们那儿……"我马上提议："那就让我们星期天一起回去吧！我们一起走！"

他低下头："我……"

壮壮大声说："这算什么，我们轮流背你！而且你自己也能走的！这事一点都不难，不是吗？"壮壮一边说一边转脸看我。我们扯着小北的手。他眼睛里闪着泪花。

我们当晚就决定：星期六傍晚出发，沿着那条水渠一直往北，争取在天黑前走进林子，在晚饭时分走进茅屋！啊，那样的夜晚想想都让人高兴：三个人和外祖母一起围在饭桌旁，其中一个是新朋友。她一定会做一桌最丰盛的饭菜。说不定像接待最尊贵的客人那样，把小饭桌端到炕上，我们四个要盘腿而坐。

一切都和事先预计的一样：我们走走停停，有时候两人轮换背着小北，果然在天黑前就赶到了。我们真的坐在了小桌旁，真的是丰盛的饭菜，真的是盘腿坐在大炕上。

出人预料的只有一样：这天傍晚，离茅屋很远就嗅到了阵阵涌来的、铺天盖地的香气！"啊呀真香！这么香啊！"他俩一齐喊着。我也觉得奇怪，不由得加快了脚步，壮壮背起了小北。在灰蒙蒙的夜色里，我们终于看到了那幢小屋。我一眼就看到了屋子东邻那一大片银花，瞧它比整座茅屋还大，高过了屋顶！天哪，是它，是开满了繁花的树王，我们的大李子树！

吃过了晚饭，月亮升起，大家一起来到了盛开的大李子树下。外祖母说："前天才有花骨朵，一天一夜，早晨起来一看，天哪，全开了！像一座花的小山，一岭一岭的花啊，只一棵就顶得上一大片李子林……"她幸福极了。我一动不动地看着这棵大树，觉得它像一位老人一样望着大家。大李子树的年纪比外祖母还大，是整个海滩林子里的树王，更是我们一家的依靠。这一会儿我记起了外祖母、妈妈、爸爸的话：我们全家都受到了大李子树的护佑。说起这棵大树，每个人都满怀敬意。

外祖母说：当年我们一家一直走到海滩上，走啊走啊，一抬头看到这棵大李子树，就再也不想走了。

妈妈说：就因为这棵大树对全家人的保护，虽然也遇到了一些难事，不过总算挺过来了。所以我们都要向它祷告。

爸爸说：只要有这棵大李子树在，我们什么都不怕。我在南山里一想到它，心里就会安定下来。

月光下，无数的蜂蝶在忙碌，它们还不肯休息。我们也和这些小生灵一样，依偎在大树身上。"我从来没有见过这么大的树、这么多的花！"小北惊叹起来，伸手拥抱大树。他头上的针织小帽上落了几瓣花蕾。

我们三个想攀到树上去，这也是我经常做的：无论春夏秋冬，我都要爬到树上，在它的枝丫里待上许久，看四周的林木和来来往往的动物，想着没完没了的心事。可是这会儿外祖母却阻止了我们，她说天太晚了，别磕磕碰碰的，明天可以有一整天的时间和它在一起。

夜里我们睡在西间的大炕上，觉得像在学校的通铺上差不多。因为朋友的到来，更因为浓浓的李子花的香气，今夜怎么也睡不着。壮壮说，就因为去了灯影，咱们差一点就错过了大李子树开花！ 他说得没错，今年春天和往年不同，那时不只我们，就连大人也把它开花的日子当成一件大事，都问："快开了吧？"妈妈会特意从大果园赶回，她从来没有错过花期。只有爸爸远在山里，不能亲眼来看，却牢牢地把这一天装在心里。

壮壮问："谁见过比它更大的树？"

我回答："没有。妈妈说大果园里所有的李子树开的花加起来，也没有这一棵多！"

"就是！我爷爷说他第一次见到这棵树开花都呆住了，他是被一阵香气引来的，说那个春天的上午，太阳刚升起一会儿，从来没闻过的香气像云彩一样落在四周。爷爷说他忘了干活儿，过了水渠上的小木桥，再往西，一眼看到一些蜂蝶也往那儿飞。他是和它们一块儿赶到的！'这是树王！我敢肯定这是树王！'爷爷说。"壮壮坐起来，一双眼睛看着扑满月光的窗子，鼻子活动，深深地吸气。

我们的朋友小北躺在那儿，仍然戴着针织小帽，这是他多年养成的习惯。他自语说："我多么有福啊！我第一次来，就遇到了它开花的日子！我要告诉爸爸妈妈……大李子树也会保佑我们的！"

我说："你的病很快就会好的，真的！有一年春天我得了'疟腮'，发烧难受。姥姥为我煎了草药，还是不好。她抱着我到大树下祷告了一会儿，说帮帮可怜的孩儿吧！大李子树枝摇了摇，就像点头应允了一样。你们可能不信，第二天我的病就好了！她说这全是靠了老奶奶啊……"

"'老奶奶'是大李子树？"壮壮问。

"当然。姥姥说，这是大海滩上所有树木的老奶奶，是全部生灵的保护神。她说那些打猎的、打鱼的和采药的人，只要是在大林子里活动的人，路过这儿都求它保佑。他们有的悄没声地在树下作揖，咕咕哝哝一阵再走开，有的就顺路来到我们茅屋。"

"可是，"壮壮揸一下鼻子，"它不该帮那些伤害野物的人！"

我说："一点不错。有人被大脸鸟打歪了嘴，它就没有帮他。有个猎人打伤了一只狐狸，装在帆布袋里，刚放下袋子，那只狐狸就爬到了树上。猎人寻着血痕上树逮它，刚爬了半截就跌下来，摔伤了……"

壮壮听了高兴。小北激动得揪紧帽子上垂下的两只护耳。我说："明天我们要帮你爬到树上，它的枝丫像摇床一样，你正好躺在上面。不光是人，就是野物也喜欢这样！有一次我见到好几只黄鼬扳着枝丫，像玩秋千一样……一只野猫蜷在上面睡觉，我用一根小棍去拨弄它的胡须，它一边用爪子挡开一边呼呼大睡。树上总有大花喜鹊、麻雀和斑鸠，它们和四蹄动物在一块儿，和和气气。姥姥说大李子树能管住所有调皮的家伙，连那只'翻毛老狼'都不敢龇牙……"

"我爸说林子里的狼都被杀光了……"小北瞪着眼睛。

"那是出了名的狼家伙，欺负林子里所有的野物，还到大果园里咬护园狗。有人在大李子树下最后一次见过它，听说去了河西，害了大病，要找大医家'由由夺'。"

小北笑了，他也知道那个人的名字："我爸背我去过河西，'由由夺'的眼珠是灰色的，喂我吃白色药丸……"

壮壮说："翻毛老狼可能是到这儿求饶的。它干的坏事太多了，害怕了。'由由夺'不会给它瞧病，说不定会趁机拔去那些尖牙！"他说着又想起了什么，看着小北，"我们哪天去海边？天暖和了，我们要去看你爸他们，看海……"

"我爸是'鱼把头'！"小北的声音突然高起来。

"他去海上要穿过老林子，一定见过'翻毛老狼'。"壮壮说。

"也许见过。不过他什么都不怕！他是鱼把头……"

我们说着，声音越来越低，后来就睡着了。我梦见了大李子树，从树下走过的鱼把头、翻毛老狼、歪嘴猎人、"由由夺"……我发现花瓣一片片撒下来，所有从树下走过的都仰着头，让花儿落到身上、脸上……

外祖母说的一点不错：我们和大树有一整天的时间待在一起。大树从太阳升起的一刻就变得光闪闪的，好像阳光照亮了它，它又照亮了旁边的茅屋、树林、草和人，照亮一切。太阳升到了正南，一树的花儿更亮了，吐出更大的香气。啊，蜂蝶一群群飞来，它们攀在枝丫上忙碌着，喊着："春天在这儿了，快来看看春天吧！"

我们三个扯起手，想环抱大李子树，后来发现根本不可能。我们请外祖母也伸开胳膊，最终还是不能环抱。外祖母说："这得加上爸爸妈妈、壮壮的爷爷，也许这些人加在一块儿还差不多……"

"那就让大家一块儿！"

我们喊着。

老人的鱼汤

我们去大海的日子比预想的晚了一些，所以做什么都提不起精神。我们一见了鱼把头老七就央求这事，他瞥瞥自己的孩子说："等天热一些再说吧，到了夏天再说。"我们知道他是担心小北的身体。小北比我们还要着急，他喊了好几次，可是没用。

鱼把头话不多，脸阴着，垂着一个大鼻子，说话声音很粗。我们多想听他讲一点大海上的故事，但这不是一个擅长讲故事的人，更不是一个愿和孩子玩的人。大概他常年和海浪打交道，脾气变坏了。他的脖子通红，皮肤很糙，估计是被海水渍成的。我和壮壮陪小北在院子里走，老七就长时间盯住看。有一次他抓起柜子上的一瓶烧酒饮上两口，又含在嘴里一些，撩开小北的衣服，"噗噗"喷在他光光的皮肤上，接着搂进怀里就搓起来。多浓的酒气啊，我和壮壮掩住鼻子。

小北的后背和两腿都给搓红了，使劲伏在爸爸膝盖上，不敢抬头。大婶后来对我们小声说："九岁的孩子了，要快快好起来。"我和壮壮都吃惊：九岁？ 他的个子多小啊，看上去顶多有四五岁。我说："他到夏天就会强壮起来，我们要一起去看拉大网！"大婶说："那多好啊！那就好了！去海上有吃不完的大鱼……"

鱼把头每次回家一定要带几条大鱼。我第一次看到比胳膊还长、像腿一样粗的大鲅鱼。它通体银灰色，身上有黑斑，就像一把大刀。我们看老七亲手做鱼：砰砰切成几大块，直接推到锅里，随手扔进一棵大葱。大婶在一旁插不上手，说："他们打鱼人就这样，个个都会炖鱼。"我和壮壮看看小北，他得意地抿着嘴巴。

老七炖鱼，弄得屋里热气很大，因为灶里的火太旺了。他往锅里撒了一点点盐，伸进一个大铁勺摆动几下，回身说："嗨嗨嗨嗨！"他把桌上摆的五只大碗一一装满。这时的老七一下变得高兴了，把鲜气扑鼻的鱼汤往每人跟前推了推，回身去抓酒瓶。

汤有一点辣，我们一会儿脸上就冒汗了，肚子变得圆圆的。老七脸色通红，抖着大手对我和壮壮说："去海边才能喝到最好的鱼汤！看渔铺的老头要用五六种鱼熬汤，一大锅炖出来，老老少少一块儿喝！"我和壮壮听得愣了神，一旁的大婶就说："只要到了海边，不管是不是打鱼的，都能分上一碗鱼汤。"

夏天快些来吧，哪怕只为了这碗鱼汤……我和壮壮掰着手指算日子，盼着学校放假。夏天真是好极了，可以在林子里随便玩，跳到河里摸鱼捉蟹，做许多有意思的事。果子天一热就红了，它们等不到秋天就甜得馋人。葡萄也有一多半要变紫。

在我眼里，所有的果子都不必等到全熟，它们从小到大都好吃。最酸的果子，比如刚长成指甲大的青杏，吃的时候闭上一只眼睛就好了。

即将来临的这个夏天啊，说不尽的新鲜事会一齐涌来。我们要钻到渔铺里，要随上一群人喊号子拉大网，要一起围在活蹦乱跳的大鱼跟前。

在等待的日子里，我和壮壮越来越多地去村子找好朋友玩。那个小院里有大大小小的海螺，都是鱼把头带回家的。小北开始更多地离开那张石膏床。院里有一棵香椿树，树干上有几道白粉笔画下的横线，这是他量身高时留下的记号。他贴紧香椿树站好，对壮壮说："画一下！"画过了，我们都失望地看到：它与原来的白线是重叠的。

夏天快来吧。火热的夏天，我们三个要在滚烫的海沙上飞跑。小北也会跑起来的。

天热了。这已经是夏天了。可老师说放假了才是夏天。"什么时候放假？"我们问。老师平静地回答："明天。"

节日就这样突然降临。不过任何好事都要办得拖拖拉拉，不会那么简单。先是开全校大会，校长阴着脸讲话，不让这样、不让那样。会后老师又是叮嘱。他们都讲到了水：不准下水玩。哪些水？河、渠、水潭，特别是大海。"谁都不准下水玩！"这是他们斩钉截铁的声音。

"这怎么办？"壮壮紧张了，问我。

我想了想，说："如果我们和鱼把头生病的儿子一起到海边，还帮打鱼的人拉网、喊号子，那大概就不是玩了吧？"

壮壮拍手："是啊！那当然就不是玩了！"

我们约定小北：先一起到我们家，在那儿等上一两天，等他爸路过时再带我们一起到海边。这个计划好极了，我相信外祖母会高兴的，因为她亲眼见鱼把头将人领走，肯定一百个放心。

外祖母对这个夏天格外喜欢，因为我和壮壮放假归来，并且领回了一个新朋友，这和以前的夏天是完全不同的。我们除了玩，还要做夏天的功课，这一点让外祖母格外重视。我笑眯眯地对她说："我是识字最多的。"她说："也不光要识字吧？"我说："剩下的小零碎儿就好办了，'渠边有三只羊，又来了一只羊'。""那就是四只羊了。""当然是四只羊了。"我笑了。

鱼把头老七到来之前，外祖母好好忙了一场：准备小面饼、带风帽的衣服，还夸小北有两个护耳的针织小帽，说这个最好了。"现在是多热的天啊！"我觉得外祖母是多此一举。她沉下脸说："大海说变脸就变脸，那时候什么都晚了！"接着她也像老师那样唠叨："千万不能到水里玩！"

老七来了！我们马上跟他上路……他肩上扛了东西，这就不太可能背小北了，任务自然落在我和壮壮身上。小北非要自己走不可，但他走不快。我们过了小木桥往东，再往北，来到了一条水中长满莎草、两边有小路的阶梯水渠。我和壮壮立刻问：这就是"赶牛道"？ 老七瓮声瓮气地说："就是！"

这是最有名的一条路，一直穿过老林子，是人们不断念叨的一条路。"可是这里没有牛啊！"我说着，低头寻找牛的蹄印。老七说："这是老辈传下的叫法，那时这里走过许多牛。"我们告诉他：以前歪打正着来过这儿，沿着这条路一口气闯进了老林子。老七停下脚步问：

"这是哪一年的事？"

"前年，"壮壮看看我，"我们还在老妖婆那儿吃过饭，后来趁着她还没改变主意，又沿着水渠跑回来了……"

老七摇着头，没有说话。小北伏在背上问："真有老妖婆吗？""那可说不准。不过伤人的野物太多了，小孩子迷了路也不得了。"老七回头看看我们，做个吓人的眼色，主要是警告自己的儿子。

进入茂密的林子，老野鸡和野鸽子的叫声起起落落，让人想起深不见底的荒野。太阳升到了大树上方，热气开始烤人。老七手指正前方大喊一声："看看！"密林被渠岸拨开，长渠一直通向高远的蓝天。背上的小北叫起来："大海到了……"

我们一阵急跑。啊，看到了浅黄色的沙岸、与天空连成一片的无边的水，水中的帆影，一点、两点……沙岸上有一些人在活动，还有一两个深棕色的矮小茅屋，那就是渔铺。小北要从背上挣下来，我们却更紧地按住了他。大家的步子一齐加快。

眼前的一切让人不知怎样才好，它们出现得太突然了。一些赤身裸体拉大网的人，有的只穿了小短裤，有的什么都不穿。一个嗓子尖尖的人在领人喊号子，老七放下东西走过去，顾不得管我们，一边往前一边举起双手大喊，一下就压过了那个尖嗓子。老七的粗嗓门太吓人了，在他的喊声里，所有拉网的人都弓身用力，两脚插进了沙子里。"你看那个，海里的！"壮壮伸手比画。我看到了，那是在海中围起的一个半圆形的弧线，是一点点向岸上移动的大网。

我们三个跑过去，一齐揪住了粗粗的网绳。我们不会喊号子，只是用力拽。拉网的人顾不得看我们，拼着力气干活。

眼看大网就要上岸了。网里的鱼蹿跳不停，近岸的水沸腾了。一条大红鱼唰一下跳到半空，又倒栽进水里。有什么在吱吱叫，肯定也是大鱼。老七骂起来，蹿到最前边，一条黑色的大鱼正好撞上他的脸，他又大骂。大网开始拖上沙岸，密密的鱼闪着各种颜色，有的蹿起，有的身子一弹，像弓箭一样射出很远。一排苇席铺在岸上，一会儿网中的鱼就在席子上堆成了山。所有拉网的人都围在鱼山跟前，老七的脸不再那么可怕了，笑着，转脸找我们仨。

渔铺原来埋在沙中半截，是柴草搭成的，上面还堆了一些渔网。铺门小到只能塞进一个人，我们三个刚刚走近，里面就蹿出一个老头。他谁也不看，弯腰抄起一个家什，是大木斗，直接冲向了鱼山。我们转身跟上。老头在鱼山上扒拉一会儿，拣了满满一大斗鱼，又去海水里摇动着洗了洗，再往回跑。

在渔铺旁不远处有个大锅灶，那儿正冒着烟，大锅里的水已经沸滚。老头费力地把鱼提到灶台上，开始往腰上扎围裙。我们三个不再看别的，只专心看他和大锅灶。长长的马步鱼和刀鱼，还有三尺长的大鲅鱼，剥了厚皮的马面鱼，长了大嘴巴的鲅鲢鱼，像搓衣板似的大比目鱼，乌黑的石斑鱼……所有鱼都在案板上切成大块，连同整根的大葱推进锅里。灶下是熊熊燃烧的松枝，旁边还摞起一堆槐木和柞木。老头叼上烟斗，不时抄起一把大铁勺在锅里慢慢搅动。

鱼汤的鲜气漫过了整个海滩。海鸥大叫着从人们头顶旋过。更高处有三只老鹰，它们僵在了天上。所有人都拿着一块玉米饼和一只大碗来到灶前，老头用大铁勺舀一下，分别给他们扣到碗里。老七让我们三个等在一边，然后找来几只比碗还大的螺壳。老头哈哈笑，往每个大螺壳里来了一大勺。

这是我喝过的最棒的鱼汤，吃过的最好的玉米饼。老七指着鱼汤说："咱这里做鱼汤从不放盐，直接用海水炖！"他从衣兜里掏出酒壶喝一口，然后大口吐气，炫耀自己喝了最有劲的酒。

那个扎围裙的老头走过来，跟老七讨酒喝。老七故意把酒壶藏到身后："你那一壶呢？"老头摊摊手："昨天半夜被一个精灵偷走了！""瞎说蒙人吧？"老七哼着，把酒壶递过去。老头大喝一口，仰头咂嘴说："是瓜干酒。"他连喝几大口，这才走开。

老七看一眼老头的背影说："这家伙看了二十多年渔铺，一辈子不知喝了多少酒，是熬汤的好手！沿海岸东西三十里，那些看渔铺的老家伙都来讨他的鱼汤和酒，他不得不把酒埋在沙里。不过鱼汤管饱，认不认识都能喝个肚儿圆。"说着四下瞧瞧，压低声音说，"半夜连林子里的野物也来敲他的门，他懒得爬起来，就喊一声：'自己舀汤去吧！'大锅里的鱼汤还是热的，灶下有底火。"

我们睁大了眼睛。壮壮问："这是真的？都是什么野物？"

"那就多了。老兔子精，老树精，酒量最大的还是狐狸。它们和海边的人混在一块儿，看铺子的老头糊糊涂涂分不清。野物喝点鱼汤不算什么，怕就怕它们蹲在灶台上喝，那会把锅灶弄脏。有一天月亮很大，我起来解溲，亲眼看见一个毛乎乎的野物趴在灶台上，伸手从锅里舀汤。我喊了一嗓子，它跳下跑了。看看吧，如今林子里的野物都被这个老家伙惯成了什么。"老七装作生气的样子。

我觉得那个老头真不错。我想如果自己看渔铺，也会像他一样大方。能一辈子住在渔铺里多好啊，喝鱼汤，还能遇到各种怪事，多有意思的生活啊。我这样想着，突然记起了老七刚才说的一件事：老树精半夜来讨鱼汤。这怎么可能？我表示了怀疑，老七的大嘴绷成一条线，那是一种夸张的表情：

"哒，这算什么稀奇！海边人都知道，老林子里有棵金合欢成了精，变成了一个穿花袄的大闺女，辫子比灯影那个女老师的还长！有一棵老无花果树成了精，变成一个笑眯眯的老太太，最喜欢小孩儿。树比人、比所有四蹄动物的寿命都长得多，它们活个千八百岁的不算什么，如果活得烦了，就换个活法，想当一下人。有一年海边来了个又细又高的家伙，要跟我们拉大网，走路拖拖拉拉两脚总不利索。后来才知道这家伙是西河边上的一棵老杉树精。本来谁也想不到，是他喝鱼汤喝得高兴，又跟老头讨酒喝，结果显了原形，走出渔铺子撒尿，站在那儿变成了一棵杉树。"

壮壮和小北"啊"了一声。我觉得老七在故意逗人，就问下去："后来怎么样？"

"后来，"老七抿一口酒，"老头儿等不回人就先睡了。第二天一看海边上多了棵杉树，觉得碍事，就伐了，做了桅杆。到现在船出海时，那桅杆还吱哟吱哟叫，是埋怨我们把它伐了哩。"

我觉得这个故事真有意思，不过想到杉树精被斧子砍倒，还是有些心疼。

夜晚我们三个都没有离开，就睡在渔铺里。看铺子的老头支了架小蚊帐，只好相互挨得近一些。老人嫌我们的脚总是蹬他的肚子，发脾气，坐起来抽烟，说："这谁能睡得着？"最后我们也睡不着，肚子有些饿，就钻出了渔铺。

大海静静的，月亮真亮。我们还没有走到那个锅灶跟前，就闻到了浓浓的鱼汤味。灶里有底火，汤还热，我们又喝起了鱼汤。

老獾手

　　我们一连许多天都在琢磨精灵，特别是一些植物变成的精灵。我相信以前外祖母和母亲讲的故事，她们不会骗我。但是老七喝了酒以后讲的事情，顶多只能信一半。我对壮壮和小北说了这个意思，壮壮表示同意，小北却不再吭声。待了一会儿，小北说："你们不知道我爸的力气多大，他一个人就能把大铁锚扛起来！"我和壮壮认为力气大小与是否说谎是两码事。壮壮对我小声说："可能他骗人的力气也大吧！"我们对于树精变人的事却不太怀疑，特别是老无花果变成的老太太，可能就是那个掌管整个大海滩的老妖婆。我们相互看看，好像恍然大悟一般。

　　我对他们提出一个大胆的计划：趁着住在海边的几天，应该去一次老林子，去那儿找到老婆婆。我们要带上一些鱼，这算是答谢的礼物，她也会高兴。如果她真的是老无花果变的，就一定会喜欢小孩儿，像上次一样，绝不会伤害我们。

　　我们三个意见一致，觉得这是最有意义的一件事，早该做了。说真的，我和壮壮十分想念那位老婆婆。小北听我们讲了那天的经历，也神往起来。

　　谁知小北后来不小心对爸爸透露了这个计划，鱼把头立刻厉声阻挡："这可不行！你们就在海边走走看看，哪里也不准去，如果不听话，就立马送回去！"

　　他为了防止我们进老林子，要把三个人的衣服剥下来，"光溜溜的晒太阳最好了，连拉网的大人都不穿衣服，小孩儿又怕什么？"说着就动手解我们的衣服。我们先是抗拒，后来办不到，就要求穿一个短裤。老七同意了。

他把我们的衣服交给了看渔铺的老头儿，老头儿为了气我们，故意把所有衣裤捆成了一个五颜六色的大布球，拉到了高高的木杆顶部，还挤挤眼说："这是海边信号，船去了海里，要让他们回，就把这个球放下。"老头儿的话也许是真的，因为木杆上原来就有一个球，那是一团破渔网做成的。

我们赤条条地躺在海边，不停地打滚，抵挡着滚烫的沙子。正午的沙子真热。滚了一会儿就想钻到水里，蓝蓝的大海真馋人。可我们都不会游泳，这有点让人害臊。如果这个夏天学不会游泳，那该是多么丢人的一件事！这比去老林子探险还要重要！对于这个看法，我们都是一致的。

谁来教我们游泳？半下午之后沙子终于不再那么烫人，我们也就可以静静地躺在上面商量事情了。大家都认为最好让那个看渔铺的老头儿教我们，因为其他人忙得很。我单独找了老头儿商量，他一听，翘起胡子："下水？鱼把头还不得揍死我！"我说偷偷下水当然不行，所以才要找一位水性最好的人教我们，这就不算犯错。老头儿胆子不大，直到最后也没有被我说服。

又是一天白白过去。我们喝了不少鱼汤，还帮大人拉网。小北身上晒得赤红，比我们红十倍，因为他的皮肤比我们白。

奇迹发生了：他能够跑和跳，能一口气蹿上很远！老七"啊啊"叫着抱起孩子，嚷着："再待十天！你们就在这里过夏天吧！"我板着脸说："那我们要学游泳！"老七听了很快翻脸："下水可不行！要想下水，最早也得明年夏天！"

最后一点希望就这么吹了。我们光着身子走在海边，一会儿捡个海星，一会儿捡个红色卵石。一只长了棕色爪子的小海蜇搁浅了，我们把它推进海里。玉螺在降潮时留在岸上，藏进沙里等待大海涨潮，藏身处总是留下一簇松松的沙子，就像林子里的小沙蘑菇一样。我伸手到湿沙中掘玉螺，每次都被它喷出的水流射到脸上。我们沿着海岸向西，走到了另一个渔铺跟前。这里的人都到深海里采螺去了，这会儿只有一个看铺子的老头儿。他见了我们三个，脸上立刻笑开了花，喊着："孩儿！"

我们走过去，发现渔铺旁照例有一个大锅，锅里也有鱼汤。"喝鱼汤不？"老头儿问。我们尝了尝，味道一般。大家钻到铺子里，发现里面的模样都差不太多：坛坛罐罐，脏乎乎的蓝被子，很大的桅灯。地上铺了厚厚的茅草，上面还有大毡子。我们仰躺着。老头儿说："今夜就睡这里好了，吃大鱼和玉米饼，然后下五子棋。""你会下五子棋？"壮壮眼睛一亮。老头儿搓搓胡子："我用这个赢酒。"

玩了一会儿，我提出了一个要求：请老头儿教我们游泳。老头儿眯着眼瞥着我们，并不马上回答。"到底行不行呀？"壮壮问。老头儿说："下水游泳不难，这有个窍门，我最懂窍门。

像你们这么大时，我就能游一百多步了，再长大一点，我能一口气游到岛上。"

那个岛站在海边就能望到，但如果有一点雾气就看不清了。从这里游到岛上，也太能吹了。这是不可能的。老头吹牛我们不管，只要能教我们游泳就行。他眨眨眼："我这里有个酒葫芦是空的。""那怎么了？"我问。"我想把它装满。"老头儿磕打牙齿，看看我们三个。我说："那你装满好了。"老头儿从铺角摸出两个酒葫芦，摇了摇，一个是空的，说：

"东边渔铺那个老家伙有好酒，你们设法去弄一些来，这个不难。"

大家都不吱声。我们以前在果园里偷过果子，但从来没有偷过酒。我见过东边渔铺里那个酒坛子，从里面倒出一些酒大概也做得到，不过这样干好像有些不合适。我挠着头，对壮壮和小北说："那家伙把我们的衣服拴到了木杆上，真让人生气！"他俩点头："真是气人！"

天色有些晚了，我们尽管被一再劝说留下过夜、下五子棋，后来还是离开了。临走时老头儿把那个空葫芦交给了我们。

回到渔铺里，老人很快发现了那个大葫芦，问："从哪儿弄来这么个物件？"我抢在前边答："是海里漂来的，不知干什么用的。"老人取过去，拔掉塞子说："有酒气，估计是撑船的人喝多了，失手掉进了海里。"说着把它扔到了一边。

我们三个暗中商量：中午喝鱼汤时要手脚麻利，这时候下手最好。通常老七要和老人一块儿喝酒，然后到一边渔网那儿转悠。我们要赶在他转回铺子前把事情办好。小北负责在外面瞭望，我和壮壮在铺子里干。

结果一切都算顺利。从坛子往外倒酒是个细心的活儿，因为一不小心洒出来就麻烦了，老人的鼻子太尖。我们只装了多半葫芦，不忍心取走那么多酒。壮壮拎着葫芦先走，我和小北陪老人玩了一会儿，缠着他要木杆上的衣服。老人说："已经做了信号，随便放下来可不行。"我这时在心里认定：多坏啊，偷他的酒是完全应该的。

我们赶到西边渔铺时，发现那个老头儿已经喝上了，他一见我和小北就说："那边渔铺的人不好，酒好。"我问："什么时候领我们下海？"老头儿说："天太热，先躺在铺里歇着，下午晚些时最合适。"

老头儿很快喝多了，红着脸咋咋呼呼，要和我们下五子棋，而且要定输赢："你们三个一伙儿，输了任我罚。""怎么罚？"壮壮不太放心。老头说："任我罚。"一边说一边摆棋。这时我吃了一惊：老头儿的手背上长了密密的黑毛。啊，我第一次见到这样的毛手。

我们和老头儿下棋了。老头虽然有些醉，可是走棋很快，真不是吹的，三下五除二就把我们赢了。这本来没什么，可他虎着脸说："躺下！"我们不知道他要干什么，不过还是躺下了。他蹲着看了我们一会儿，说："滑溜溜的小孩儿呀！"说着伸出那只毛手胳肢了一下壮壮。壮壮滚动着嚷："真痒真痒！"老头说："我就喜欢和小孩儿玩！就乐意看小孩儿笑着打滚儿！"一只毛手捅一下这个捅一下那个，变着法儿胳肢人。

因为是一只毛手，所以让人痒得实在受不住。我咬着牙躲闪，大口喘气，一边看着壮壮和小北。他俩已经笑得不行，求饶，大叫，老头就更加起劲了。后来小北的叫声越来越小，也不太滚动了，老头儿还是变着法儿戳弄。我看着那只毛手，突然想到了爱胳肢小孩的老獾！天哪，像传说中的一模一样，他会下五子棋！我猛地坐起，大喊一声：

"住手！"

老头儿愣了一下，又朝我伸出了毛手。我用力挡开这只手，弯腰去看小北：他脸色煞白，大口喘气，身子有些抽。"坏了，他不行了，他笑绝了气！"壮壮也看清了，大声嚷叫。我们拍打小北、呼喊着。小北喘了一会儿，才慢慢睁开眼睛，一大片汗珠从额头渗出。

老头儿皱着眉头，垂下两只毛手："下棋不行，胳肢也不行，还有什么用处？"

我一直盯着他的毛手。老头儿把手抄在袖口里，后来还是伸出来挠鼻子。我趁机一把攥住了他的手，拉到跟前。我觉得这真是一只野物的手，害怕地松开了。老头儿独自吸烟的时候，我对小北和壮壮使了个眼色，钻出铺子。

小北的腿有些发软，壮壮不得不扶住他。"被老獾害死的事是经常发生的。不过它们没有太坏的心眼，就是爱听小孩儿笑。"我说。壮壮扶着小北走了一会儿，此时小北的精神好多了。我们商量到底是马上逃开，还是留下学游泳？犹豫了一会儿，小北说："反正他不是故意害人，那就留下吧！"

我们尊重了受害人的意见，留了下来。

到了半下午，老头儿总算没有变卦，脱得只剩一条短裤，要领我们下海了。奇怪的是他下水时仍旧叼着一支烟斗，不过没有点火。我最担心的是他在海里胳肢我们，那就糟了。我带着威胁的口气说："在水里可不能戳人！"他的烟斗向上翘着："嗯？嗯哼！"

海水像绸子一样光滑，海水抚摸人的滋味感觉特别。我们以前在水渠里蹚过，那可比大海差了一百倍。这是从没有过的兴奋和欢喜，是最值得过的一个夏天！看看老头儿吧，他一跳进海里就忘记了教我们，一歪身子躺在水面上，烟斗咬在嘴里，手脚轻轻一动就划出了老远。我们看傻了眼。

老头儿游出几十米又返回，对我们说："来，怎么蹬腿撩胳膊，跟我学，一个一个来！"他首先把我拉到跟前，扯我的手和腿比画着，虎着脸训人，一下就让我忘了其他。我觉得他即便是个老獾，也是一个有大本事的家伙。

我们三个都喝了几口海水。不过在水里待了小半天之后身体就不再那么沉甸甸的了。老头儿说："人和酒葫芦一样，天生就能漂起来，剩下来要做的事，就是怎样想法让自己在水里快

218

快赶路。"

我体味他的话，渐渐明白了一点。是的，首先要学会怎样才能飞快往前，而身体像石头似的往下沉，那根本就不该算是一个难题。我发现最先能够游一段的竟是小北，真不愧是鱼把头的孩子……我和壮壮有些焦急，结果很快也做得到了。

老头儿领我们游了一会儿，回岸上歇息，说："我从没跟人学过游泳，一跳进海里就会。"我们不信，他说："鸟儿天生会飞，就这个道理。"说完盯住我们挨个看，又想伸出那只毛手，我愤愤地盯住他。他缩回了手。

我们一连三天来西边的渔铺。老七知道我们去了哪里，没说什么。可是看渔铺的老人听后满脸不高兴，嚷着："那个人是个怪种！"我问："什么叫'怪种'？""就是毛病多，人不正。""怎么不正啦？"老人甩一下手："偷酒！有一年冬天来找我下五子棋，临走摸去了一瓶好酒！他的五子棋可不是白下的！"

我们三个对视一下，笑了。

"这家伙下棋的本事确实不小！"老人又说了一句。

发海之夜

记忆中，有一件事情一直让我惧怕。

这事总是发生在午夜，是一天里最安静的时刻。到了这个时候，它会将我从梦中一下惊醒：一种细碎的、均匀的水的声音响起来，越来越大，越来越大，好像大水已经涨到很高，从北面一路向南淹过来。

因为是很大的、无边无际的水，所以这种淹没几乎没有尖利刺耳的声音，似乎是在谁都没有察觉的时刻发生的。也正是这样，它才可怕到极点：危难突然逼到了近前。从远处传来的奇怪响声让我一下跳起来，我预料会有无法阻挡的大水漫过来，所有的林子、土地，全都被大水压在下边。

我胆战心惊，再也不敢睡去。整个世界都是涨水的声音，是隐藏和伪装过的那种沸腾声，这样大却又这样隐蔽。一切都来不及了，因为到处都是它在响，任何鸟鸣和野物尖叫都压不过它。我听着，听着，吓得就要逃出屋子。我心跳得厉害，因为知道这会儿无论跑多快，都无法逃脱，就连跑得最快的兔子也不行。我没有破门而逃，只紧紧搂住了外祖母。

"孩子，做噩梦了？"外祖母安慰着，"不要紧，我在这儿，没事。"我身上颤抖："你听，你听！"她侧耳听着："没有什么啊，怎么了？"我只好逼真地模仿那种声音："呜呜，呜呜，呜呜啊啊……"我要模仿那种最平稳最巨大、隐隐的悄悄的声音，但学不像。

外祖母静静地听了一会儿，终于明白了，说："噢，是'发海'！孩子，这是'发海'的声音。"她弄明白了是怎么一回事，也就不再惊奇了，拍打着我，想让我重新躺下睡觉。可我的惊惧才刚刚开始，问："什么是'发海'？"她抿抿嘴，看看黑乎乎的窗子说："就是'发海'，海在响，它有时候就这样响，至少要响两三天。"

"是大风吹的吗？可外面的风一点都不大！"

"不是。'发海'的日子是没风没浪的。这响声大概是从海底、从更远的什么地方传过来的。也不是涨潮，涨潮没有这么响。"外祖母语气十分肯定，看来她很早以前就知道了这事，已经习以为常了。

我不相信此时此刻的大海会是平静的。我想到的是海上一定在刮大风暴，成排的大浪轰轰地拍打着海岸。我说："我真害怕它今夜要淹过来，它好像正在往我们这儿赶，你听……"

"不会的，孩子，我说过了，这是'发海'。"

"'发海'是怎么回事？"

外祖母十分为难地看看漆黑的夜色，又看看我："我也问过打鱼的人、上年纪的人。他们说有时在离海很远的地方听到'发海'声，还以为海上一定是起了大风大浪，谁知赶到跟前一看，却安安静静的。"

"那一定是大风停了……"

"不，没有大风。再说只要海里起了大浪，大风停下很长时间那浪也照样拍打。这说明没有大风，那声音也不是大浪发出来的。最奇怪的是人越是靠近大海，听到的声音就越小，到了跟前，它连一点声音都没了。"

我一声不吭地看着外祖母。她当然不会骗我。这事真是怪极了。我又问："只有夜里才会'发海'吗？"她摇摇头："不，白天也会。不过白天太嘈杂了，人静不下来，也就没人在意这个。"

　　外祖母对这件怪事只说了这么多，更多的谜还藏在那儿。所以我后来再次听到那种声音，虽然不再有立刻逃开的念头，却还是惊恐害怕。我仍然要坐起来倾听，听得清清楚楚：大水正在涨起来、涨起来，随时都可能淹没一切……

　　我终于注意到，如果夜里响起了'发海'声，那么就一定会延续整整一个白天，或再加一个晚上。在这样的日子里，我为了捕捉那种无所不在却又十分隐蔽的声音，总是格外留意。可惜那些日子里我无法直接跑到大海跟前，无法证实外祖母的话。在内心里，我多么盼望这一天能够早早到来啊。

　　我和壮壮在一起的夜晚，曾经又一次遇到了"发海"。在我的提醒下，他也听到了这种奇怪的声音。到了白天，我们一起到林子里，那种声音就一点点弱下来，不过只要安静一会儿，又能一丝不差地捕捉到。这时如果不是老林子在阻挡，我们一定会一口气跑到大海跟前。

　　终于到了上学的日子，总算被应允去看大海了。

　　因为第一次见到大海竟高兴得忘了一切，也忘了"发海"的事情。那个夏天我们在渔铺里住了一个星期，最后是被鱼把头押走的：让一个回村的打鱼人把我们带走。我们一开始赖着不动，后来他发出威胁，说如果不听话，那就再也别来海上了。

整个夏天最让人迷恋的是游泳，其次是喝鱼汤和听故事。那些看渔铺的老人讲的好故事让我一辈子都忘不掉，随便拿出一个，都会让灯影的老师和同学听得发蒙。最担心的是大辫子老师知道我们下海的事，她一定会报告校长，那还不知要惹出多大的麻烦。

那个假期太棒了，那样的日子如果一直过下去该有多好！

我们试着到水渠里游过泳，一跳到里面就觉得比大海差多了。不过到渠边的草须中逮鱼，也有点意思。有一次我踩在了一只大鳖身上，吓了一跳。一条鳝鱼被壮壮当成了蛇，当时他的脸都白了。小北经过了半个夏天，两条腿已经能够站稳。我们给壮壮老爷爷讲了一些海上的事情，老人说："打鱼的可不是什么好东西。"小北立刻不高兴了。老人瞥瞥他，又说："鱼把头还算好人。"

我们特别对老人提到了那个惊险的时刻：看渔铺的老头儿长了一只多毛的獾手，他把我们当中的一个差点给害死。"胳肢，胳肢，让人笑、笑，最后笑绝了气！"壮壮说。"那人会下五子棋！"老人说。我惊呆了："你什么都知道啊？"老人点头："我打年轻时就认识他。这人离不开酒，酒量不大，外号'老狗獾'！"

我问："他说自己年轻时能从海边游到岛上，这是真的吗？"

"这事不假。打鱼人水性好的多了，能游到岛上的也有。那是个无人岛，船遇到大风上去避难。听说岛上有不少野猫。"老人摸摸走近的花斑狗，"没有一条狗，那些野猫就缺少管教。"

这个夜晚我们宿在了大炕上。这是一个月亮天，没有风，有些热。直到半夜我们还没睡，因为有一个什么野物从林子蹿到了园子里，花斑狗又叫又咬，终于把大家吵起来。老人提着桅灯出门，大声骂着。我们跑出去，这才看到花斑狗的脸上有两道血痕。老人说："肯定是一只獾，那家伙的爪子有劲儿！"

下半夜刚睡着，又被一个噩梦惊醒：一只老熊在拍打窗子。我猛地坐起，身上的汗哗哗流下来。我坐着出神，突然听到了一种声音：呜呜，呜呜啊啊……"啊，'发海'了！"我猛地跳起来，喊道。

屋里的三个人都被我弄醒了。坐起来听。老爷爷也起来了，揉揉眼看着我们："又怎么了？"壮壮指指北边："听！"老人歪着头听听："哪有什么？""再听！"壮壮说。老人闭上了眼，这样过了几分钟，叹一声："发海！"

老人说过那两个字就想躺下睡觉，我们就一块儿缠他。"这太吓人了，海水说不定什么时候就能漫过来！"我说。老人身子倚在墙上："这倒不会。"壮壮问："好生生的大海，怎么就响起来了？""那还用问，海里起了大浪呗！"老人说着去枕边摸烟锅。

我看看壮壮和小北，他们一脸迷惑。我真想告诉老人：如果不是你错了，就是外祖母错了，还有那些打鱼的人，他们全错了！我忍不住说："不，'发海'时海里一点风浪都没有！真是这样……"

老人有些烦，翘着胡子："没有大浪，这声音是怎么来的？"

我说："怪就怪在这里！看看外面，一点风都没有……"

大家不由得去看窗外：静静的，树梢都不动一下，月光像水。老人转着脖子，像发痒，咕哝："岸上没有风，海里也会有，这是两码事。这时候去海上看看，那里一准像开了锅……"我不作声。我们谁都没有在这样的夜晚跑到海边看过，所以无法反驳。我急坏了，我觉得再也不能等待。我说反正再也睡不着，咱们现在就去看看大海好了，沿着"赶牛道"……"我愿意打赌。"我看着老人说。

"你赌什么？"老人一下来了兴致。

"我赌海里这会儿没有风浪！"

老人哼哼着："我是问你输了怎么办？"说着又要躺下，看来根本不想在半夜出门。壮壮和小北摇动他。壮壮嚷着："咱们去啊，去啊！"我突然想到了外祖母装满了蒲根酒的坛子，大声说："我如果输了，就把家里的酒坛抱过来！"

老人绷着嘴看看大家："这可是全都听见了的！那坛酒看来是跑不掉了！"他真的下炕摘下那支长筒枪，又提起桅灯，嘴里哼着："我们疯了，半夜走'赶牛道'，打赌，嘿嘿，疯了！"

小泥屋的门锁上后，老人开始叮嘱花斑狗好好护家。还好，没有任何人要留在这儿。大家摩拳擦掌，恨不得一步跨到海边。临出小院前，壮壮提到了一个顶要紧的事："爷爷，你要输了怎么办？"老人猛地一拍脑瓜：

"白天吃大馍、芋头，晚上吃腊肉，葡萄和金丝蜜瓜尽吃！"

大家高兴得拍手跺脚。

夜晚的"赶牛道"原来一点都不吓人，水里的莎草和蒲苇在月光下散发出一种香味儿，有什么在中间"叽叽咕咕"叫着。老人背着枪走在前头，顾不得理睬。天上星星稀疏，天空是紫色的。一只上年纪的鸟儿在西北方叫了两声，接着是近处的两声咳嗽。老人说咳嗽的是刺猬，"这家伙咳起来就像个老头儿，像我。"

我们一路话很少。为了快些，我和壮壮有几次背起了小北。穿过又高又密的林带，再走一会儿就能望见大海了。多么奇怪，大约刚走了半程，那种无处不在的"发海"声竟然越来越小，最后差不多完全消失了。也就是这个原因吧，前边的老人大概察觉了自己有输掉的危险，步子一下加快了。

大海就在前边，它就像突然逼近了似的。

一片银亮的沙岸在前边闪烁，上方就是泛着光斑的大水，更上边是悬起的星星。我们站了一瞬，嘴巴都合不拢。天哪，这儿多静啊，眼前看不到一朵浪花……渔铺黑乎乎的，它的东南边是打鱼人住的一排小屋。

一片银亮的沙岸在前边闪烁,上方就是泛着光斑的大水,更上边是悬起的星星。我们站了一瞬,嘴巴都合不拢。天哪,这儿多静啊,眼前看不到一朵浪花……渔铺黑乎乎的,它的东南边是打鱼人住的一排小屋。

可能担心吵醒打鱼人吧，我们跟在老人身边，轻手轻脚地往前。大海在安睡，它在月光下像害羞一样。"可是那'发海'的声音从哪儿来？"我心里泛起一个大大的问号，相信所有人此刻都像我一样。大家一动不动地站在海边。

我们不吭一声，默默站着。我特别注意地看看一旁的老人：他身子笔直，肩上的枪竖着，很像一个老兵。

正在这时，我听到了身后响起了"嚓嚓"声，刚要回头，一个黑影飞快上前，两手猛地揪住了背枪的老人。原来是看渔铺的那个老头儿，他屏着气，嘴里发出恶狠狠的低声："好啊！是你这个反叛！"两个老人交手，很快松开，笑了。

"到底怎么回事？嗯？鱼把头老七知道了会给你几巴掌的！"看渔铺的老头儿再次变得恶声恶气。

老爷爷把枪耸了耸，为难地瞥瞥我们说："今夜又'发海'了，从远处听着吓人 …… 怎么来到跟前就没有大浪呢？我们是来打赌的 ……"

看渔铺的老头儿目光转向大海，像是自言自语："我也不知道。谁都不知道。也许是大水最里边有动静 …… 不知道，它从老辈起就这样嘛。"

两个老人一脸迷惑地看着夜晚的大海。

壮壮和小北的鼻子里发出"蓬蓬"声。这时我也嗅到了从渔铺旁飘来的气味：鱼汤。

害　羞

夏天一过，我们再次回到了灯影，就像飞鸟重新入笼。长长的假期让人习惯了另一种日子，每一颗心都变野了，所以突然看到同学和大辫子老师，胸口那儿紧绷绷的。我有点张不开口说话，脸皮也发紧。我见了大辫子老师不忘外祖母的叮嘱，问了一句"老师好"，声音比蚊子还小。她笑笑说："啊，还是害羞！"

真倒霉，得了一个害羞的毛病。我想即便自己得了结巴，也比患上害羞要好！瞧瞧自己，只要见了很多人，就再也说不出一句像样的话，脸红发热，喉咙干涩。我曾经恳求外祖母领着去河西找大医家"由由夺"，让他赶紧把自己的这个毛病治好。外祖母说："孩子，这不是病，不过是因为你从小长在林子里，没见过多少人，突然到了外面就变成了这样子。你要大着胆子，要想，我和别人一样，没什么可怕的！你要成个勇敢的男子汉！"

最后一句让我听到了心里。我恨自己胆小，不，恨这种看上去的"胆小"！其实我在心里告诉自己：你一点都不害怕，更不害羞！你比他们胆子都大！可尽管这样，大家还是要说我害羞。这事很怪，很难办，更有点气人。

又要上课了。课本上的东西不算什么。造句了："就像……一样"。我看着这个句子，不知怎么有些生气，其实是生自己的气。我的笔重重地画在纸上："渔铺老人的胡须，就像海豹的胡须一样。"看了看，觉得还有许多话没有说完，就加了一句："第一次下海的人，就像狗掉进水里一样。"另一个造句："如果……就会"。我简直想也不想就写出："如果鱼汤喝得太多，就会吃很少的玉米饼。"其实我心里有许多句子，于是同样多写了一条："如果见了老妖婆害怕，就会惹她生气。"

所有的造句都收上去了，大辫子老师来不及看，只宣布以后的几堂课要学着作短文，写写自己看到的一个人或一件事，"不长，一二百字就行，大家回去想一想。"她摆了摆手，下课了。

在宿舍里，壮壮总也忘不掉作文的事，问我写什么人、什么事才好。我一点都没想，想的还是刚刚过去的假期，想海上和林子里的事。我说："咱们这个星期天再去海上吧，刚刚学会的游泳可不能忘掉。"壮壮还在想自己的事："我就写爷爷好了。"这提醒了我，我说："我要写你。"壮壮慌了："你要写我什么？""写你往猎人叔叔枪筒里撒尿的事。"壮壮一遍遍地求饶，我说："那就算了。"

第二天注定是不平凡的一天，可我一点预感都没有。大辫子老师手捧一摞作文本，一会儿微笑一会儿板脸，那双好看的、离得稍近的两只眼睛往整个屋子扫一扫，掠过我的脸时好像格外用力，让我的脖子那儿一阵发胀。她干咳一声，说："先总结一下昨天的造句吧。"接着从中抽出几个本子，读了几条。"很好，就是这样。"她拍打一下，放在一边。

这几条没有我的。可我觉得读过的所有造句既没有什么好，也没有什么不好。是的，就像什么也没有发生。

大辫子老师接着又抽出了一个本子，说："大家听听这几个句子。"她的声音突然提高了一倍，啊，这一次读了四个造句，全是我的！课堂里一点声音都没有，接着爆发了大笑。她忍不住也笑起来，可能担心大家看见她的牙齿吧，就故意把脸转向了黑板。她等笑声平息了才转过脸，看着我，右手往上抬了抬，示意我站起。

我站着，下巴那儿发烫。我后悔写出了那样的句子，可又一时不知错在哪儿。"说说吧，你的造句，是什么意思？"她好像尽量在克制着不笑。

"我……是亲眼看见的。"我大声说，但吐出的声音还是很小。

"你是这么害羞的人，可写出来的话又这么大胆！刚才听到大家笑了吗？想想问题出在哪儿？"她问我，又转向大家。

谁也回答不出。这是正常的，因为除了壮壮谁也没有见过造句里的事，而壮壮是决不会冲我来的。她等了一会儿，重复问了一遍："问题出在哪儿？"

我只好如实回答："出在海上。"

大家又笑起来。大辫子老师也跟着笑，笑得脸都红了。她口吃一样地说："这样写，并不、不算错，只是，只是，啊啊，

230

太奇怪了不是……"她接着仰起脸说，"这样写是不能成为'范句'的！"

下面的时间要用来写一篇短文：一个人或一件事。她强调要点，说这次一定要写得有头有尾，要学着把话说清楚，让人一看就懂，不能像有的同学那样，猛地来一句，把人都看蒙了……我知道她在暗中指责我。

我一直垂着头不看四周，非常害羞。我又想起了外祖母的话：因为自己从小就在林子里，没有见过多少人，所以一下见到这么多人就会心慌。但这真的不是病，而且，我应该是一个真正的男子汉！我觉得胸口那儿有些憋闷，这是因为有许多话塞在心里造成的！我有些生气：只要拿起笔，面对着一张白纸，我就不再害羞了！我只是觉得一二百字太少了！我开始写，不再去想刚才的不愉快。

我有太多的人和事要写，如果只挑一个，那么剩下的就留给以后再用吧，也许早晚都会写到。我就先写那个平平常常的人和事吧：有一个年轻的猎人，总是跟林子里的野物过不去，他有一次去闯老林子，结果被一只大脸鸟狠狠打了一耳光。他的嘴巴被打歪了，不得不去河西找大医家"由由夺"看，虽然治好了不少，但直到现在嘴巴还是有点歪，看上去就像啄木鸟。

我很快就写完了，字数远远不止一二百字。我故意耽搁了一会儿，没有交上作文。满班的同学还在低头写，有的写写停停，一支笔贴在腮帮上用力地想。我的作文被大辫子老师第一个收走，她伏在讲台上看，很长时间头也不抬。这样过了一会儿，她大概看完了，抬头看我。我不敢看她，低下头，就算是害羞吧。我捏弄着手中的笔，好像为它这么快地干完自己的活儿不太甘心。真的不过瘾，写得太短了。

我正这样想着，老师走过来。她背着手站在桌前，打量着，小声说："还有时间，你想写就再写一篇。"我立刻高兴起来。没有想得更多，只是点头，接过递来的本子。我这次写的是怎样捉住一只放单的大雁，它的名字叫老呆宝。它在我家度过了整个冬天，我们成了好朋友，一起在热乎乎的大炕上玩、讲故事，直到那个让人难过的春天到来。它离开了，天上有了北去的雁群，"一会儿排成一字"，"一会儿排成人字"，它随它们飞走了，我就哭了。

它离开了我们家，这件事就算说完了。可是我觉得事情前后远远不止这些，忘了什么？忘了我做的一个梦：它在半夜偷偷返回，在窗外嚓嚓啄着，我一下醒来，打开窗子。它一动不动地贴在我的身上，蹭我的脸。天亮前我伏在它的背上飞起来，飞啊飞啊，太阳出来了，地上的林子、水渠，全都看得清清楚楚。我们往北，一直飞到了大海上面。无边的大水让我有点害怕。它安慰说，这没什么，这是我们经常做的事，你闭上眼睛好了。风飕飕从耳旁吹过，海鸥喊着："快看大雁背上的人！"我们全不理睬。

我在大雁身上睁开眼，这件事就该结束了。可是我记得梦境中的一切还不止如此：我睁开眼睛时发现降落在一个开满桃花的岛上，一块向阳的大石头下边有一个铺了厚厚干草的、香喷喷的大窝。一个声音，当然是老呆宝了，在悄悄问："你对这个新家，还算满意吧？"

我写得实在太长了，已经是前一篇短文的两倍。不过即便这样，大多数同学仍未完成。我发现大辫子老师再次伏在讲台上看着，当然是看老呆宝的故事。她抬起头，看完了，眼睛一转向我，马上又看别处。我的心扑扑跳，不知道结局会怎样。

第二天，顶多第三天，等待我的好事或坏事就会来临。我和壮壮有过两次讨论，他告诉我，本来想写爷爷去一个老朋友家喝酒，喝醉了被我们俩搀扶回来的事，"那一次用爷爷的话说，'又一次放挺了'！"他笑着。我拍手："太好了，题目就叫'爷爷放挺了'！"他抿抿嘴："我听说别人都要写帮村里老大爷干活、扶他们走路的事，就写：'我遇到一个年过半百的老大爷，他挑了东西，压得腰都弯了，我就帮他挑'。最后他夸我'真是好孩子'！我说'不用谢，这是我应该做的！'结尾了。"我吃惊了：

"你真帮老大爷挑东西了？在哪儿遇到的？"

壮壮挠挠头："没遇到。不过真的遇到了，我就准备这么干的。"

我想笑，因为生气笑不出来。我说："这种骗人的事咱们还是别做了，这是对老师和大家说谎。"壮壮拧着眉毛："不是说谎，是作文。""作文就该说谎？"我们争执不下。

第三天发生了一些事情，与壮壮有关，与我好像无关。大辫子老师在课堂上读了三篇作文，它们全都写了一件助人为乐的好事，都是帮老大娘老大爷挑水或扫院子，结尾都是"不用谢，这是我应该做的"。其中有一篇就是壮壮的。老师读时，他正从三排座位之外偷看我，脸上有些得意。我想他的得意有点早。

老师开始点评，先问："大家觉得写得好不好？"回答声一片："好！""好在哪儿？"老师追问一句，全哑了。她的目光转向我，我慌了，心里说："千万、千万不要让我回答啊！"可是一切都发生得太快，她真的问我："你觉得好在哪儿？"

我站起来，咬着牙关。我用这种方法抵抗害羞和气愤。气愤在增大，所以害羞就没了。我说："好在他们一块儿去干好事，没有干坏事。"大家笑了。老师鼓励："你说得对。那么不足是什么？"我马上回答："不足是骗人。"全班一声不响了。

大辫子老师嘴巴闭紧了，示意我坐下。肯定是问题严重了，她在想怎么处罚我或是别人。如果不是我错了，那就是他们三个错了。我等着，我想事情再清楚不过，就看你公正不公正了。

她是公正的。因为她后来说了一句："写出作文是重要的，但更重要的是'诚实'。"

我把她的这句话记在了本子上。可惜她并没有揭露这三个同学哪儿不诚实，只是那样说了，然后就谈别的。她不经意间又说出一个让我大吃一惊的事：这次作文，竟然有二十多篇写了帮老大爷老大娘干好事的。她说："不要总干这样的好事，再干些别的，只要是好事就可以。如果有不太好的事，也可以批评，告诉自己不要做。"

我很佩服她。我觉得以前并不了解她，瞧她多么公正啊！老师就是老师！不过自己最大的不满足是她没有提到、没有读我的作文。我完全没有骗人，也没有别的毛病。我想这里面肯定有其他问题，也许是更大的、一时解决不了的大问题。我又开始不安了。

这天晚饭后，一个同宿舍的同学对我说："老师找你呢，她让你去办公室一下。"我的头有些蒙，突然觉得要发生什么大事了。我答应着，一时竟不知办公室该怎么走，不得不镇定一下。我望着那个灰蒙蒙的窗户，有些紧张。

屋里只有老师一个人。她让我坐下，还让我喝水。她问外祖母身体好吧，爸爸妈妈的情况等等。我只想快些谈点别的，她总会绕到作文上的。果然，她说："这次你写得同样很大胆，我相信都是亲身经历或听说的，是吧？"我点头，用心捕捉她的意思。我想听到的不是更多的赞扬，而是她到底要做什么。"联系你上次的造句，知道你的假期生活很丰富，是吧？去海上了吧？"

我心上一动，终于明白了她的真实意图。我在心里飞快地自问自答：她是猜测？问过了别人？熟悉村里打鱼的人？不，她不过从我写下的一句话或一件事中猜到了什么……我脱口而出："去海上了，但没有干坏事。"

"下海没有？"

"没有……违背假期纪律，家长也不允许。看渔铺的老头胳肢我们，因为衣服给拴到木杆上了，放下来，就是让小船返回的信号……"我说得颠三倒四。

"停停，你在说什么？什么'信号'？抓特务吗？"她皱起眉头打断我。

我只好将鱼把头为了阻止我们跑远，故意脱掉我们的衣服，后来又被渔铺老人把衣服捆成一个球，挂到了高高的木杆上，将这些事从头说了一遍。我说："老人一胳肢，我们就笑着打滚，滚啊滚啊，滚到了水里……他的水性好极了，盯紧了大家，不会有一点危险！所以就……没有违背纪律……"

"不诚实，比下水的错更大！"她的脸色更严肃了。

我无比羞愧。我在说谎。为了弥补假话，我增添了更真实的细节："我们和那个老头下五子棋，输了，所以只好被他胳肢……错误就这样犯下了。我们还犯下了更大的错误，为那个老人去偷酒……"

老师静静地听着，脸上再也没有吃惊的表情，大概因为偷盗的发生，她已经不再为下水的事而震惊了。她静静地等待我的自责和交代，一切都在掌握之中。我心里明白，是她的一个"诚实"打败了我，因为这曾经是让我钦佩的一个词儿。我要诚实，所以就要从头说起。

离开时天色有些晚。走出办公室时不小心碰在了一旁的灌木上，被刺了一下。她低头看看，突然拉住我说："考考你，这是什么小树？听说你认识不少植物。"

这是一棵叶子上长了许多尖角的常绿灌木，开了黄花，有的枝丫上已经快要结果。我认不出。我说回家问外祖母吧，只有她知道，然后就匆匆离开。

离星期六还有两天。我一直在羞愧当中。我无心去找壮壮询问，同时也明白，老师如果问过他，他一定会主动跟我说的。显而易见，我们已经严重违背了假期纪律，而且我还犯下了更大的错误：不诚实。

好不容易挨到了星期天。我见了外祖母没有说得更多，只记住了问那是什么树。她仔细听我描述了好几遍，才说："常绿的，噢，大概是刺黄柏吧，它还有个名字，叫'十大功劳'。"

回到灯影，见到老师，我将立刻告诉她：

"十大功劳！"

我是飞人

马上要开秋季运动会了。这是整个灯影的大事。提前许多天全校的气氛就变了，好像上课什么的全不重要了，最大的事是准备那个会。"都要积极参加，为全班争取荣誉！"大辫子老师鼓励大家。她后来专门找到我问："你适合报什么项目？"我说："游泳和爬树。""这些没有！"她有了脾气，"你先想一想，明天告诉我！"

我觉得这是一件激动人心的、正在向我靠近的好事。其实我早已打定了主意，要报六十米赛跑。我在海滩上飞跑，还要穿过酸枣棵和各种灌木，有时要从刺槐棵和柞木棵上一跃而过！这里的操场平平的，跑起来真是再容易不过。我见过训练的老师和同学：老师说一声"开始"，同学就跑；老师捏住一个"跑表"，在一旁猛地一收，像用力摘下了一个野枣。

他们真可笑！不过是跑一会儿而已，还用拉开那么大的架势？我对壮壮说了，他也以为这事一点都不难。"你如果参加比赛，别人谁也不会赢的，我敢打赌。"我同意："你也报名吧，我跑第一，你跑第二。"他摇头："我一跑肚子就疼，每次都这样。"

课余时间好像有一半人在做准备。当然不会有这么多人报名的，他们大概是想提前试一下，看看有没有可能取胜。练得最多的还是赛跑，都觉得这事容易：撒开丫子就是，闭着眼，憋着一口气，就能跑到最前边！他们一定在想这样的好事。

老师问我最终确定项目没有，我低头不答。她说："这可不是害羞的时候！你擅长什么，投掷？跳远？还是跑？"我只好诚实地回答："跑！"

一旦确定了项目就得训练。老师为我找来一个高年级的黑脸同学，说："让他教你，必须掌握要领，这可不能蛮干。"黑脸同学高抬腿在原地跑和跳，不停地活动，扩胸，一边扩一边鼓大腮帮，发出"噗噗"的声音。我不喜欢这种声音。可是老师在一边赞扬说："看看人家，动作多标准！快学，快学！"

那同学不停地活动，我就是不学。他有些累了，回头对老师说："他肯定不行，换一个吧。"老师没听他的，对我有信心，不过仍然严厉地批评我说："还有一个星期，你抓紧这段时间训练吧！"我点头，心里觉得好笑。真是小题大做，值得吗？不就是一块儿跑跑吗？这都是闹着玩的事，瞧他们紧张成什么。在我眼里，鱼把头指挥拉大网、驾船，在老林子里跟妖怪干架，这才是有点意思的事。

不过临近大会时我还是有点后悔：说不定真是很难对付的一些事啊，瞧那么多人忙着收拾操场，搭小台子，还拉上布条，多么麻烦。我看见校长背着手在操场上走了几圈，不断问着什么。也许我该认真准备一下了，这好像是，不，确实是灯影的一件大事。壮壮也认为这是一个机会，不能错过："他们天天练，噗噗地吹气，也许到时候会有用……"

尽管有些慌，真的来到比赛这一天，我也没有办法。这一天虽然不像后来作文写的"人山人海，红旗招展"，但人确实很多，而且真的有红旗。村里和大果园都有人来观看，还有比校长更大的官也来了。只要是戴了呢帽、衣兜上插钢笔的人，

239

更不要说戴眼镜了，肯定都是重要的人，说不定还是大官。他们坐在刚搭的席篷下边，头顶是一溜儿写了大字的红布条。

我们所有参加项目的人都脱得只剩一件衬衣，衣服上还订了一张纸，上面写了很大的数码。有人手持大喇叭喊："请运动员到'检录处'点名了！"我对"检录处"三个字产生了神秘感，因为第一次听说这个古怪的词儿。我专门跑过去看了，原来是小桌上摆了个小牌，上面写了那三个字。

更让人害怕的是发令枪。这是真正的金属枪，明晃晃的，持枪人嘴里含了一只哨子，先是嘤嘤吹一下，然后说一句"各就各位"，砰！放枪了。所有参加比赛的人都没命地应声蹿出，好像晚一步就要挨枪子似的。这种小枪如果换成壮壮爷爷那样的长枪大概更好，举到空中"轰嗵"一放，成群的麻雀就呼一下飞起来，那才是更带劲的。

很快我就站在放枪的人旁边了。心跳厉害！我默念：让我飞起来吧，我什么都不怕，这一回要给他们一点厉害看看！老师在三步远的地方，和一群拉拉队一起伸头、举手，准备发令枪一响，就摆手喊叫，它的名字叫"加油"。我紧闭双眼，等着那支枪开火。

分明听到开火了，我往前一挣，撒开丫子就跑。刚跑出一段后面就响起一片嚷叫，两旁的人还做着威吓的手势，我这才明白是自己抢跑了。我赶紧回到起跑线上，弯下腰，两手按在地上，像等待受罚。这一次我变得无比沉着，甚至憋着一股劲儿不跑：先让他们跑一两步又能怎样？在我这种飞人面前，一切都不算什么。

果然，那支枪又开火了。我纹丝不动。我等其他人蹿出两步，这才稳稳地冲向前方。一开始就飞，而不是跑。不看别人，不看对手，只把翅膀张开，两脚腾空，在泥土上方一寸高的地方滑动。偶尔让脚触一下地面，大部分时间是脚不沾地的。跑道两旁的人喊叫，震得我两耳发疼，主要是大辫子老师在喊，她的嗓子真尖。"天哪，还有跑这么快的孩子！"一个粗嗓门在喊。

从起点到终点，好像只不过是纵了几下就算完了。有一道红布条让我当胸撞开，同时有个男子手持秒表做了个熟悉的动作：猛地一收，真的像恶狠狠地摘下了一个野枣。

我知道跑完了短短的六十米，可还是停不下来。我继续在飞，没法落地。所有人都喊："还跑，还不停下！""天哪，跑痴了，这孩儿跑忘了形儿！""快设法拦下他，这还得了！"我从众多喊声里听到了大辫子老师的声音，于是就收住翅膀，缓缓地落到地上。停下的那一刻，好像觉得双脚在地上磨出了火星，脚趾发烫。

我立住身子，一伙人呼一下围起我。大辫子老师上来捧住我的脸，泪流满面："了不起啊！你知道吗？破了学校纪录、全县纪录、全省纪录，也许还有全国纪录！"我听不明白，身子一仰躺在了地上。有人叫："要出事！"一个背药箱的人跑过来，按住我的手，翻开我的眼皮。

那会儿我想起了读过的一本书：有个孩子为了掩盖飞跑的秘密，故意不呼吸，不让心口跳动，结果把所有人都吓坏了！我决定也玩一次这个把戏，于是使劲屏住呼吸。我听到有人大声喊："天哪，不喘气了，也没脉搏了，眼也斜楞上去了！"我忍住了没有笑，继续屏气。

大辫子老师推开众人说："来，让我来！"她撸撸袖子趴下，嘴对嘴往我体内吹气，用足了力气。她的嘴原来这么大，气这么足，我像一只皮球，差一点就被她吹破了。我求饶，可嘴是被封住的。我要喊："救救我，救救我！"可她的两只大手死死地按住了我，我无法张嘴。我真的要死了。

就在我快要丧失意识的最后关头，大辫子老师绝望地松开了手："来不及了……"她的嘴巴和手离开了，我抓住千载难逢的机会，猛地吐出一口气，睁开双眼，盯住了所有探头看我的人。

"啊啊……"他们一齐呼出了一口气。

大辫子老师绝不相信我这么容易就活过来，瞪大一双受惊的眼睛，捂着嘴退开一步，又阻止别人："不要动不要动，让他缓醒，让他一点一点缓醒！"

我早就醒着，已经不想再躺了，爬起来，拍打一下衣服上的土，把围得太紧的人分开一道缝，独自往前走去。我在心里告诉：结束了，比赛！我知道所有人刚才都被吓呆了，这正是我的目的。不过这不算一个计谋，而是临时的一个机灵。从今以后他们将另眼看我了，不会再开口闭口说"害羞、害羞"……

第一个追上我、伴我走了一段路的是大辫子老师。她脱下了自己的外套给我披上，扶着我，弯下身子看我，小心得不能再小心。她大概真的相信我刚刚转活，说话都不敢大声："啊啊，行吗？我背着你？"我使劲摇头。"真了不起！你自己知道刚才发生的事？"我再次摇头。她握着胖胖的拳头："你成了！你跑出了顶尖成绩！我都不敢相信！你破了大纪录，这事不得了，这事需要上报，一级一级往上报，上边会知道今天发生的事……"我这才如梦初醒，停下步子：

"发生了什么事？"

她跳一下："啊呀！你真的不明白？你刚才像飞一样……"

我马上明白了，深深地吐了一口气："是这个呀，这一点都不难，你如果让我跑，我就再跑一次……"

她听了使劲拍手，仰天大笑起来。

第

五

章

追梦小屋

　　我注意到一件怪事：一旦离开了我们的茅屋去别处睡觉，那些有意思的梦就会变少。这是我到了灯影以后才察觉的。后来我在海边渔铺和果园里也一一试过，发现真的是这样。我最后对壮壮肯定地说：单讲做梦的地方，哪里也没有我们家好。

　　我觉得这种事确实有点奇怪，但却是真的。壮壮认真想了一会儿说："嗯！我也觉得在家里睡觉最好！"

　　"我是说'做梦'。"我强调说。

　　壮壮点头："对，那些好梦变少了。"

　　这就得好好琢磨一下了。因为做梦虽然不是什么大事，但忙忙碌碌一整天，晚上能做个好梦，就像吃了一顿美餐一样。梦中的一切就像真实发生的，早晨从头想一遍，一天都会高高兴兴的。

　　无论怎么说，灯影实在不是一个做梦的好地方。睡一夜醒来，有时脑子空空的，有时是闪闪跳跳的影子，什么也记不住。可是回到茅屋后，很快就能做出几个有趣的梦。也许林子里的怪事太多了，野物们晚上从不休息，它们只想跟人玩，最后不知怎么就真真假假地混进了梦里。梦中有一只花面狸笑模笑样地跟人说话、两个刺猬拍着手唱歌。大熊追我，我跑啊跑啊，鞋子跑掉了，它还以为是什么好吃的东西，捡起来嗅了嗅，生气地扔了。老狼穿了漂亮的斗篷走出来，露着半张毛脸，猎人吓得一下扔了枪。梦中的事真是让人难忘，早晨醒来很久都在想着它。

我问外祖母，很早以前住在泥屋里，一定做过奇怪的梦吧？她说梦嘛，那太多了，最奇怪的是梦见一只老熊站在屋后拍打小窗，"搬进茅屋后就不再做那个梦了，后来听猎人说，那只老熊去了河西，去别处转悠了。"她的话让我想到了真实与梦境之间的关系：真事掺到了梦里，或者梦境变成了真事。

我越来越觉得是这样：人住在不同的屋子里，做的梦就会不一样，因为屋子周围发生的事不一样。而最适合做梦的地方，就是我们的茅屋了。

再过两年我就会离开灯影了。离开灯影又会怎样？我想了很久，竟然想得忍住了泪水。不是舍不得灯影，而是想到自己一天天长大了，走出灯影的那一天就是一个真正的大人了。我知道不可能一直待在外祖母身边，不会在茅屋里住一辈子，而一定会到别处去。

"别处"是哪儿？我一点都不知道，连做梦都想不出来。

只有一点是肯定的，我将离开海边，离开林子，走得很远很远。只要起步就会一路往南，往大山的方向走去。不知为什么，我觉得自己不会坐船渡海。像爸爸一样，我将来大概也要走进那片蓝色的山影里。

我想得最多的，就是自己未来要住在怎样的地方、有怎样的一幢小屋。这大概是一生中最大的事情。我对壮壮说了这些，他有些吃惊地喊起来："啊，你想得太远也太早了吧？为什么一定要离开海边？"我反问："为什么要来灯影？"

"长到我们这么大，就得来……"壮壮答。

"长得更大，就得走……"我说。

在这个话题上，我和好朋友似乎没法讨论下去。因为我不愿和任何人说到那片大山、山里的人。我和妈妈及外祖母也不愿说，我怕她们难过。

我一遍遍想着外祖母的话："茅屋这儿是我和你爸爸妈妈找到的，人这一辈子啊，都会找到自己的地方，你也一样，你找到的应该更好。"我实在想不出哪儿会比这里更好。这里是我的出生地，我的全部。一想到有一天要离开林子和茅屋，就成了最痛苦的事情。我不喜欢灯影，也不喜欢任何"别处"。

随着一天天长大，我终于明白了外祖母的话。是的，人的一生注定要去一些不太喜欢的地方。我想的是，既然离开出生地是不可避免的，那么怎样才能找到一个让自己多少高兴一点的地方？怎样才能有一幢让自己满意的小屋？这就是问题的全部了。

这个答案多么重要啊，这简直就在说人的一生是幸福还是痛苦。

我从小住在林子里，所以最怕拥挤和嘈杂。我想那个未来的小屋不要大，它像我们的茅屋就好。

我常常为这些事一个人出神。我知道将来的许多事都要自己亲手去做，就连亲人和最好的朋友也不能替代。这样想啊想啊，直到想得心里发烫，眼睛湿润起来。我想着独自一人的日子，那时候不得不离开家、离开所有的亲人和朋友。是的，远行的一天总要到来，这等于去另一个灯影，那是不得不走的一条路，好比打鱼人都要走"赶牛道"一样。

想象中，我将顺着那条路走下去，如果幸运，就能像外祖母祝福的那样，找到一个更好的地方。不过刚开始不能停下来：走到一个又一个大村子，不能停；遇到更大的房子和更宽的街道，也不能停。我必须日夜不停地赶路……

我会在大山和平原之间的一个地方停下来，这里是丘陵地区，长满了树木。它的南边是无边的山地，北边就是大海的方向。我会在这儿努力寻找一块平地、一条小河。小河日夜不停地往北流去，就像我们茅屋东边的水渠差不多。这条小河在日日夜夜流向昨天，把今天和昨天连接起来，让我心里不再发慌。

这是个被人遗忘的偏僻地方，所以很少看到人影。顶多遇到一两个采药的人、过路的人。他们是从大山深处走来的，惊诧地看着我这个陌生人。我向他们打听山里的事，他们就问我平原和大海的事。我已经在路上走了很久，早就忘记了日月，也忘记了年龄。我在水中照过自己的影子，看到的是一张风尘仆仆的成年人的脸。

当我打定主意在河边住下时，就会动手搭一座小屋。这要忙上很长一段时间，不过一定是伴随了极大的欢乐。因为世上再也没有什么比按照自己的心愿去创造更幸福的事情了。眼下要盖的是一座小屋，是安顿自己的地方。我走了那么久，就像当年外祖母他们走啊走啊，一抬头看到了荒野里那棵大李子树，就再也不想挪动了。

如果说赶路要有一架小帐篷，那么现在要做的，就是在地上搭建一个永久的帐篷。

我会按照那些采药人的指点，去大山后面买来一些器具、一些必备的物品，然后开始修筑。

这里不缺石头和木头，有了这两样东西，再加上一双手，就什么都有了。我将在纸上一遍遍画图，改一遍又改一遍，直到让自己满意。我开始设法让它真实地矗立在地上。我挖出深深的地基，希望这座小屋像大树一样扎下深根，长得特别结实。

它将建成三间，另有一个不大的厢房，并设法让它们在内部全都连成一体。屋后有一个很大的地窖，由一溜儿台阶通到屋里，这样雨天雪天也可以随意进出。东间屋里有一个大炕，足以睡下好几个人，而且连接了外间的锅灶。灶台宽大，铺上了光滑的青石板。灶台和大炕之间的烟道里安了一个活动石门，它可以决定烟火何时绕过大炕；寒冷的冬天，大炕一定是热乎乎的；夏天，大炕就变得凉爽了。

我会把很大的力气用在西间屋里，因为这是最重要的一间。我将它变成收藏各种宝贝的地方，只要走进这里就会立刻高兴起来。我把一路上收集的好东西全部放进西间，以后要做一个大柜子和贮物架。我从很早开始就喜欢收藏各种纸：大小不一颜色不一、厚的薄的，有的带格子，有的是白纸。它们要一沓沓仔细放好，绝不能染上一点污痕。

最大的宝贝是书。我积攒了大大小小许多书。它们成为小屋里最宝贵的珍藏，其中的一些除了外祖母和爸爸妈妈，谁都没有见过。这些书装下了多少人的心事，那是怎样的心事啊。那些写书的人这辈子住在不同的地方，受罪或享福，走过很远的路或一直待在一个地方。他们把今生经历的一切都记下来，留给了其他的人。究竟为什么要留下这些字，我也想不明白。不过我迷上了这些书，用许多时间翻看它们，就像看人的一生，有时看着看着就忘了吃饭、忘了其他的事情。

我待在自己的小屋中，会明白外祖母让我识字、让我去灯影的苦心。我现在终于能够看懂所有的书，还能记下自己的心情。这里太安静了，在这里，我能一遍遍想念外祖母、爸爸和妈妈，想念那些好朋友，想念那片林子和大海。

这儿藏有各种各样的贝壳，有海星和大浪送上来的晶莹闪亮的彩色卵石，有大大小小的海螺。我和它们在一起，会时不时地听到"发海"的声音。我从小就想过，这声音会传到很远的南部山地，现在总算得到了亲耳印证。那是无边的大水摩擦地幔的声音，它让我心里颤抖、激动，让我一下又回到少年时代的茅屋，被那时的夜色紧紧地包裹起来。

小屋筑起只算完成了一半。更多的劳作留给了四周。西邻的一片小河滩上全是白白的细沙，可爱极了。我在白沙上栽了一丛丛紫穗槐，让荒野的气味罩住一切。在一个个忙碌的春天，我要不停地种植。我已经对周边所有的植物都烂熟于心：大小柞树，鹅耳枥，小叶山毛柳，野核桃，榔榆，短柄枹，小钻杨；最多的还是黑松和洋槐。

我在屋子四周栽了女贞、辽东桤木、金合欢和石楠，还有铃兰、吉祥草、萱草、玉簪、紫萼、宝铎草。种了成片的野鸢尾和山地菊、小斑叶兰和紫点杓兰。靠近小院是几株海棠，它是春天里最温柔的笑脸。特别是一棵李子树，我渴望它飞快长大，成为小屋的护佑。树木中间、河滩和稍远处要有常见的一些草木，扶芳藤、节节草、地肤、车前、大马齿苋、蒲公英、忍冬、沙参、凤仙。我要让木栅墙上爬满瓜蒌和凌霄，让落日的方向长满菊芋。

在这儿将很容易采集草药，它们的种子和根茎全部收进我的宝囊，那是一个多格木橱。我想起很早以前的大医家，那个叫"由由夺"的人。这些草药把山野间的许诺带给我，让我不至于在野地寒暑里倒下。我努力回忆小时候的林子，要让采药人喜欢的草木，全都出现在小屋周边。这种栽植使人兴味盎然，可以一直进行下去而不知疲倦。

我当然不会忽略各种果子，特别是葡萄，因为从远处跋涉而来的人，最需要甘甜的陪伴。我要在入冬前做出多种果酱，还要尝试做瓜干酒。外祖母最擅长的蒲根酒太难了，我终究不会成功。但我会做鱼酱和蟹酱，腌制喷香的酱瓜。我有红豆和绿豆、荞麦和芝麻、豇豆和大扁豆，各种坛坛罐罐几乎和当年外祖母的一样多。干蘑菇和大蒜、干鱼和玉米棒子，它们照例要垂挂在地窖的墙上。

我始终没有养成喝酒的嗜好，却不能丢失酿酒的手艺。有好酒贮在地窖里，就有一种踏实和富足的感觉。我想象着有一天，一个远方的朋友，大概就是壮壮那样的人吧，会扑进小屋。如果这是一个寒冷的冬天，大风大雪多么可怕，我和朋友一定要盘腿坐在东间的大炕上，摆上一张小桌，上面有一壶热酒。

就这样，想象中的一切都好了。我静静地听着河水的流动。蒲苇在微风中摇动，苇莺扑动翅膀。夜晚像水一样慢慢流去，流到北方，汇入那条长长的渠水里。夜越来越深，我在西间大屋里已经站了许久，在灯下翻书。书中掉出几片叶子，那是很久以前的林中落叶。我嗅着书，每一页都是昨天的气息。

午夜已过，我该躺到大炕上安眠了。这真是一个做梦的好地方。

传　书

　　大约是在灯影的最后两年，我越发迷上了一些稀奇古怪的书。因为渐渐成瘾，所以终于发展到了一个"危险的境地"。这是大辫子老师说的，我承认她说得对。不过尽管这样，我还是无法改正。我对课本的兴趣渐渐减弱了，因为那上面除了没有弄懂的一小部分，其余的全都明白。老师训斥说："你以为自己全会了？其实你差多了！"

　　她说得对。我的错误在于粗心：总是匆匆完成作业，然后去读别的东西。我的心思全用在搜集各种各样的书上了，薄薄厚厚新新旧旧，只要是书就好。从小画书到线装书，无论能不能读懂，只要见到就紧紧地搂在怀中不放。那些散发着一股霉味的繁体字老书让我舍不得，它有一半或更多一些字认得，剩下的就全靠去猜了。好在总能猜出一些意思来。

　　我读书太快而书又太少，这成了最大的苦恼。我发现同宿舍的一个同学在打我的主意，而我也在打他的主意。他试着给我一本破了半边的老书，那不过是为了从我这儿换走一本更厚的书。我的书被拿走了，那是我从外祖母的木箱中偷出来的，封面上画了竖起三根桅杆的大船，而且是硬壳的，掂一掂有好几斤重。没有办法，必须用它才能换来那本破书。

　　我每次交换都让对方发誓：一定要按时交还并精心爱护。尽管这样我还时不时地上当。这家伙把我那本画了三根桅杆的大船的书拿走，约定只看七天，可是直到第十天还没有归还。我害怕了。第十二天他交给我的却是另一个惊喜：一本窄窄的线装小书。我一边高兴一边发慌，对他说：如果那本大书给弄丢了，大概我就完了。

我很快发现无法看懂他拿来的这本又小又破的书。字行照例是上下的，这倒没什么，真正碍事的是那些胡言乱语、那些从未见过的字和词。好在里面有特别棒的插图：一个壮汉胳膊上满是黑毛，将一个穿长衫的人一拳打翻在地；一个又矮又胖的家伙单手举起一个大碾砣；一只老虎被一个老太婆抓住脖子拎起来。

又过了几天，那本让人日夜挂念的大书终于转回来了。后来我才知道它在这十几天里走了多远的路：先是换回了一个"老书虫"手里的一本小书，然后是对方用它从别处换来另一本，而另一本又换来别的书……原来"老书虫"有一个传书的地下通道，它藏在暗处，谁都不能乱说。通常这种事只属于大人，而在我们这样的年纪能沾上一点边，是非常例外的。

那个同学悄悄告诉我："你那本硬壳大书太好了！你如果还能找到一本差不多的书，他会让你去他那个窝里看看。"我一听就有些激动，想象那个窝会是怎样的。可我还一直为上一本书害怕呢。我知道，如果自己把茅屋里的书弄丢了，那还不知会弄出多大的事呢！我记得外祖母的话，她说："咱们家的书传出去可不得了，那会惹出大麻烦……"我问什么麻烦？她沉着脸："孩子，这些书只能锁在自家箱子里。"

外祖母后来真的给那个箱子挂了锁。我用各种办法让她打开，说："我只翻一会儿、只看一本！""我还想看看那条大船！""我不会把书拿出院子的！"因为外祖母被我缠得实在没有办法，只好把钥匙从贴身衣兜里取出。不过，我每次在规定的时间里还书以后，她一定会清点两遍。

我明白，这个箱子中的书是她和爸爸妈妈一点点积攒起来的，算得上是传家宝，其中的任何一本都不能弄丢。作为真正的宝贝，它们能为我换回其他的书：一本或更多。

那个"老书虫"在暗中传递的书要经过一个又一个站点，我觉得它们就像伏在林中的野物的窝，宝贝在里面藏一会儿，焐热了才会送到下一个窝里。我不敢想得太多，真害怕自己要不顾一切地将家里的书偷走。我不认为外祖母在故意吓人，知道一旦出事，会比在老林子里遇到妖怪还可怕。

大辫子老师偶尔会到宿舍里转一圈，翻翻我床头的那个纸箱。她可能想发现一本书，但每次都会落空。纸箱里照例是大红苹果、一包地瓜糖。她一边嚼着地瓜糖一边看着我，想看出一点破绽。我装作没事人的样子，像她一样，咔咔咬着地瓜糖。

"最近看到什么好书了？说给我听听！"她终于忍不住了，直接发问。

我不敢看炕角，那儿的厚垫子下边就藏了一本巴掌大的书。它虽然很小却很怪，封面像老古董，油亮亮的。我刚看了几页，都是一行行短句，咿咿呀呀的。它也来自"老书虫"，传书人说："这是'诗'，他自己留着念，一般不给别人看的。"我那会儿多么感激，不过很快明白过来：那个藏在暗处的家伙一定嗅到了茅屋里那只木箱的气味。我垂着眼睛，躲开老师的目光：

"从那本小书以后，就再也没有了。找不到了。"

我说的是曾经被她发现的一本图画书，上面写了一些助人为乐的事，没什么好看的。她笑了："看来你还在到处找，只是找不到啊。"我不再接茬。事实上就是这样，谁会拒绝一本书？眼前的老师，甚至是那个不太吭声、一脸严肃的校长，他们真的能做到吗？我深深地怀疑。

她走了。屋里只剩下我一个人。我在想那个藏在暗中的"老书虫"。想象中这一定是个年纪不小的人，一个指甲长长、脸色灰暗的瘦子。不过世上有这样的怪人多好啊，他们能给人带来多么大的惊喜。我觉得无论如何都得早些见到那个家伙。

壮壮在传书这件事上既是我的帮手，又是最大的受益者。其实他在很早以前就看过许多外祖母的书，不过看不懂罢了。他现在像我一样入迷，也像我一样打着那个大木箱的主意。他认为最好的办法就是用另一些书填到箱底："只要看上去满满的，她就不会怀疑了。反正最后弄不丢就好。"

壮壮没有听到外祖母那声沉沉的警告，所以才有这么大的胆子。不过他后来真的找来了一大摞旧课本，催促我带回去。我迟疑了一会儿，还是没有拒绝。在做这件大事之前，我非常渴望见到那个人。我终于对那个神神秘秘的同学说："领我去他那儿吧！"他不吭声，摇头。我说："也许压根儿就没有这个人，都是你胡乱编出来的，就为了骗走我的书。"他马上叫起来："我会有这么多书？那除非我自己就是'老书虫'！"

他喊的声音太响，我不得不捂住他的嘴。他蔫了一会儿，说："试试吧！"

整整一个星期过去，还是没有消息。不过壮壮说了一件事，让我非常吃惊：他亲眼看见晚饭后大辫子老师从校长屋里出来，腋下夹了一本颜色发黄的书。"我敢肯定是老书，我看见她的脸都红了。"我吸了一口凉气："这么说，他们老师也在暗中传书，这怎么可能？"

壮壮揉揉眼，仿佛也不太相信自己的眼睛了。我们不再讨论这个，只关心那个传递口信的同学。我觉得那是一个鬼鬼祟祟的好人，大概不会害人。"他如果办不成，就是那个藏在暗中的家伙太狡猾了。"壮壮说。

第二个星期还算不错，因为新到手一本老书，是外国人写的。从书名上看，大概写了一个很古怪的老人：这人个子很高①。我还没来得及细看，那个鬼鬼祟祟的好人就送来了一个让人大喜过望的消息：就在这个星期五的晚上，那个人要和我见面。

剩下的几天挺难熬。好在手里有这本写外国老头的书。读

---

① 《高老头》，法国巴尔扎克著。

下去才知道，这本书在说一个小气到极点的老人的故事。看不太懂，不过总能明白这是一个让人讨厌的、很难对付的古怪老人。我对壮壮说，我即将去见的那个"老书虫"，可能也是这样一个古怪的家伙。壮壮说："'耳听为虚，眼见为实'，咱们看看再说吧。"有道理。不过我不喜欢他在朋友面前这样卖弄新词。

这一天终于来到了。月亮升起很晚，出了学校大门，到处静悄悄的。我和引路的同学走在小路上，一下想起了前些天读过的一本诗集，上面有一句话总也忘不了："我的万籁俱寂的夜晚啊……"当时不懂，现在有点明白这是怎样的夜晚了。我问身边的同学："'万籁俱寂'了，你领我去哪儿？"他翻翻很大的眼白，不说话，只是走。我跟上去。

原以为要去大果园，想不到我们穿过果园的边缘还要一直往北走。这让我想起了壮壮老爷爷的那个老友。那里有一个小葡萄园，那个老人养了一只猫和一只八哥，特别是那只高大的猫头鹰，真让我难忘。我这会儿想着那个老人和他的野物朋友：如果把它们写到书里，大概也会很有意思。

我们没有去那个地方，而是继续往东，最后来到了一个不大的葡萄园里。园里有狗，有一群惊飞的鸟。在一个灯光昏暗的小泥屋里，坐着一个三十岁左右的人。我一眼就看出这个人有点怪：脸色冷冷的，嘴唇发紫，凹眼，头发浓厚。他一点都不热情，看看我，夹起一支烟吸起来。

"你那几本书是哪里来的？是家存还是外借？"这是他的第一句话。

我害怕了，答得磕磕巴巴："外借……借来的！"

他站起，披着衣服，弓腰踱步，不时瞥我一眼，咕哝："看葡萄园这种事都是上年纪的老头儿才干，可我偏喜欢。我要在这儿关上门看书。可惜书太少了……"他骂起了粗话。骂完又说："对不起。嗯，你防着我呢，我明白。不过我不防你。"他说着扔了烟蒂，弓腰钻到里屋。那里很快传出"扑嚓扑嚓"的声音。一会儿他抱着一个大木箱出来了，砰的一声，木箱沉沉地放在我的面前。

箱子打开了，我不敢喘气。啊，全是书，老书和半老的书。我急急伸手去翻，他挡住了。他自己小心地一本本拿出，放在灯下，摆了一排。我看着，想到的是另一只木箱，比这个要大得多，是外祖母的。我的心嗵嗵跳，这时最大的心愿，就是把眼前的书全都看一遍。

"你知道我的意思。咱们交换吧，我从不骗人。没人见过这只木箱，除了我们仨，再就是外面那条狗……咱们交换，然后再设法从别处找来一些，就有了读不完的书。你看怎样？"他抄起手，瞥着我。

我心里当然同意，而且太高兴了。我连连点头。这时他散着浓浓烟味的手指伸过来，把我额前的头发使劲一撩说："就得读书！不读书怎么行？我的外甥比你还小，也在灯影。他从小偷着读了那么多书，就比别人聪明 ……"他说着，脸上全是得意，扳着我和同学的肩膀：

"他没爸，孤儿寡母的，从小听故事看书，还养了一只大猫。他们村的头儿太坏了 …… 哦，在学校造句，一个是'热泪盈眶'，一个是'义愤填膺'，他干脆把两个合在一块儿：'我看猫看得热泪盈眶，我看村头儿看得义愤填膺'！"

我马上脱口喊道："啊！ 这造句可真好 ……"

这个夜晚，直到月亮升到了大树顶上，我们还不想离开。外面有大鸟咕嘎叫着，同学要出门去看，主人阻止说："狗知道的。"

该离开了，他没有再问书的来路，只把自己的书一本本装回木箱里。我搓着手，他就说："想带走一本？ 忍忍吧，用书来换！"

我抿了抿焦干的嘴唇，发出自语似的小声："原来你就是'老书虫'……"他鼻子发出"吭吭"声："不算老，嗯，不老。"

我们走出来。我有些激动。回头看那个微弱的灯光，再抬头看一天繁星，心里烫烫的。我在胸中默念，后来念出了声音，那是互不连贯的几个词："'万籁俱寂'！'热泪盈眶'！'义愤填膺'！"

同学缩着脖子看我，又看四周，越发显得鬼鬼祟祟。这时我有些喜欢他了。

葡萄园的梦

它把我迷住了。这是一本薄薄的小书，也是外国人写的，当然是从"老书虫"那儿借来的，我一连看了三遍。这是关于一个淘气的孩子、他的叔父和朋友的故事①。最吸引我、让我目不转睛的是这样一些内容：淘气的孩子从小住在叔父家里，那儿有一个不大的葡萄园。孩子一点点长大，就帮叔父在园里干活。到了下雨天或夜晚，他就在小屋里写书，写出了一叠又一叠纸，最终写成了这本有趣的小书。书中的故事太美妙太神奇了，而且我觉得他一点都没有骗人。

我读过好几遍，然后抚摸着书的封面出神。我太熟悉葡萄园了，因为从小就在园里玩，吃了很多葡萄，也帮园里人干过活儿。我唯一没有做的，就是下雨天或夜晚趴在桌上写书了。

那真是不错的事情。我想象着那个幸运的孩子，也在想自己。啊，我开始想得很远很远，就像刚出窝的小鸟想着白云一样。我这辈子迟早要做各种各样的事情，要到远处，去找属于自己的一个地方。将来的一切会是怎样？这就是个谜了。我平时的想法总是很多，有的一闪而过，有的留在心里。看了这本小书，我终于知道自己做梦都想干的那种事到底是什么了。

我也要在一片葡萄园里干活，也要有一张小木桌。这个园

---

① 《我叫阿剌木》，美国萨洛扬著。

子大概不会是叔父的，因为我没有叔父；也不会是自己的，而是……管他呢，反正只要有个葡萄园、只要让我在那儿干活就成。我要给园子浇水施肥、修剪枝杈，到了秋天看护它，赶走一拨又一拨灰喜鹊。冬天的园子要剪枝培土，直到迎来更忙的春天。不过总会有空闲的时候，那就该属于我了。

雨天和雪天，特别是夜晚，我要在园中小屋里写个不停。我会把一摞摞纸全都写满，那都是从心里喜欢的故事和人，不过要比在灯影"记一个人或一件事"复杂得多。我要好好写我们的林子和大海，写外祖母和爸爸妈妈，还有各种野物。说到野物，我一想起它们的小脸儿就高兴，它们虽然个个顽皮，不过惹我生气的时候很少。

在纸上记下故事、心事、往事，这该多好啊。我想不出有什么地方比住在葡萄园里更好，也想不出有什么比在小屋中写书更让人羡慕。看来这个称心如意的计划就算定了，我要从现在起瞄准这个事。

首先要有那个葡萄园。它还真不少，就在大果园里，或是离它远一点的地方。那里面都有一个小屋，它简直就是现成的，不需要到处去找。我想，如果将来能当一个护园人，就会守在那儿，然后就能独自享用自己的夜晚了。我在绿荫遮挡的小屋里、在窗前写一会儿琢磨一会儿的样子，想起来就高兴。不过，我怎么才能当一个护园人？

这种事大概既容易又难。妈妈在大果园里做工，可她并不是专门在葡萄园做活的。爸爸肯定更愿意和妈妈一起来大果园，那样他们就不会分开了，可他却总要去南边的大山。有些事看起来很容易，有人却一辈子都做不到。想到这里我就犹豫起来，我明白，将来如果走不进一个葡萄园，那么其他的一切都谈不上了。

我还想到了那样的机会：亲手栽种葡萄树、种下很多很多。我们现在的茅屋四周就有一些葡萄架，但还算不得一个园子。而且我们大概也不可能栽出一片葡萄园，因为这片林子不是我们家的，我们不过是很早以前在这儿落脚，后来被应允留下来而已。想到这儿，我又有些为难了。

最后又想到了"别处"，那是我经常想到的一个未知的地方。想象中有一条长长的路，我背着背囊走个不停，不知走了多久，然后才停下来。这个地方没有人烟，正是它的荒凉才被我看中的。我住下来，筑屋开垦。我孤单，没有邻居。荒地就像一张没有写字的纸，我画出了第一行。

我不停地开垦，栽种葡萄。我最终要浇灌出一片不错的葡萄园，并修起一座小小的茅屋。狗也有了，猫也有了，天冷时它们会与我一块儿待在炕上。窗前有一张白木桌，我在小桌上铺开纸，听着窗外露水滴下来的声音。写啊写啊，直到困意上来，打个哈欠放下笔。猫提前跑到了炕上，狗在一边。

做白日梦是一种幸福。这种梦也许会实现，也许一直都是一个梦。不过只要足够固执，就一定会设法去追赶这个梦。我不知是有幸还是不幸，这么早就被一个梦缠住，然后一生都不能摆脱。

我去大果园里看妈妈时，还是忍不住说出了心事。我说自己将来也要在这儿干活，和护园老人一起，打理那些茂盛的葡萄树，下雨天或晚上伏到小木桌前……妈妈仰脸看着我，明亮的光线下我第一次看到她有了这么多白发。她把我额上的头发拂上去："孩子，你会更有出息，出门干更大的事。"

妈妈希望我成为一个了不起的人。可是我最想有一个葡萄园、一张小木桌。我不愿为"了不起的事"让自己不高兴。我说："不，我不想离开你，不想离开这儿。""可这园子不是咱们家的。再说孩子长大了都会离开妈妈的。"她说过就转身去干别的，大概不想讨论这个伤心的话题。

那一天我在大果园待了很长时间。我去找葡萄园里的老人玩，逗他那条精神抖擞的大狗。我暗中观察他的小屋，特别是窗前。那儿真的有一张小桌，不过上面堆满了杂物，一看就知道从来没铺过一张纸。老人在吸烟，站在屋前看着不远处：一群灰喜鹊旋着，越来越近。他伸手喊着，发出威胁的声音。

回到外祖母身边，我总是去看茅屋旁那几棵葡萄树。我说："咱们该栽得更多。"她说："这两棵就够了。""咱有一个葡萄园多好啊！"她看着我笑了："有一年春天，你不停地栽各种树、播花草种子，怎么也停不下来，浑身都被汗水湿透了……"

我记得那个春天。那是我更小的时候。我明白，无论过去还是现在，或者将来，我们的时间和力气都不缺，缺的是一块土地……这是我们的难题，大概也是许多人的难题。我固执地想要一个园子、一张小桌、一支笔和一沓纸。我忍住了。

这一天巧得很，爸爸风尘仆仆地赶回家了。我想扑到他的怀里，可是两人对视了一会儿，谁都没动。可能他觉得我长大了，不能扛在肩上了。我咬着嘴唇看着爸爸。

爸爸晚饭时喝很少一点酒。这是他最幸福的时候。他盘腿坐在炕上，一闪一闪的灯苗映红了半张脸。他问："灯影怎样？"我说："就那样。"他又问："打算怎样？"我说："就那样。"他看着我，眼睛亮亮的，一双手按着膝盖："说说看！"

我说了葡萄园和窗前的那张小桌，雨天和夜晚。他听着，低一会儿头，又看窗户。夜色很浓，从这儿望去全是星星。我等着他的赞许。他什么都没说。外祖母听得认真，也没有说话。这样过了很长时间，爸爸点头：

"这当然很好。不过你真的要从头想好才行。"

我大声说："想好了！"

外祖母抚摸我的后背，很怜惜的样子。大概她觉得我那样会太辛苦：白天在葡萄园里劳累一天，夜晚还要伏在桌上，即便雨天也不能好好玩。我没法解释心里的渴望，因为一笔一画写出自己的心情、自己的故事，这种幸福很难说得清楚。

"如果你要写自己的故事，只有一张桌子就可以了。"爸爸的声音低下来。

我说："不，我要把桌子放在葡萄园里，就像我在那本书中看到的一样。"

爸爸没有吭声。后来他伸过胳膊搂住我，又拍了拍我的肩膀："这就难了。其实人这一辈子啊，葡萄园和桌子，这两样东西得到一样都不容易，如果两样都要得到，那就难上加难了……"

我愣愣地看着爸爸。我在心里有十二分不解，更不相信。我不认为它是不可实现的，尽管整个过程可能麻烦一点。我想说：我们这儿有多少大大小小的葡萄园啊！爸爸肯定猜到了我的心思，接着说："你会看到很多的葡萄园，但是你看不到一个在那里写书的人。这是两码事。"

"为什么？"我的声音又高起来。

"因为找不到这样的地方和这样的人。世上很难遇到这两样加在一起的事……"爸爸的声音更低了，甚至有些沙哑。我不甘心，从头说了看到的那本小书、书中的孩子和故事、他的叔父。我说自己已经打定主意这么干，再也不会改变了，只要肯下力气，和别人一样白天好好干活，为什么就不能在园子里有那样的一张小桌？

爸爸和外祖母都被我的拗气惊住了。他们相互看看，又看我。我想这个夜晚妈妈如果在，也会用这样的眼神看过来。他们大人总有一些奇怪的、无法弄懂的想法。我再也不想多说了，只想有机会的话，一定要把那本写葡萄园的小书放到他们面前。

爸爸尤其是一个嗜读的人，因为书太缺了，又没有一个"老书虫"的支援，所以外祖母那一箱书不知被他翻过多少遍。我不相信那本淘气孩子的故事会让他毫不动心。他如果感动，并且觉得有趣，认为那种生活一旦变成自己孩子的也不错，那就一定会全力帮我。

剩下的时间爸爸突然提出看一下我在灯影写的东西。也巧，它们真的放在家里，不过都是去年的了。我的脸不由得红了，但还是把它们取来，放到他的面前。爸爸没有马上看，而是尽快结束了晚餐，然后抱着一沓纸到一个角落里去了。

我忐忑不安地等待。这些文字并不全是灯影的作业，其中甚至有几篇胡乱写下的，那是留给自己看的。读了一些书之后，我会忍不住去模仿。有些文字从来没有被大辫子老师看过，只让壮壮看过。壮壮没有说好或不好，只发出了奇怪的笑声，像鸟儿。

我没有想到这个夜晚会是这样。爸爸在一边耽搁了很久，其实他早就翻完了，坐在那儿想着什么。窗外有只猫头鹰叫了一声，引得外祖母厌烦地出门。她厌恶这种声音。而我却喜欢这种叫声：多么有趣和顽皮。爸爸站在窗前，他也不讨厌这种叫声。

我走到爸爸身边。他的一只手按在纸上，说："你把那本书，就是那本淘气孩子的故事，找给我看看怎样？"

"好！我要想法把它借回来！"

爸爸微笑着："我要看看你们有什么不同，你为什么会迷上他和……葡萄园。"

我轻轻呼吸着。我这会儿明白：爸爸同意了，他起码想让我试一下。我的心里一阵发烫……

背 诵

事情说起来有点奇怪：上级部门要求学生不仅坐在屋里读书，还要"学农学工"。这样一来，我们大家安安静静坐在教室里的时间就变少了。这太让人高兴了，我对壮壮说："那多好啊，那比关在屋里有意思多了！"壮壮本来已经习惯了待在屋里，可是后来随着一次次到野外去，又勾起了在林子里游荡的兴头。南边村子满足了学校的要求，在附近划出一大片农田，供大家"学农"。

校长亲自带领师生到田里干活，还请来村里人为大家讲解怎样种玉米和小麦、棉花和花生。对于栽培和播种这样的事我可不算外行，对大辫子老师说："我会种地瓜、蓖麻、西瓜和丝瓜，还会种豇豆和花生。"她说："那好！"

除了到田里去，还要时不时地请一些人来校园做报告，讲过去的苦难或打仗的事。上级认为，这和学工学农一样重要，小孩子们忘记了过去可不得了，会变坏的。结果这在后来成为最让人着迷的日子。每逢大家唱着歌、排着队去操场的时候，就变成了盛大的节日。比如"忆苦会"，当台上的人讲到坏人怎样欺负好人、边讲边哭时，我们就再也忍不住，全都哭成了泪人。半天下来，每个人的眼睛都是红肿的。我们一边哭一边听故事，这是以前从没有过的经历。

如果长达两个星期还没有一次报告会，特别是"忆苦会"，大家会觉得缺了什么，心里空荡荡的。不仅是同学们，就是大辫子老师也和我们一样。她那会儿哭得最厉害，眼睛肿得超过了所有人，事后好几天不得不带着红肿的眼睛讲课，但总是讲得比过去更好。

除了学农还要"勤工俭学"：种植一些中草药卖给采购站。这事很快启发了我，我向老师建议：海边林子里就有各种各样的药材，我们到那儿采摘不是更容易吗？这个建议很快被采纳了，于是一支长长的采药队伍就往林子里进发了。我和壮壮兴奋起来。

在采药的日子里，我简直成了无冕之王：老师同学以及平时高高在上的校长都要来请教我。我觉得他们太笨了：竟然分不清徐长卿和威灵仙的区别，还把一种白绒草当成了茵陈蒿。我克制着不去批评和责备他们，但害羞的毛病还是得到了根治。我这时需要避免的只是骄傲，但后来发现这有点难。

不过骄傲很快就得到了扼制，因为采药不久全校又转向了另一项任务：背诵。老师和同学都被指定背诵很多篇文章，而且有时间限定。由于篇目太多，所以要完成就必须付出很大的努力。我尽了全力，结果背诵速度在全班还是最差的之一。我无论如何都很难记住这么多字句，还常常把段落搞得颠三倒四。

大辫子老师背得比我快，她惊讶地看着我说："咦，怎么回事？凭你的聪明连这个也背不下？"我有些焦急，但怎么也搞不明白这是怎么回事。她怜惜我，长时间坐在宿舍里帮我找根源、想办法。她说："来，你盯着一个地方，心里想着那篇文章，很快就会把一个字一个字全背出来！"

我照她的办法去做，还是不行。我所盯住的方向并没有字，也就无济于事。我说出了苦衷，她想着，喃喃着，突然明白了，拍拍腿说："知道了，你可能是平时分心太重。肯定是看课外杂书太多了，脑子变得再也不能'专注'了！"我觉得真倒霉，是的，自己的"专注"也许真的被破坏了。

"你的背诵不能按时完成，就要影响全班的荣誉。再努力一下吧，多花些时间，培养自己的'专注'！再试一试，不要灰心。你一定能够做到！"她一再鼓励。

我心里焦灼而又感动。我私下里和壮壮一起分析，想找出更多的原因。壮壮读书同样很多，可是为什么就能有那么好的记忆？分析到最后，壮壮猛地拍了一下手说："明白了，你作文时扯得太远了，所以心就收不回来了！"

我愣住了。我不得不佩服他，真的，我的脑子已经养成了胡思乱想的习惯，比如看到一个词或一件东西，总会想起许多，

种植一些中草药卖给采购站。这事很快启发了我，我向老师建议：海边林子里就有各种各样的药材，我们到那儿采摘不是更容易吗？这个建议很快被采纳了，于是一支长长的采药队伍就往林子里进发了。

想到与它们相关联的什么。是的，这个毛病如果不改，真的就不能专心致志了。不过我也担心：改掉了这个毛病，到了作文的时候又怎么办？那就会像其他同学一样坐在桌前，吭哧吭哧半天写不出一个字。

我说出了另一种忧虑和苦恼，壮壮说："管他呢！先一门心思背诵吧，等这个任务完成了再想别的！"看来别无选择，也只好这样了。

从这一天开始，我近乎将所有时间和精力都集中在背诵上，满脑子都是一段又一段的文字，它们变成了一些固定的长方形，而不是一些散开的字。这就有了一个好处，只要记下这些相关联的板块，就再也不会把段落弄颠倒了，而以前最容易犯的就是这个毛病。

上课时，老师让我站起来回答问题，我却不小心背诵起来，惹得同学大笑。她让我坐下，说："好好听讲。也难怪，你太专心背诵了。"课间操时我仍然在背诵，一句接连一句流出来，像河水一样。旁边的同学愣住了，议论说："大概他停不下了！"我像没有听见一样，继续背着。

在我的脑海中，所有的字和词都相互扯着手，连成了一串，只要揪住一端就能牵拉出来。以前它们是一簇簇一个个，像林子里的蘑菇；现在不同了，所有的"蘑菇"都被一根线拴住，哪个也别想跑掉。我将新的体会告诉了壮壮，他笑笑说："我不是这样的，我把这些字当成了一个个小鸟儿，读一遍就像喂一遍食添一次水，等到它们喂熟了，就全跟我走了。"

我瞪大眼睛看着壮壮。原来好朋友这么聪明和巧妙，以前怎么都想不到。我责怪说："你为什么不把这么好的方法教给我？"他摇摇头："你的脑子本来就五花八门，再飞进一些小鸟儿，就更乱了！所以咱不敢告诉。"我不再埋怨，同时也承认：人的方法都是各种各样的，我是"拴线法"，他是"小鸟法"，反正只要管用就好。

回到家里，外祖母见我不太说话，嘴巴却在不停地活动，就问："怎么了？"我说："背诵！"说完继续。外祖母转身忙着，忙了一会儿见我仍然像刚才一样，就说："干什么事都要有忙有闲，要停下休息。你不能总是这样啊。"我说："好，马上停下，背完这一篇就停下。"她不高兴了："早知道这样就不该回来，回来是跟我说说话的，自己在一边咕咕哝哝怎么行！"

我想用力忍住。可是因为太专注了，肚子里的字和词、一段又一段的话总是脱口而出。我使劲咽了一口，大声喊："停！"外祖母笑了，说："好孩子，咱今天做冰荠菜水饺，你等着吧，什么也别做，先去屋子外边玩玩，闻到冒出的香味再往家跑。"我一听高兴坏了，因为这是把最好的荠菜采下，烫过后压在窖冰下，专等这个季节！冰荠菜水饺是外祖母最拿手的美味。

我一边咽口水一边出门，去看大李子树和其他朋友，看鸟儿和野猫，看发生在周围的新事。我每次回家都能看到一些新的迹象：鼹鼠把长长的地道挖进了栅栏门内；黄鼬从东边墙下的柴堆里钻进钻出，大约安了新家；一溜儿蹄印从墙下延伸到东边的土坎上，那里一定藏了一只猪獾。

大李子树正在等待它的大日子，那是繁花似雪的春天。粗大的横枝上蹲了一只沉甸甸的花面狸，它平时多么机警，这会儿却眯着眼看我，并不逃开。我向它打个手势，它才爬向更高的枝丫，不慌不忙。我一转身，发现一只红脚隼正不顾一切地俯冲下来，快到身边才一仄翅膀，消失在杨树后面。

我想一直往东，去看那片总是闪闪发光的白茅地，可是刚走了几步就嗅到了一股逼人的香气。外祖母用不着喊我回家，这香味告诉我，她的冰荠菜水饺已经出锅了。

炕上摆好了小桌，上面是一大盘热气腾腾的水饺，有两个盛了蒜泥和米醋的小碟。我坐在桌前等外祖母，她到后面的地窖里取东西去了。她会捧来一大碟杏子果酱，因为每次吃了蒜泥之后，她都会让我们吃一些甜食。妈妈私下开玩笑说："你姥姥是大家闺秀啊，她什么时候都这么讲究。"

我在等她的这段时间，一不小心，脑子里又冲动了一下，然后就脱口背出了一句。这一下算是开了头，真的像一根线串起了无数的字和词，它们牵拉着全出来了。开始是小声，后来是大声；我听到了外祖母的脚步声，于是又改成默念。但由于双唇还在蠕动，外祖母很快发现了，她沉着脸说："好孩子，别这么用功啊。"我点点头，可抓起筷子的那一刻，嘴唇还在活动。她不得不捏住了我的嘴，一动不动地捏住。

足足过了四五分钟，她才松开手。我憋了一口气，大喘起来。她夹一个水饺塞到我的嘴里。啊，多么馋人的冰荠菜，我不顾一切地大口吞咽。外祖母没有吃，只笑着看我。

　　饭后一段时间我们谈话。外祖母问了许多灯影的事，对那里发生的一切都有兴趣，学农、采药、听报告。我能够复述那些报告会上听来的故事，对"忆苦会"上那些受苦受难的事不想讲得太多，因为担心自己哭起来，让外祖母难过。我只讲那些战斗故事，那些可歌可泣的英雄事迹。我说："有一个特别勇敢的战士，他一个人消灭了十二个敌人，又俘虏了一百个敌人，然后，牺牲了。"外祖母问："怎么就牺牲了？"我说："他英勇杀敌，受了重伤。"

　　"你好好睡一觉吧。"她睡前叮嘱了一句。

　　外祖母很快睡着了。可是我怎么也无法入睡。我想起了爸爸，想起了那片大山，好像看见他和一伙男人在挥动锤子。一座大山眼看就被打穿了，到了那一天爸爸就会回家了。他们每天挖山不止，这就是英雄啊！我由爸爸他们又想起了正在背诵的一篇文章，那也是写了挖山的故事。想着想着心头一热，又背诵起来。

　　我把外祖母惊醒了。她披了衣服坐起，看看钟，又看看我。这一次她没有阻止，只静静地听着。我这才意识到自己的声音在夜晚显得太大，于是就放低了，不再出声。我挨着外祖母睡下，紧紧地闭着嘴巴。

可这样只有十几分钟，双唇又蠕动起来，而且越来越快、越来越快。外祖母一点声音都没有，可她并没有睡，这时轻轻翻了个身。又过了十几分钟，她坐起，在黑影里看着我。看了一会儿，她伸出手，捏住了我动个不停的嘴唇。

外祖母耐心地捏住，只没有用力，所以我一点都不痛。她捏着，看来一整夜都不想松开了。我就这样睡着了。

小岛一日

夏天说来就来。放假第二天我们就准备去海边了，还是我和壮壮、小北三个人一起。我们收拾好一个大背囊，里面照例装了各种好东西，但比上一次多了两样：防蚊膏和书。

上一个夏天是永远都忘不了的，那次发生的一些事足够记一辈子。不过我们也受了不少苦，比如被海边看渔铺的老头儿欺负，再比如被成群的蚊虫和小咬围攻。说起来夏天的海边哪里都好，有看不完的新鲜，听不完的故事，喝不完的鱼汤。只有老头和蚊虫这两样是可怕的。当我对外祖母这样总结那个夏天时，她说："不能把长辈和小虫并列一起！"

我们这个夏天一切都是有备而来。身上涂了防虫膏躺在阴凉下看书，那是多棒的事。可惜只有两本书，还是千央万求从"老书虫"那儿弄来的。我们要在最寂寞的时候才看书，因为书不多。唉，为什么没有更多的书？书和果子一样，对我们来说总是越多越好。

我们还是从茅屋出发，让外祖母絮絮叨叨地往背囊里装上好多东西。她让我们几个耐心地等鱼把头老七，因为不放心三个孩子穿过"赶牛道"。其实我们早已不是昨天的我们了，力气大了、心眼也多了，平常除了干一些好事，偶尔还会干一些坏事。我们会用坏事对付坏人。比如上一个夏天，那只老獾手差一点让小北笑绝了气，闹出人命关天的大事，不想办法对付他可不行。

我们又和打鱼人混在了一起。老七为了炫耀儿子，让小北当众背了一首古诗，又让我和壮壮读了一段书。打鱼的人抄着手光着屁股，听一会儿咂咂嘴，喊："不孬！"老七说："这么厚的大书他们都敢念，这可是你们亲眼看见的！我儿子明年也去灯影！"

看渔铺的老头儿逗我们，故意严肃地盯住那根拴了圆球的高木杆，问鱼把头老七："怎么弄？把他们仨的衣服脱了拴在上面？"老七摆摆手。我们恨恨地看着老头儿，他装作满不在乎的样子。

鱼汤还是那么棒。老头儿站在刚刚堆起的鱼山那儿，嘴里咬着烟斗，指指点点。他抓起一条蛇鳗吓唬我们，还把长长的针鱼嘴巴对准我们。一条大鳎鱼有锅盖那么大，需要好几个人才抬得起，他指着它说："有一年我用它做了一锅汤，所有人都

278

吃饱喝足，其中还有十来个买鱼的外地人！"

小北认识的鱼最多，这让我和壮壮十分羡慕。那种怪模怪样的能够发光、身上长了骨板的鱼，叫"松球鱼"；脊背长了花斑啄木鸟一样冠子的，叫"海鲂"。他能把毒鱼分得清清楚楚，一见它们嘴里就发出"嘶嘶"的吸气声，表示害怕："黑艇巴、暗纹鲀、红鳍鲀、黄天霸、金龟鱼、面艇巴！如果鱼汤里混进一条，咱们全完！"

小北做了个伸腿瞪眼的样子，两眼斜楞上去。老头见了就咬着嘴唇沉沉下巴："一点不错，这些家伙毒性太大了！不过要有专门的手艺才行，老七最爱吃，不信你们问问！"

这绝不可能。我们惊讶地看着鱼把头。老七点头："这得让他亲手来做，随便换一个人，我都得躲开。他收拾毒鱼是高手，一等一的高手！毒鱼鲜美啊，什么鱼也比不上！"

小北嚷着："我也要吃毒鱼！"

我和壮壮伸伸舌头。看渔铺的老头说："只要是我亲手做，你们放心吃就是！老七一边吃一边喝酒，我们一口气能喝这个数！"他伸手做了个"八"字，壮壮问："八斤？""咳，八两！"

天清时可以清清楚楚地看到对面的海岛。我们现在最大的心愿就是上岛：这个夏天如果能到岛上看一眼，那么回头就能向所有灯影的人吹嘘一番了。我们实在想不出岛上是什么模样。当提出这个要求时，老七正好喝过了酒，非常高兴，什么都答应："那好办，哪天有船出去采螺就捎上你们！"

老七不喝酒时就变卦了，再也不提上岛的事。小岛看上去并不远，怪不得有人能从对岸游过去。老头儿说："海里可不是陆地，看着近走起来远。"采螺船每隔一两天就出去一次。一个外号叫"红胡子"的人是领头的，他为了馋我们，故意讲那个岛："嘿嘿，没有人烟呀，全是猫呀，猫儿干净呀，让人亲呀！"我们三个实在忍不住，一次次央求鱼把头。

一个天空瓦蓝、没有一丝风的日子，老七让"红胡子"带我们去岛上，吩咐："带上吃的喝的，半上午送去，天黑前接回。""红胡子"应一声，让我们上船了。采螺船上原来有三个人，他们都穿了胶皮裤，还扎了油布围裙。螺在深水里，大网拉不上来，需要下水去逮。"红胡子"说："不光螺肉好吃，连螺壳也是宝贝！"

我们瞪着眼看"红胡子"，他就说："空螺壳用来逮乌贼！它们拴成一串投到海底，那些乌贼就一个个钻进去了，往船上一揪就是一大堆！""啊，它们多傻啊！"壮壮说。"红胡子"冷笑，"它们不傻，只不过一爬进螺壳就睡了，做梦呢！"

小岛越来越近。原来它并不小。我们被放在了沙岸上，"红胡子"嚷一句"天黑前来接你们"就驾船走了。好荒凉的小岛，除了沙子还是沙子，只有稀稀的莎草和马尾蒿，一些不大的石块从沙子中露出。没有一个人，只有海鸥。猫在哪儿？

我们决定绕岛一周。这个地方因为太静了，所以鸥鸟的叫声特别响亮，再就是"哗哗"的海浪了。一个海豹模样的家伙在水边翻着身子晒太阳，没等我们走近就钻到了水里。一只只飞鱼拍动翅膀，让人想起麻雀。各种海草被水浪冲上来，夹杂着小鱼和贝壳。一些浅水处的石块有螃蟹和黑色的鱼影，引得我们走过去。有一次我翻倒一块石头，竟然看到了一只大海参。我拿着滑溜溜的海参往前走，一会儿它就在手心里化成了黏液。

当我们转到小岛东部时，看到了一片矗立的礁石。那儿有海鸥起起落落，还有其他动物在蹿动。走得近了，发现原来是猫。啊，它们在这儿！我们兴奋得加快了步子。一群猫大约有二十来只，看到人就不再活动，很长时间挺着胸膛注视过来。我们扬手呼叫，它们就跑开，只在十几米处徘徊，有的还躺在沙子上。

这一段沙岸玉螺很多，它们鼓起一个个小沙堆。我们用玉螺和海星、小鱼和小海蜇去吸引猫群，它们好像笑着看过来，只不近前。这样反复几次，它们终于不再远远地逃开，但仍然不愿走得太近。在阳光下，所有的猫脸都闪着光亮，漂亮极了。"它们可真干净啊，一点都不像野猫！"壮壮说。是的，它们迎着阳光站在那儿，一张张小脸就像向阳花。

我们直到太阳偏西才开始吃午饭。大家都觉得在这个小岛上吃东西格外香甜，喝水就像喝酒一样有意思：水盛在一个大贝壳中，送到嘴边前相互碰一下，十分带劲儿。海鸥和猫都被饭香引过来，我们就大方地抛撒起来。海鸥竟然能够一边飞旋一边抢空中的东西，连猫都看傻了眼。

有几只大胆的猫走近了，最后在离我们一米多远的地方享受美餐。它们最爱吃外祖母做的千层饼，小舌头舔着鼻子，永不满足的样子。因为离得太近，我们好好看了一遍这些橘黄、黑白、纯白或纯黑的猫，发现它们全都一尘不染，一双眼睛清澈明亮。我们明白了，这个岛是特别洁净的，瞧这沙子、石头和草，没有一丝污浊。

饭后在热乎乎的沙子上躺了一会儿，用毛巾盖住脸。我们讨论这个小岛：为什么没有人住？猫从哪里来？还有，就是以前读过一本书，上面写了某个小岛藏了特务，最后被登岛的渔民抓获了，眼下的小岛有没有坏蛋？各种问题都没有答案，反而让人产生了更大的兴趣。

由猫引路，我们继续往前。在小岛东北方有个海蚀崖，离开很远就听到"哐哐"的声音，走近了才知道是海浪拍在石洞上发出来的。大小洞子很多，有的大到能够钻进去。我们找到一个又深又长的洞，一直往里走，直到黑得伸手不见五指才退回来。

"如果有特务，就会藏在这个大洞里。"壮壮说。小北摇头："我爸有一次说，他们采螺船有一天遇上了暴风雨，就在小岛上过了两天，幸亏钻进山洞里。"我说："书上说探险的人都要举一个火把，这一下明白了。我们下次来岛上一定要带。"我和小北都认为这里不会有太可怕的人或动物，因为老七和"红胡子"都不是好惹的，他们不会让自己的小岛落在那些家伙手里。

我们正说着话，突然有个黑乎乎的大鸟扑啦啦从洞里冲出来，从我们跟前经过的一瞬，猛地抛来一把石子。大家抱着头喊叫，抬头时大鸟已经不见了。"哎呀，我的头被打破了，疼死我了！"壮壮捂着脑瓜，上边真的鼓起了一个大包。这时我才觉得肩膀有些疼，原来一块石头击中了那儿。小北只挨了几个小石块，所以没事。

我用防虫膏给壮壮抹在额头，他哼叫的声音才变小。"这家伙多么坏啊，它扔石头打人！"壮壮说。我和小北回身看着洞子，分析：一定是大鸟疾飞时将松动的石块碰下来了！不过这是一只什么大鸟？怎么也猜不着。小北说："它住在洞里，肯定是最凶的家伙了！我得回去报告爸爸了！"

从海蚀崖转到北边、西边，很快就能绕岛一周了。在北部，我们看到了墨蓝色的大海，它延伸到又高又远处，和天空连在了一起。一层层白浪卷起、推来，在脚下发出"哗啦"声，然后退走。海鸥更多了，它们飞一会儿就落在我们近前，一边挪动一边啄沙子，用眼角瞄过来。从近处看，它们个个都是肥家伙。

我们一路拣了许多宝贝，这在南岸是见不到的：紫红的大海螺，海胆壳，拇指大的小螺，碧绿或彤红的卵石，黑蓝花纹交织的海星，碗口般的大花贝。就在马上完成一周的那一会儿，最大的奇迹发生了：有个黑黑的小猪一样的东西趴在几米远处，它正不停地扭动。

原来是一只小海豚！它的大眼睛多么好看啊，这会儿乞求地看着我们。它显然迷路了，一不小心搁浅了。它闪亮的皮衣服让我们惊叹了好长时间。我们蹲下看着，抚摸，商量。"到底怎么办？"小北问。壮壮认为最好的办法是带上"红胡子"的船，"这样咱就能和它好好玩一会儿，然后再想办法。咱可从来没见过这么好的东西啊！"我不同意。"它在难过呢！它要赶紧返回大海！"小北支持我。

我们三个小心翼翼地抱起小海豚往深水里走。为了抵达更深处，我们费力地托起它游着，每个人都呛了一两口海水。它终于能够自己游起来。啊，真是个可爱的小家伙，游出几米远，竟然又转回来，在我们身边仰头摇动身体……它消失在远方，再也看不见了。

"我觉得它刚才在水里亲了我一口。"壮壮回忆说。小北问："亲哪儿了？"壮壮指了指额上的包，小心地按按说："我这儿真的不疼了。"

天色已晚，海水闪着一大片橘红，一条船的影子出现了。我们一齐扬手呼喊。对方发出回应，是"红胡子"的粗嗓门。

会议论的人

灯影里有个人受到了关注，许多人都在私下里说他：这个人啊，一天到晚不说话，也许害羞，也许古怪，反正不怎么和

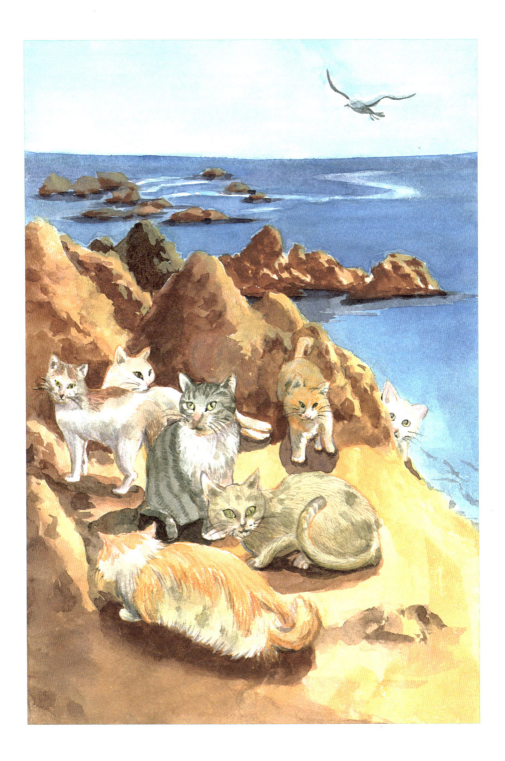

当我们转到小岛东部时，看到了一片矗立的礁石。那儿有海鸥起起落落，还有其他动物在蹿动。走得近了，发现原来是猫。

　　我们扬手呼叫，它们就跑开，只在十几米处徘徊，有的还躺在沙子上。

大家说笑；这个人来自林子深处，认识许多动物和植物，别看平时闷声不响的，每到作文的时候就会写出一些大胆的话、一些很怪的人和事，大概想故意吓别人一跳。你们想认识这个怪人吗？该认识一下了！

这个人就是我。

壮壮把大家私下的议论和评价告诉了我，让我有点苦恼。但我可不愿解释自己，更不想主动让人了解自己。壮壮就从来不觉得我有什么奇怪，我问过小北："你觉得我奇怪吗？"他抬头看了看，说："没有啊！"我不敢问大辫子老师，担心她和那些人的看法一样。

老师在课堂上读我的作文，并不是作为范文，而是有其他说不清的原因，这个我是明白的。她想让大家开心或引以为戒，或分析利害得失，甚至为了让别人看看笑话也说不定。她读的时候大家先是大气不喘，接着就是哄堂大笑了。我觉得她自己也非常好奇，有什么会在心里突然爆发，比如正读着，猛地瞪圆那双又黑又大的眼睛看着我，嘴巴张大，眉头皱起，连呼吸都加快了，胸脯不停地起伏。

每逢这时我就要低下头，长时间不敢抬起。

我相信自己不太好的名声，有一部分是大辫子老师传出去的，她负有很大的责任。我觉得课堂之外至少有两件事让她不高兴：一是没有说出暗中传递的书来自哪里；二是我的地瓜糖太硬，常常硌疼了她，让她大声"哎哟"起来。

有一天她笑吟吟地找到我，突然说："校长要和你谈话了！"我的心跳马上加快了，"这是好事，不用紧张。他听说了你，要当面了解一下情况。"她好像有些得意。我立刻明白她是一个告密者，眼下马上要发生的事情要多糟有多糟。我不愿任何人问林子和茅屋，更何况是校长。

没有办法。晚饭后的一段时间，她领我去校长那儿了。这是一间小小的办公室兼卧室，办公桌和睡觉的床之间被一个大书架隔开了。我一进屋就贪婪地盯住了架上的书：没有多少，而且都是各种课本和平时常见的书。没有令人吃惊的发现。我知道即便有他也会藏起来。我看着校长：镜片厚厚的，嘴唇又厚又干，有白屑；蓝色中山装很旧，帽子也是蓝色的；腕上有手表，壳子发黄。他的手表大概是个标志，如果没有它，可能就不像一位校长了。

大辫子老师有些气喘，看一眼校长，对我说："今天你要好好听好好记，珍惜机会！校长可是作文高手，一直都是！他看过你的好几篇作文了……嗯嗯，嗯嗯？"她扬头看着校长。

校长笑了，啊，这么温和的人！我不再害怕了。我以前在所有好人的脸上都见过这种神色，有这样笑容的人从来没有让人失望过！这次也是一样，听，他说话了，没有让人不安的询问，更多的只是鼓励：

"很好的！很好的！啊啊，这样发展下去的话，会有更大进步。不必同一种写法，不必。你读了很多书，很多。啊，是的，是的！"

我捕捉着每一个字，心头慢慢开放了一朵花，一朵欢乐的花，痒痒的。无法压抑的兴奋和幸福差点让我泪花闪闪。我也担心，害怕校长接着问我读了什么书，那就糟了，我会因为感激和诚实而全盘托出。不过这样的事最终没有发生，他没有追问下去。我进一步感动起来，看着他。

大辫子老师在一边不知为什么有些焦急，这时双手提在胸前，又放下，问："校长，您给他提个要求吧！指指努力的方向，他肯定还有许多不足。"

校长还是笑着，说："啊啊，是的、是的，让我们看看吧、看看吧，是的。"

我更加专注地、不动声色地听下去。这时我觉得大辫子老师真是说得不错，她真是一个好人，一个和校长不同的好人。

校长爱惜的目光抚摸着我的脸，更加温和了，说："我觉得啊，你的'描写'很好，'叙述'也很好，比较起来，可能'议论'显得弱了一些。是的，'议论'。这作为一种手法、一个方面，也是很重要的。当然它要适度、要在一个合适的时候出现。如果是专门的议论文，那就更重要了。"

他说得缓慢、清楚，我全听懂了，也全都同意。是的，我的思绪不由得回到了自己写过的那些文字中，这会儿真的觉得"议论"是我的一个弱项。大辫子老师听了立刻拍手："校长一眼就看出来了！瞧瞧，'议论'不行！我说呢，这一下全懂了，全懂了。你懂了吗？"

我点点头，抿抿嘴唇。我想说：我会努力的。我一定会加强"议论"。而且我要专门写一篇议论文。我正在暗暗下着决心，大辫子老师又说："快表个态，准备今后怎么办，说说。"我抬头看着校长，声音艰涩地说：

"我一定改正自己……"

校长的手轻轻抚在我的肩上："不，这不是错误，只是需要加强和提高。"

"你一定要提高！一定，说'一定'！"大辫子老师在一旁督促。我迎着她大声说："我一定！一定！"她心满意足地笑了，两手合在胸前，看着校长。

这次重要的、让人胆战心惊的见面就这样结束了。我觉得幸福、充实，身上有劲儿。我从来到灯影，还没有这样满足和高兴过。我对整个高墙内的东西，从同学到大槐树上的铁钟，再到大辫子老师，都喜欢起来了。是的，校长说得太对了，我找到了努力的方向。

从这天开始，我对书上所有的"议论"都注意起来。它们原来是各种各样的。不过我发现自己真的不太会说类似的话，而只愿意或只急于讲出看到的人和事、他们的故事。为了讲得像现场发生的一样，我会仔细回忆并避免遗漏地全部写出来，细节当然不会放过。我不愿三两句就把事情讲完，认为这是不真实和不完整的。但我不太说出心底的意见，它们都藏在一个角落里，就像我们屋后地窖里的东西，不能轻易拿出来。

回到家里，我对外祖母说："我'描写'行，'叙述'也行，就是'议论'不行！"她好像不以为然，说："要那么多'议论'干什么？"我努力向她解释，说适当的"议论"是非常重要的；特别是专门的议论文，那就必须有条理清晰的、大篇的"议论"！她故意不想迎和，说："用不着太多'议论'。""如果不会写议论文怎么办？""那就少写吧。"外祖母似乎有些愤愤不平的样子。

我由于在家里没法讨论这些重要的问题，有些憋闷，就去了壮壮老爷爷的小果园。我想好好谈谈这个话题。我非常重视校长的话，认为他不仅说得有道理，而且充满了善意。壮壮听得认真，但没有更多的意见。老爷爷和花斑狗听了一会儿，好像都明白了。他抽出嘴里的烟锅说："嗯，是这么个理儿，'灯不挑不明，话不说不亮。'有些话就该明说，是这个道理。"花斑狗站起，愉快地摇着尾巴。壮壮拍手："真的啊！这就是'议论'啊！"

老爷爷得到了鼓励，兴致很高："'议论'，这个对我来讲也不是什么拿手活儿。我这人经历不少，愿意讲些故事，讲各种事。我讲出的不会有多大偏差，看到的听到的，一准儿能讲个明白，不会糊弄人。嗯，我就是这样的人，附近大都是我这样的人。"

我同意。我想起了海边看渔铺的老头儿，还有鱼把头老七，更包括外祖母、爸爸妈妈，都是这样的人。他们讲了许多有意思的故事，给我印象最深的就是这些故事，而不是"议论"。我问老爷爷："那谁最会'议论'啊？"

老爷爷的烟锅在地上敲打着，说："我正想说这个嘛！要讲最会'议论'的人，我想起来了，那就是西边的老艮头了！对，这个人最能'议论'，他越讲越来劲，口才好，头脑也清楚。嗯，你该去看看那个人，那是最会'议论'的人！"

我和壮壮站起来，一齐叫着："'老艮头'？"

"是呀！老家伙年纪和我差不多，也喜欢一个人待着，好吃，好打抱不平，平时闷着，打开话匣子就有说不完的话。要说'议论'，他才是哩……"老爷爷摆着手。

我说："啊，快领我们去看'老艮头'啊！"老爷爷说行，不过得带些礼物，"想想看，多久没见了，空着手去总不好。他是个看林子的孤老头，脾气不好，见了好吃的东西才高兴。等几天吧，等到下个星期天，咱们一早去，到他那里吃午饭，天黑前赶回来，正好一天。"

我们就等这个日子。壮壮好像比我还要兴奋，拍着手说："想想看，那样的一个人，咱从来没见过啊！"我盼望着，我去那儿的目的，是为了解决一个切实的困难。

好不容易盼到了星期天。我跟外祖母说了礼物的事，她似乎没怎么想就去了地窖，出来时拿了半斤蒲根酒，说："林子里的老头儿都喜欢酒，这应该是不错的礼物。"到了小果园，老爷爷也准备了礼物，那是一小袋"醉枣"，就是用酒泡过的红枣。

因为启程很早，我们在半上午时分抵达了河边。这条河尽管平时总是要说到，我和壮壮却是第一次来。在我们眼里它等于是一条界河，河的另一边就像外国一样遥远。不过这个叫"老艮头"的人住在了河东，所以仍然还算界内。老爷爷一路上都在介绍这位朋友："他以前在林场总部工作，就因为和头儿顶过嘴，一个人来到了这里看林子，俗话叫'放单'。"我想到了那只离群的大雁，问："'总部'是什么？""哦，在河西，管整个的大林子。"我迷惑起来："你不是说所有的林子都归一个'老妖婆'管吗？"老爷爷有些不耐烦："这是两码事，是明里暗里的事，明里还要'总部'来管。"

我最终也没能搞得懂"明里暗里"的事。算了，先让我们认识那个"放单"的人吧。这个词儿让我一下想到了很多：看果园和葡萄园的人、老爷爷和"老书虫"，特别是我们一家，都算"放单"了。

我们很快看到了一幢深红色的小房子、一个小院。院子是石头垒成的，爬满了常青藤，墙边是密密的野漆树、泡花树和卷柏，树隙里开满了小黄紫堇和小花糖芥。一小片绣线菊开得旺盛，大概是主人植下的。因为房子年代太长，屋顶上生出了许多瓦松。老爷爷又着腰喊了一声，狗马上叫起来。老爷爷说："他的狗也老了。"

一个眉毛发白、面色红润的老头出来了，他手搭凉棚往这边一望，马上呼叫起来。两个老人走近，相互拍打一会儿，这才回头看我和壮壮。老艮头指指我们，又指指慢吞吞走出来的大黑狗说："来的是客！"大黑狗摇着尾巴，却先一步返回院里了。

老爷爷呈上两件礼物，老艮头十分满意。小院主人得知我们此行的目的，就把注意力放到我身上，说："'议论'嘛，就是心里有话要说。这些话不能总是憋着，要痛痛快快地说出来。"

我怯生生地看着老艮头，觉得他皱眉的样子有些吓人。我问："如果要告诉别人一件事情，只想讲得清楚，就会忘记'议论'；还有时不知该怎样说，也就不说了……怎样才能有好的'议论'？"

老艮头听着，脸色渐渐变得不好看了。他哼了一声："好的不好的，都要说！他们爱听不听！"

老爷爷笑眯眯的，哄劝说："哎，这不是赌气的事，这是作文哩。你给孩子打个比方，什么该'议论'、怎么'议论'，说说看。"老艮头"嗯"了一声，看看我和壮壮："什么都可以'议论'，要说真话，说明白，说得道理分明。比如这条大狗跟了我十几年，它叫'大黑'，咱和它就有一肚子话要说！"他的大手在黑狗面前用力一挥，说道：

"开始'议论'！"

我发现黑狗目不转睛地看着主人。老艮头一边说一边打着有力的手势，非常严肃："大黑，咱不客气讲，这片林子属于大家，不属于场长一个人，他那年借口清林防火，让人砍走老柏、橡树、白杨和槐树共十五车，偷偷拉去窑场，这是合伙犯罪！树龄八十，好比年迈老人。这分明是谋财害命，是大罪！咱们那天放枪追赶，一口气追到了河西。这事你我都是见证，咱们看在眼里，记在心头。人证物证狗证俱在，抵赖也是枉然。可是七年过去了，至今不见上边惩罚，你我半夜醒来，真是好不心寒！"

黑狗昂首看看主人，又看远处，显然也在想七年前的那一天。老艮头指指它告诉："有一天夜里又有动静，它第一个冲出院子，结果挨了黑枪。我知道这是坏人报仇。那天我一连放了十二发霰弹，命都豁出去了！"

我们都惊呆了。真是想不到啊，一个护林人原来会有这样的危险！如果不是亲耳听到，怎么也不会相信……老艮头看看我和壮壮，再次果断地挥一下手：

"开始'议论'！"

他盯住狗的眼睛："咱俩相依为命，吃的是护林粮，扛的是护林枪！只要有咱俩盯在这儿，就是不依不饶的两双眼！有人摸黑逞凶，咱就火药上见！我和你这辈子要对得起树和人！你比我尽职，你不像我，有时还要喝一口酒。天再冷你也不上炕，偷树的人一过河你就能听见，然后不停地叫，那是催我赶快抓枪。你是好样的，你是咱林子里的一口长鸣钟！"

老艮头被自己刚刚说出的一个比喻感动了，看着大黑，两手抱住了它的脸。我和壮壮也感动了，我在心里说：啊，瞧吧，这就是"议论"啊！原来它不光是一种方法，还是正义和勇敢！

我小声对壮壮说："听到了吧，'一口长鸣钟'！"

壮壮说："这是'比喻'吧？"

"是'比喻'，也是'议论'……"我突然觉得有那么多话要说。是的，人人心里都有一个闸门，只要打开，然后就是汹涌的水流了。

诉说的鸟

从河岸回来以后，我一直在想着那里的石屋、老人和狗以及所有的故事。在那儿看到的一切都让人感动，都很难忘掉。那个老人有一支枪和一条狗，它们是忠诚的伙伴和战斗的武器。我第一次见识了真刀真枪，它就发生在眼前，这和那些打鱼人、看果园葡萄园的人所讲出的事，完全不同。

可是我们在那儿停留的时间太短了，好像许多事情刚开了个头就结束了。回来的路上老爷爷问："怎么样，学会'议论'了吧？"我不知该怎么说，只想着那个老艮头。

我后悔去河边太晚了。以前我们总是想着大海，一天到晚只想往那儿跑，忘记了西边的这条大河。原来河边也有了不起的人和事，比如刚刚认识的护林老人，比如人们一直说的那个老医家"由由夺"。河边发生了那么多惊天动地的大事，以前想都想不到。我有些惋惜地对壮壮说："咱们走得太急了，最后都没有看一眼大河！"

老爷爷安慰说："好事不能一次做完，先拣主要的办，先应急。我这片林子里的好朋友太多了，有本事的人也太多了。你们要学什么，就该及早告诉我。"

是啊，老人朋友多，知道的秘密也多，从南到北、从东到西，简直样样通晓。我想着老艮头和林场，就问那个招人恨的场长是怎么回事？ 老人马上答道："是个最坏的人！"壮壮问："最坏还能当场长？"老人说："能！"

我们不再吱声。我又想到了那个暗中管住整片林子的老妖婆，觉得将一切交给她或许更好一些。

我和壮壮决定尽快再去河边。为了表达对老人的敬意，我们要带上一大瓶蒲根酒、一大包地瓜糖。壮壮说："那条狗也该有一份礼物！"我连连赞同："对，我们给它带一些鱼干吧！"壮壮说："它脖子上的皮圈太旧了，换个新的吧！"

一切准备好了，就从灯影直接启程。

我们要从那条河的南边往北走，一直走到那幢小石屋，这样一路上就可以好好看看那条大河。刚刚半上午时分，我们就抵达了河岸：原来它比我们常去的那条渠水宽一百倍，苇荻也茂密一百倍。河道中间的水流不急，也没有波浪。一小群鹭鸟在绿色映衬下白得耀眼。大苇莺钻进钻出，一点都不在乎走近的人。

越是往北林子越是高大。这里是河淤土，地上有些潮湿，林隙里有很多蓼花。大叶枫长得笔直，树冠是匀称的伞形。再往前，看到了糠椴和黄连木、抱栎和蒙桑。白杨威武挺拔，比其他地方看到的都要粗大。野兔不断地从成片的蕨草中蹿出，一直向北，像为我们引路。

又听到了大黑的叫声。壮壮说："它从很远的脚步就能听出是我们，一边叫一边哼唧，那是高兴啊！"我们立刻加快了脚步。林中闪出了那个棕红色的屋顶，接着是石墙和栅栏门……老艮头在门前抄着手，一旁是前爪飞快踏动的大黑。老人迎着我们喊："嚯，从它的声音里就知道是熟人！"

老艮头对我们的礼物喜欢极了。他先给大黑换上了新的脖圈，然后就端详起那瓶酒，说："这是真正的好东西！"还没等到中午，他就从柜子里摸出一个小铁盒，从里面夹出了腌蛤肉，一一送到我们嘴里，然后自己也吃一点，饮一口酒。"人要对得起这种好生活啊。嘿嘿，我的腿脚还算硬朗，大黑也好，不过它左边的耳朵不如从前灵了。"

老人眼里满是慈祥，抚摸大黑的新脖圈："戴上到底精神一些！"他连饮几口，回身又找出一些干果和一沓"厚纸"，拍打着"纸"说:"这是南边朋友送我的地瓜煎饼,又艮又甜!"我和壮壮第一次见到这种煎饼,揪了一点填到嘴里,真好。老人说:"这东西要配蘑菇汤才成,待会儿咱们做汤!"

老人去屋里的时候,我们好好看了一会儿小院,发现西窗外悬挂了三只大鸟笼,全是空的。"多好的鸟笼啊,可惜没鸟!"壮壮说。

蘑菇汤做好了,我们开始吃饭。老人把没放盐的一份汤给了大黑,往里面投了几片煎饼。他喝酒,说起壮壮的爷爷:"我的酒量比他大。他只要来这儿,两腿就没利索过。""那是怎么回事?"壮壮问。"喝醉了呗。他送给我三只大鸟笼,一只养了画眉,一只养了百灵,剩下的一只空着,我就逮了只小黄雀塞进去……"

"笼子都是空的呀!"我说。

老人咂咂嘴:"都放到林子里去了。一开始听着它们唱歌,觉得真好听!后来我发现大黑直眼盯着鸟笼,眼里全是委屈和伤心。我问它,唱得不中听?它鼻子里喷气,两只前爪伏地,垂着头,一会儿抬眼瞥瞥笼里的鸟,一会儿瞥瞥我。它生气了!"

"这是怎么回事?"壮壮问。

老艮头叹气:"说来说去,咱们离鸟儿远,大黑离鸟儿近,它比咱们更懂鸟儿的心事。咱听的是鸟儿在唱,它听的是鸟儿在喊。它为这三只鸟儿难过,也就一天到晚愁眉苦脸的。"

"还有这样的事?"我不相信。我对百灵、画眉和小黄雀唱歌太熟悉了，是听着它们的歌声长大的。这三种鸟最能唱、嗓子最好，而且一唱起来就不愿停歇。我想大黑是一条狗，它可能听不懂鸟儿的歌。

老艮头抹一把变红的脸说："那些日子我过得不错，因为小院里有了鸟儿唱歌。它们一大早就开口了，这让我也早早起来。墙外的鸟儿给引来不少了，笼里的鸟和野鸟整天对唱，急一阵慢一阵，我给引过去，凑近了听。它们在笼里跳个不停，小嘴一连声地叫，像唱，又像焦急地分辩什么……大黑跳着，一天到晚再也不能安分，哼叫，大声叫！我明白了，它这是埋怨我，是不高兴，眼看就要暴怒了。我问大黑怎么回事？鸟儿怎么惹了你？咱们一天到晚看林子，早就应该有几只能说能唱的鸟儿了！大黑根本不听我的话，它跳得叫得更厉害了。你们知道，狗脸本来就长，一生气拉得更长了。大黑生气的那张脸实在太难看、太吓人了！"

我看着壮壮，没有说话。我还是听不明白。

老艮头一下下抚弄着大黑，说："那会儿我就想，大黑可是个聪明的孩子，它从来没有弄错。刮大风的夜里狸子叫，老猫头叫，树枝碰得咔咔响，有坏人蹿进来，它照样分得清。也许大黑比我更懂这三只鸟，知道它们在说什么。我凑到鸟笼跟前听，站在墙外听。有一天，我亲眼看见画眉鸟嘴里喷出了血丝！我心里一惊，总算明白了一点。啊呀，这三只鸟儿呀……"

壮壮眨着眼，皱起了眉头。

"它们哪里是唱，它们在喊、在说，说个不停，说自己的心事！"老艮头声音低下来，"想想看，一只小鸟儿被关进了笼子，它一点办法都没有，砸不开也挣不脱，只剩下一条路，就是张大嘴巴喊冤，喊个不停！它们在诉说，要说出所有的冤屈……人不是鸟儿，他们一点都听不进心里。百灵喊到嗓子哑，画眉喊到嘴巴流血，小黄雀一直在哭，人还是一句都听不明白！鸟儿睡一会儿，歇过来还是说、还是喊叫，它们一心要打动人、说服人，要'动之以情，晓之以理'……"

"您后来听懂了吗？"我问。

"不敢说每一句都懂，不过也猜出个八九不离十。画眉说自己离开了兄弟姐妹，它们都在老家，不知道自己囚在这里。它想它们，夜里睡不着，眼泪都流干了。以前和兄妹在林子里捉迷藏，从一棵树飞到另一棵树。现在被关在这么小的地方，就像拴了锁链，这样一个月、一年、一辈子。人哪，都该想想自己，想想这是什么日子、什么命、什么报应！鸟儿也会诅咒，它们对咱们，最后只剩下了诅咒……"

"画眉真可怜！"壮壮说。

"百灵是荒地上的鸟儿，它在河口沙滩上唱，一天到晚快快乐乐，一不小心被人捉来。开始的日子不吃不喝，只想一头撞死。它日夜哭诉，引来外面的鸟儿。它们一齐呼喊，给它鼓劲儿。它离开家时孩子刚刚会吃东西，它按时找来食物喂它们，一个个张着小嘴喊妈妈。'我的孩子全要饿死了，它们不知道妈妈被狠心的人掳走了！'百灵说人和鸟儿一样，都有孩子，你们想想自己的孩子吧……"老艮头说不下去了。

大黑站起来，摇着尾巴去看空空的鸟笼。老艮头拍拍它，让它坐在身边。"最可怜的是那只小黄雀，它其实是一个小姑娘，如今落进了捕鸟笼里。'我能唱许多好听的歌，每一支歌都是唱给他的。我不相信人会这么凶狠无情，生生拆散了我们！我不相信人会把一只小鸟关在这里，让它一天到晚哭喊，一直到死……'"

老艮头扳住我和壮壮的肩膀："我的老友以为送来了唱歌的鸟，没想到送来了哭叫的鸟！还好，它们没有闭上嘴巴，先是大黑听懂了，接着是我。我们人哪，我们所有的人都对不起鸟，对不起林子里的生灵。我有时一直盯着大黑的眼睛看，越看越觉得自己不如它。瞧瞧它的眼睛，瞧瞧吧，没有一丝儿邪气。它这辈子，从来没有骗过人……"

我和壮壮，还有大黑，与老艮头紧紧地拥在了一起。

落　叶

天一点点变冷，有人不高兴了。我看到好几本书上都这样写着：当秋风越来越凉，树叶开始飘落时，有人就不高兴了。其实每个季节都有让人高兴或不高兴的事，到了秋末，地里的蔓菁长胖了，在锅里煮熟了像大馒头一样。芋头、地瓜、山药都变得又香又甜，胡萝卜、菊芋、大白菜，也都到了收藏的日子。

有人看到满地落叶常常欢喜得叫起来，比如外祖母，她每个深秋都会捡来一些美丽的叶子，嘴里发出"啧啧"声："多么好看啊！再没比这更好看的了！"她把各种叶子扎了悬在墙上，还一片片摊在桌上、夹在书中。

我打开她的书，总能从纸页中看到一片红的或紫的叶子，它们可真美！我去林子里捡来五彩斑斓的树叶，拿回家来让她发出一声声惊喜："啊啊！瞧瞧，画都画不出啊！"我把最好的叶子夹在一本大册子中，后来实在太多了，就像盛地瓜糖那样，分别装满了几大碗，搁在窗台上、架子上、炕头上。

我在一本烫金的大书中发现了一片苹果树叶子，这个特别的书签经历了不知多么久远的日子，如今只剩下了叶络，每一条都那么清楚，简直成了一件精美的艺术品！我相信任何巧手都做不出这样的东西。我把它端在掌心里送给外祖母，她凝神看了许久。她大概想起了往事，眼睛里闪着泪花。

院子外边响起鸟儿孤单的叫声，因为夜里刚洒过冰凉的露水。太阳升起，林子里变得暖融融的，老野鸡又在远处呼唤起来。这时候走进林子，每一步都踏进一个惊喜：地上铺满了彩色的落叶，简直没法下脚。钻天杨叶子黄绿交织，洋槐撒下一片金箔，白杨叶子像漆过一样油亮，青桐叶子泛着银灰……就连青茅也变成了紫色，像一朵朵鸡冠花儿。

我捡了大把的叶子，后来不得不搁下一些，只将最美的搂在怀里。黄毛栌的叶子红到无法形容，让人忍不住去抚摸，它使我想到外祖母藏起的一幅古画，那上面由朱砂描出的颜色。银杏叶子长成了精巧的小扇子、小巴掌，这会儿通体变成没有一丝杂质的纯金色。

我把黄毛栌和银杏的叶子看作是最宝贵的礼物：仅有这两种美丽和神奇，这个秋天就已经十分了不起。我和外祖母拥有足以对客人炫耀的东西，她总是对路过的采药人和打鱼人说："瞧瞧多好！带一些给家里人吧！"他们全都欣喜地带回去了。外祖母说："老天，林子里的这些叶子啊，真是难描难画！"是的，这需要住在林子里的人才能体会，是出门时往手上哈一口气，踏着刚消散的冰凉露水往前，一眼看到才有的惊喜。

茅屋北边稍远一点有一棵老梨树，外面很少有人会注意它。它藏在榆树和钻天杨后边，周边隔开了一小片空地。它没有我们茅屋旁的大李子树那么大，但也够大了。到深秋的一天，它会突然脱掉一身叶子，铺展到十个大炕那么大的一片沙子上，满是金色、黄色和红黄绿三色！每片叶子都大如手掌，灿灿一地，在微风中活动着，像是一些马上就要飞去的彩色大鸟……蹲下悄没声地看一会儿，心里压住一个惊叹。

从老梨树往西，穿过几棵女贞、野核桃和绦柳，马上会碰到几棵大叶枫！它们与一般枫树不同，不光是树干直叶子大，而且像老梨树一样，会在某一天夜里呼呼落下所有的叶子：红到不能再红的、鲜艳逼人的叶子！谁一打眼都会喊出来，把所有的鸟儿和野兔吓一大跳。

抱着彩色落叶回家，觉得整个林子里的宝贝都搂在了怀中。可就是这剩下的一小段路程还要时不时地停下，因为总要遇到一些什么惊喜，它们不得不让人再次停下来。人不能太贪婪，快一口气跑回家吧，快喊着外祖母撞开栅栏门吧。

可是半路上见到了一棵石楠。它是一树绿叶，但交替脱落的叶子还是撒了一地，让人不忍挪步。石楠肥厚的红叶、长长的叶梗和均匀的叶齿，大概是天底下最好的书签。

我回到学校时，包内装了五六种落叶，而且不动声色地夹在课本中。当我翻动书页时，少不得要抖落出几片红叶或金叶。鼻子里马上有了秋天的气味，有鸟儿羽毛的气味、野蒜的气味。不出所料，它们很快吸引了一旁的目光，他们开始不停地往这边瞟，最后终于引起了大辫子老师的注意。

"上课不能摆弄东西，你又怎么了？"

"我没摆弄，是……书签。"我站起来，手放在书上。

大辫子老师取走了书，把一片片叶子放到眼前，像近视一样。她的眉头皱了一下，不过不是因为生气，而是惊喜。她欣赏了足足有好几分钟，这才重新放好。

我相信她心里一定喜欢极了。她可能不知道这是我从无数落叶中挑选出来的，不要说是她，就连外祖母都发出过连连赞叹！我估计得没错，刚刚吃过晚饭她就到宿舍找我来了，而且一开口就问起了那些叶子。

我把它们如数摆出来。她合掌跷脚，像小姑娘一样咂嘴："真好啊！天哪，这么美丽！这都是什么叶子？快给我讲讲！"我不信她连枫叶都认不出，只能说她这会儿喜欢得发蒙！我心里得意，告诉她："林子里好看的叶子太多了，捡也捡不完。"

"下次你能多捡些吗？我想要一些，哦，校长也会喜欢的！"又响起了喘息的声音，只要遇到了激动人心的事，她总是这样。

我一口答应。我觉得比起大红苹果和地瓜糖，大辫子老师对落叶更欢喜一些。我说："如果在林子里多待一天，星期二再返校，就会找到更多。"她马上摇头："不好，那不好……"我搓着手无话可说。我当即把其中的几片送给了她，她满意极了。

同宿舍的同学也被叶子迷住了。令我多少有些吃惊的是，他们都是大果园的孩子，竟然认不出这些叶子！比如他们连老梨树和石楠的叶子都没见过。只有壮壮认识全部叶子，他对林子当然是非常熟悉的，建议说："为这些叶子写一篇作文吧，还有，好好'议论'一下它们……"

我没有采纳壮壮的建议。我在这个秋末需要做的事很多，而星期天仅有一天。我要帮外祖母收地瓜和菊芋，采野眉豆、豇豆、红小豆、扁豆，还有野枣和五花果、冬桃。空下来才要完成老师交给的捡拾落叶的任务。妈妈回家也要一刻不停地帮外祖母干活，头上包了花手巾，去采豆角和芝麻，给捆成一束束的谷穗儿脱粒。

我喜欢秋天。这个季节，好吃的东西要全部装在囤里，爸爸也要赶在大雪前回家一次。

我把许多落叶交给了老师。她眉飞色舞地告诉我：校长很高兴，他一见这些落叶就背出了书上的话，那都是赞美落叶的。大辫子老师把所有叶子都摊在桌上，数了数，一共十六种。"一共这些？"我说："一百六十种也不止！"她又一次皱眉："我有个新的想法，你如果找来所有的落叶，咱们在学校办个展览多好，让大家都认识一下！"

我觉得这个主意实在不错！不过有些为难的是，谁也不能把林子里的落叶全部找到，因为它们太多了，就像一地雪花，就像天上的星星，数也数不完。

但是，受大辫子老师的鼓励，我一定会全力干好这件事。

我回家对外祖母说了老师的计划，她特别赞同，说："这主意好！你也该从头认识它们了，要叫得上所有植物的名字，这才算得上是林子里长大的孩子！"

我点点头。是的，从今以后，我要有一个新的开始了。

我信心满满。

2018．12．19